김덕수 장편소설

망혼亡魂

망혼 亡魂

발행일	2015년 6월 19일		

지은이	김 덕 수		
펴낸이	손 형 국		
펴낸곳	(주)북랩		
편집인	선일영	편집	서대종, 이소현, 김아름, 이은지
디자인	이현수, 윤미리내	제작	박기성, 황동현, 구성우, 이탄석
마케팅	김회란, 박진관, 이희정		
출판등록	2004. 12. 1(제2012-000051호)		
주소	서울시 금천구 가산디지털 1로 168, 우림라이온스밸리 B동 B113, 114호		
홈페이지	www.book.co.kr		
전화번호	(02)2026-5777	팩스	(02)2026-5747

ISBN   979-11-5585-638-3 03810(종이책)   979-11-5585-639-0 05810(전자책)

망혼
亡魂

김덕수 장편소설

일본은 왜 독도를 차지하기 위해 저토록 엄청난 국력을 낭비할까?
독도에 일본열도를 한순간에 침몰시킬 엄청난 비밀이
숨겨져 있기 때문이라는데···

북랩 book Lab

저자 서문

　1944년 8월 23일, 일본 후생성은 이른바 '여자정신대근무령'을 공표하며 12세에서 40세까지의 조선여성들을 본격적으로 강제 징집했다. 결국 20만 명이 넘는 우리의 할머니들은 일본군위안부로 끌려갔다. 그런데 지금까지 일본은 아무런 사과도 없다. 아니 이를 '인신매매에 의한 사건'이니 하면서 말도 안 되는 소리를 하며 우리를 농락하고 있다.

　또한 일본은 예전부터 우리의 독도를 찬탈하려 혈안이 되어있다. 분명 이유가 있을 것이다. 우리는 일본이 독도를 침탈하려 하는 이유들을 들어왔다. 하지만 그 어떤 이유도 명확한 답변을 주지 못하는 현실이 답답했다. 그런 틈을 타고 일본은 독도를 침탈하려는 그들의 본색을 전혀 숨기지 않고 있다.

　나는 소설을 통해서라도 이 문제들을 속 시원히 풀어내고 싶었다.

　물론 나의 상상에 의해 만들어진 이야기지만 과학적 사실 또한 간과하지 않았음을 강조하고 싶다. 그로 인해 허구의 소설임에도 사실로 받아들여질 수 있는 오해의 소지가 많을 수 있다는 점 또한 밝히고 싶다. 더불어 본의 아니게 마음의 상처를 입을 수 있는 일본에게는 단지 소설일 뿐이라는 양해 또한 구하고 싶다.

하지만 모든 것을 떠나 허구의 소설에서라도 독자 여러분들이 속시원한 통쾌함을 느꼈으면 하는 바람만이 있을 뿐이다.

그리고 본 소설을 통해 말로 표현할 수 없는 고통을 받으셨던 일본군위안부 할머니들에 대한 관심이 우리 머리와 가슴속에 일부분만이라도 자리 잡게 된다면 그분들에게는 가장 값진 선물이 될 것이라 감히 이야기하고 싶다.

끝으로 본 소설이 만들어지기까지 조언을 아끼지 않았던 주변의 모든 분들에게 감사의 마음을 전해 드리고자 한다.

차례

1944년 8월 23일.
일본 후생성은 이른바 '여자정신대근무령'을 공표하며
12세에서 40세까지의 조선 여성들을 본격적으로
강제 징집했다.

결국 20만 명이 넘는 조선 여성이 일본군위안부로
끌려가게 된다.

1. 아픔

"야, 이년들아! 빨리 안 움직여? 좋은 일자리를 준다는데 빨리 서둘러야지! 빨리 움직여, 빨리!"

땅에 끌릴 듯 길게 늘어진 일본도를 허리에 찬 일본경찰의 날카로운 목소리가 울리고 있었다.

"순영아, 이거 좀 이상하지 않아? 느낌이 안 좋단 말이야."

"그렇지, 나도 기분이 영 안 좋아. 좋은 일자리고 뭐고 가기 싫다는데 왜 억지로 끌고 가는 거야… 너무 한 거 아냐…?"

동갑내기인 순영과 정숙이 조용히 대화를 나누며 나란히 걸어가고 있었다. 십여 명의 여자들이 무리를 이루며 동네 방앗간으로 향하고 있었다. 그 뒤로 그들의 가족으로 보이는 무리 역시 뒤를 좇아 걸어가고 있었다.

“무슨 일이지? 성수야 저기 좀 봐!”

“어디?”

포구에서 웃통을 벗고 그물을 손질하던 진구와 성수가 고개를 들어 지나가는 한 무리의 여자들을 바라보았다.

“아니, 순영이잖아! …성수야, 지금 일이 중요한 게 아닌 것 같다. 저기 순영이한테 빨리 가보자! 빨리!”

“그래, 알았어. 잠깐만!”

진구의 말에 성수는 손에 있던 그물을 내려놓고 급히 웃옷을 걸쳐 입었다. 그리고 앞서가는 진구를 좇아 뛰기 시작했다.

진구와 순영은 동네에서 소문난 짝이었다. 동네사람이라면 그들의 결혼을 생각하지 않는 사람이 없었다. 그런 순영이가 끌려가는 모습에 진구는 당황하지 않을 수 없었다.

“야! 거기 수다 그만 떨어! 빨리 가란 말이야, 빨리!”

서로 속삭이며 불만을 토해내던 무리들은 일본경찰의 다그침에 입을 닫고 묵묵히 걸어갈 뿐이었다.

한여름의 평범한 일상을 보내던 울진의 한 포구마을에 긴장감이 스며들고 있었다.

십여 분 남짓 걸어 그들이 도착한 마을의 방앗간에는 이미 다른 여자들이 도착해 땅바닥에 앉아있었다. 그리고 그 앞에는 역시 허리에 일본도를 찬 일본경찰이 그들을 바라보고 있었다. 울진 경찰서장인 구로다였다.

“야! 이시다! 걔네들 빨리 자리에 앉혀! 시간이 없단 말이야!”

“예, 알겠습니다! 야, 줄 맞춰서 빨리 앉아!”

순영이가 포함된 무리를 이끌고 온 일본경찰이 발로 여자들의 엉덩이를 걷어차며 무리를 정리했다. 끌려온 순영도 어쩔 수 없이 먼저 와 있던 여자들 뒤에 자리를 잡고 앉았다. 옆에는 함께 온 정숙이 앉았다.

뒤를 이어 가족들과 함께 섞여온 진구와 성수도 마당 한구석에 자리를 잡았다.

"정숙아! 저게 뭐야? 저게 왜 마당에 나와 있지?"

"그러게, 저거 분명히 쌀가마 무게 재는 저울 아니야?"

"맞아, 방앗간 안에 있어야 할 걸 왜 밖으로 끄집어냈지…?"

앉아있는 여자들 앞에 서있는 일본경찰 옆에 추가 달린 육중한 저울이 놓여있었다. 앉아있는 여자들이며 서서 광경을 지켜보는 모든 이들이 저울이 놓여있는 사실에 의아해했다. 하지만 어느 누구도 그게 무슨 역할을 할지에 대해서는 상상조차 하지 못하고 있었다.

"나는 울진 경찰서장 구로다다. 천황폐하께서 조선여인들에게 은총을 베푸시어 너희들에게 일자리를 나누어 주셨다!"

"아니, 무슨 말이야? 여자들에게 일자리를 나누어 준다고? 저 새끼들이 미쳤나."

서장의 말이 끝나기가 무섭게 광경을 지켜보던 무리들 사이에서 여자의 목소리가 들려왔다.

"어머니! 여기 계셨네요."

진구는 혼자 중얼거리는 순영의 어머니를 발견하자 사람들 틈을 헤집고 그녀의 옆으로 자리를 옮겼다. 성수도 진구를 따라 그녀의 옆으로 자리를 옮겼다.

"오, 진구하고 성수구나. 그런데 진구야, 지금 경찰서장이 하는 이야기가 도대체 무슨 말인지 모르겠다. 잘 먹고 잘 사는 애들한테 무슨 일거리를 준다고 이렇게 모아놓은 건지, 원…."

"그러게 말이에요. 저도 영문을 모르겠네요…."

진구는 성수의 얼굴을 바라보고 다시 고개를 돌려 순영의 어머니를 바라보았다.

"우선 호명하는 사람은 앞으로 나와서 여기 있는 저울에 올라선다. 그리고 몸무게를 재고 감독관의 지시를 따르면 된다. 너희들은 천황 폐하의 선물을 받게 될 것이다!"

구로다는 말을 마치고 저울 옆에 서있던 경찰을 바라보았다.

"맨 왼쪽 줄부터 차례로 저울 앞으로 걸어 나온다. 실시!"

말이 떨어지기가 무섭게 앉아있던 여자들 사이를 어슬렁거리던 경찰들이 맨 왼쪽 줄의 여자들을 강제로 일으켜 세우기 시작했다.

"알았다니까요. 일어설게요!"

일본경찰이 어깨를 움켜쥐자 한 여자가 소리를 질렀다.

"아니, 돼지새끼도 아니고 왜 몸무게를 재는 거야? 완전 사람을 짐승 취급하잖아! 저 새끼들 완전히 돌아버린 거 아냐?"

"그러게. 뭔가 이상하다. 일거리를 주는데 왜 몸무게를 재는 거야? 어머니, 뭔가 이상한데요."

진구의 말에 맞장구를 치며 성수가 순영의 어머니를 바라보았다. 그녀의 얼굴에 근심이 어려 있었다.

제일 먼저 한 여자가 저울에 올라섰다.

"35키로, 너는 왼쪽으로 가서 앉는다."

"예? 무슨 말이에요?"

"뭐가 이렇게 답답해! 저기 비어있는 자리에 가서 앉으라고!"

저울에서 내려온 여자가 얼굴을 찌푸리며 감독관이 가리킨 비어있는 마당 공터에 자리를 잡고 앉았다.

"다음! 빨리 나와!"

경찰의 날카로운 목소리에 다음 여자가 저울 위에 올라섰다.

"52키로, 너는 오른쪽으로 가서 앉아!"

앉아있던 모든 여자들이 차례대로 저울에 올라선 후 감독관의 지시에 패를 나누어 자리를 잡고 앉았다.

순영의 차례였다.

"48키로, 너는 왼쪽!"

감독관의 말이 떨어지자 순영은 왼쪽에 모여 있는 무리들 틈에 자리를 잡았다.

몸무게를 재고 패를 나누는 작업이 신속하게 진행되었다. 서서 이 광경을 지켜보는 이들 사이에서 웅성거림이 들려오기 시작했다.

"아니, 애들 몸무게는 재서 뭐하겠다는 거요? 일자리를 주는 데 무슨 몸무게가 필요하단 말이오!"

서있던 무리들 가운데 굵은 남자의 목소리가 들려왔다.

"누구야? 누가 감히 천황폐하의 지시에 의문을 품는 거야? 다시 한 번 말하지만 조용히 있어라! 한 번만 토를 달면 그놈은 죽는다!"

구로다의 날카로운 목소리에 무리들 사이의 웅성거림이 조금 잦아들었다.

한 시간여 동안 앉아있던 모든 여자들이 두 무리로 나뉘어졌다.

"잘 들어라! 왼쪽에 앉은 사람들은 지금 즉시 방앗간 밖에 서있는 트럭에 올라탄다. 그리고 오른쪽에 앉아있는 사람들은 집으로 돌아가도 좋다!"

"아니 무슨 말이에요? 아무 영문도 모르고 온 애들을 왜 차에 태워서 끌고 가는 겁니까? 집에 할 일도 많은데 이건 말도 안 됩니다!"

"맞아요! 개돼지도 아니고 아무 영문도 모르고 어디론가 끌려간다는 게 말이 안 됩니다!"

여기저기서 불만의 목소리가 들려왔다. 그러나 구로다는 표정 하나 변하지 않고 손가락으로 주변에 서있던 경찰들에게 신호를 보냈다. 신호를 받은 경찰들이 앉아있던 여자들을 하나둘 일으켜 세우기 시작했다.

"천황폐하께서 입을 옷과 모든 것들을 하사하셨으니 너희는 바로 차에 타기만 하면 된다. 이상!"

구로다가 힘을 주어 말을 뱉어냈다.

"성수야! 뭔가 이상해. 순영이를 빼와야 해!"

"그래, 빨리 움직이자!"

진구와 성수는 군중들 틈을 헤집고 순영이 앉아있는 무리를 향해 발걸음을 재촉했다.

순영의 앞에 도착한 진구가 재빨리 그녀의 손목을 잡아챘다.

"순영아, 빨리 일어나! 빨리!"

"으응…."

순영도 무의식중에 자리에서 일어섰다.

"이 새끼가 미쳤나! 어디서 감히…!"

"윽!"

순영을 일으켜 세우던 진구의 옆구리에 경찰의 군화발이 작렬했다. 허리가 끊어질듯한 통증이 진구에게 몰려왔다.

그 순간 이 광경을 지켜보던 무리들이 한 몸처럼 동시에 움직이기 시작했다. 누가 먼저랄 것도 없이 일으켜 세워지는 여자들에게 일순간에 몰려들었다.

"서장님!"

진구의 옆구리를 걷어찬 경찰이 구로다에게 소리를 질렀다. 그러나 소리가 전달되기도 전에 그 경찰은 무리에게 둘러 싸였다.

"그래, 너 죽고 나 죽자! 이 개새끼야! 네가 뭔데 내 딸을 마음대로 데려가!"

무리중의 건장한 사내가 험한 욕을 뱉어내며 사색이 된 경찰에게 덤벼들었다. 그리고 바로 경찰을 방앗간 마당에 내동댕이쳐 버렸다.

"타앙!"

구로다의 손에 들려진 권총에서 굉음이 울려 퍼졌다.

"이 새끼들이 미쳤나! 감히 천황폐하의 명령을 거역해? 지금부터 내 허락 없이 움직이는 놈은 내 총에 죽는다. 빨리 있던 자리로 돌아가!"

"서장님! 하나밖에 없는 딸입니다. 애가 없으면 저는 죽습니다. 일자리고 뭐고 다 필요 없으니까 남아있게만 해 주십시오. 서장님 부탁 드립니다!"

"제 딸은 제가 없으면 아무것도 할 수가 없는 애에요. 누군가 먹여 주고 입혀줘야 살 수 있는 애입니다. 제발 부탁입니다. 남아있게 해 주세요!"

여기저기서 볼멘 소리가 들려왔다. 웅성거림이 시작되며 서있던 사람들이 술렁이기 시작했다.

"야, 이놈아! 네가 사람이냐? 천황 좋아하네! 천황이 아니라 너희들이나 황천에나 가라, 이 개새끼들아!"

순영의 어머니가 누가 말릴 틈도 없이 마당에 널브러져 있던 마른 각목을 집어 들고 구로다에게 달려들었다. 그러나 구로다는 망설임도 없이 권총을 뽑아 들었다. 그리고 아무런 표정의 변화도 없이 달려드는 순영의 어머니를 향해 총구를 겨눴다.

"타앙!"

잠시 정적이 흘렀다.

"엄마!"

"어머니!"

순영 어머니의 흰색 저고리가 검붉은 색으로 순식간에 물들였다. 그리고 베어진 나무가 쓰러지듯 그녀의 굳어진 몸이 힘없이 무너져 내렸다. 누가 먼저라 할 것도 없이 순영과 진구 그리고 성수가 넘어진 그녀에게 달려왔다.

"엄마! 엄마! 눈 좀 떠봐! 엄마!"

"어머니! 눈을 떠 보세요! 어머니!"

순영과 진구가 그녀를 세차게 흔들며 울부짖었다. 그러나 순영 어머니의 몸은 이미 굳어가고 있었다. 아무런 반응이 없었다.

진구의 두 눈이 떨리기 시작했다.

"야! 이 개새끼야!"

누가 말릴 틈도 없이 진구가 순영 어머니의 손에 들려있던 각목을 빼들었다. 그리고 두 손으로 각목을 쥔 채 구로다에게 달려들었다.

'퍽!'

진구의 귀에 둔탁한 소리가 들리며 말로 표현하지 못할 통증이 뒷머리에 느껴졌다. 그리고 몇 걸음도 옮기지 못하고 그 자리에 쓰러지고 말았다.

"진구야…! 진구야…!"

달려온 순영이 진구를 불러봤지만 진구는 아무런 움직임이 없었다.

"진구야… 제발…. 진구야!"

순영은 계속해서 소리쳤지만 대답이 없었다.

"너희들 한 번만 움직이며 모두 죽을 줄 알아! 가만히 있어!"

소총을 든 경찰이 얼굴을 붉히고 소리치고 있었다.

쓰러진 진구의 머릿속이 흐릿해지며 그는 의식을 잃어가고 있었다.

소동이 마무리되었다.

그리고 트럭 화물칸에 태워진 여자들은 어디론가 사라졌다.

아무런 저항도 할 수 없었다.

마을은 흐느낌과 통곡 그리고 딸들이 실려 갈 때 아무 일도 하지 못했다는 자괴감으로 마을주민 모두의 가슴은 전쟁터의 폐허가 되어 버렸다. 그 누구도 복구할 수 없는 폐허였다.

시간이 꽤 흐른 듯했다.

"어, 어떻게 된 거야? 순영이… 순영이는 어떻게 됐어?"

진구가 눈을 뜨자 옆에 성수의 모습이 보이기 시작했다. 진구는 통증이 가시지 않은 듯 인상을 쓰며 말문을 열었다.

"진구야… 끝났어…."

"뭐라고? 뭐가 끝났다는 건데?"

진구가 몸을 간신히 일으켜 세우며 성수에게 다시 물었다.

"모두 끌려갔어. 어디로 갔는지는 아무도 몰라. 그냥 끌려갔어…. 그리고 순영이 엄마… 결국 돌아가셨어…. 그리고 영숙이 어머니도 쓰러지셨는데 지금도 못 일어나고 계시고…. 모든 게 엉망이야…."

"…"

진구는 아무 말도 할 수 없었다. 힘이 없었다. 내가 사랑하는 사람을 물고 늘어지는 짐승들을 빤히 보면서도 대항조차 하지 못하는 힘 없는 자신이 초라할 뿐이었다.

"그리고 너도 사또 박사님이 아니었으면 큰일 날 뻔했어. 박사님이 서장을 억지로 말려서 지금 여기 있는 거지, 안 그랬으면…."

"…"

진구는 아무런 말이 없었다.

2. 응징

그날 오후 순영의 엄마는 장례절차도 없이 바로 동네 뒷산에 매장되었다.

시신이 매장되고 가묘가 설치되었다. 이를 바라보는 진구는 깊은 생각에 빠진 듯 아무런 움직임이 없었다.

"성수야, 너 구로다 놈이 어디 사는지 알지?"

심각한 표정의 진구가 물었다. 평소의 장난기 어린 모습이 아니었다.

"으응, 알지. 그런데 왜?"

"아니야, 그럼 됐어."

"말해 봐, 너 혹시 그놈 찾아가서…"

"…"

진구는 계속 말이 없었다.

두 친구는 말없이 순영이 엄마의 가묘에 큰절을 했다. 그리고 힘없이 산을 내려왔다.

순영과 비슷한 또래의 여자가 이삿짐을 싸고 있었다.

"아빠! 조선 여자들을 어디로 데리고 간 거예요?"

"응, 글쎄다…. 얼마 전 후생성에서 여자정신대근무령이 발표됐는데 아마 그 때문인 것 같기도 하고…. 자세히는 모르겠다. 너는 신경 쓸 일이 아니니까 일본에 돌아갈 준비나 하고 있어."

"그래도 어떻게 멀쩡한 사람들을 이유도 없이 끌고 가요? 우리 일본 정부가 너무 한 거 아닌가 싶어요."

"네 말이 맞다. 일본이 제정신이 아닌 것 같다…."

몇 년째 울진에 머무르며 일련의 프로젝트를 준비하던 사또 박사와 그의 외동딸인 시미즈가 방에서 짐을 싸며 대화를 나누고 있었다.

"그런데 왜 서장을 찾아가서 서장한테 덤벼든 그 한국인을 선처해 달라고 그런 거예요? 괜히 긁어 부스럼 만드는 건 아닌지 모르겠어요."

"그런가…? 하지만 몇 년 이곳에 있으면서 그 진구라는 친구하고 성수라는 친구를 자주 봤는데 괜찮은 친구들이더구나. 열정도 많고 요즘 참 보기 드문 젊은이들이라고 생각했었지. 그리고 나도 조금 있으면 일본으로 돌아가야 하는 마당에 이곳 사람들한테 좋은 일도 해주고 싶었단다."

"그랬구나. 역시 우리 아빠야. 잘하셨어요."

"그래, 고맙구나. 우리는 일본 들어갈 준비나 서두르자!"

놀란 표정의 성수가 말했다.

"아니, 뭐라고? 너 미쳤어?"

"미치긴. 그냥 있다간 진짜로 미쳐 버릴 것 같다. 어차피 힘없이 이대로 살 수는 없다는 생각이야. 너는 안 그래? 너도 마찬가지잖아."

진구와 성수가 마을 앞 바닷가에서 이야기를 나누고 있었다.

"일을 저지르고 모레 일본으로 떠나는 배로 밀항을 할 거야. 순영이도 없고 일본 놈들 하는 행태도 그렇고 도저히 못 참겠다. 네 생각은 어때?"

"…"

성수는 말이 없었다. 아니 질문에 대한 대답을 할 수가 없었다. 하지만 진구는 이미 마음의 결정을 내린 듯했다.

"대답 안 해도 괜찮아. 나는 내일 밤에 일을 치를 거야. 구로다 놈이 집에 들어오면 바로 찌르고 도망가면 충분해. 담도 낮고 경비도 그리 심하지 않아. 그런데 일을 저지르고 내가 없어지면 너한테 피해가 갈까 봐 그러는 거야. 다른 의도는 없어."

진구는 고개를 들지 못하고 바닷가 모래를 손으로 휘저으며 이야기를 하고 있었다. 성수도 마찬가지로 바닷가 모래를 만지작거렸다.

"진구야! 너 나하고 친구지?"

"응? 그럼 당연하지."

"걱정 마, 같이 가자! 어차피 부모님도 안 계시고 나도 여기서는 앞이 보이지 않는다는 걸 왜 모르겠어. 그래, 좋아. 네가 안에서 일을 치르는 동안 내가 밖에서 망을 보면서 도망갈 길을 준비해 놓을게. 순영이 그리고 순영이 엄마를 위해서라도 해야지. 그래, 까짓것 큰일 한

번 저지르지 뭐."

"성수야, 정말이야…?"

"그럼, 정말이지. 같이 하는 거다."

두 친구는 서로의 눈을 바라보며 힘차게 두 손을 마주 잡았다.

다음 날이 밝았다.

"진구야! 하늘이 우리를 돕는 거 같다."

아침 일찍 진구와 성수가 선착장에서 만났다.

"응? 무슨 좋은 일이라도 있는 거야?"

"내일 일본으로 떠나는 배 있잖아, 그 배로 사또 박사가 일본으로 돌아간대. 그래서 오늘 저녁에 선창가 술집에서 송별회를 여는 데 구로다 그놈도 참석한다는 거야. 그래서 말인데…"

말을 이어가던 성수가 주변을 둘러보고 조용히 진구에게 다가섰다.

"그놈이 술을 좋아하잖아. 분명 술 처먹고 화장실에 가려고 몇 번은 술집을 나올 거야. 그럼 그때 일을 치르고 바다 속에 쳐넣어 버리면 깔끔하잖아. 어때?"

"그래, 좋은 생각이다. 그러면 우선 너는 무거운 바위 좀 준비해 줘, 확실하게 처리해야지. 내가 찌르고 그놈이 쓰러지면 방파제로 끌고 가서 준비해 둔 바위에 묶어서 바다에 던져 버리자. 그럼 당분간, 아니 어쩌면 영원히 안 떠오를 수도 있잖아."

"맞아! 그런데 진구야…. 네가 잘하겠지만 이왕 죽일 거 고통스럽게 죽이자. 칼로 위협해서 방파제로 데리고 와. 그리고 산 채로 바다에 집어넣자. 알잖아, 그 새끼 쉽게 죽이면 안 돼. 순영이 엄마, 영숙이 엄마 그리고 사라진 순영이, 영숙이, 다른 여자애들…. 그냥은 안 돼. 그 개새끼, 정말 고통스럽게 죽어야 해. 정말로…. 알았지?"

"그래, 역시 네가 머리는 나보다 낫다. 그래, 성수야. 그렇게 하자."

"좋았어! 바위는 지금 바로 준비해서 방파제 근처에 숨겨 놓을게. 빨리 움직이자!"

"그래! 서두르자!"

두 친구는 서둘러 자리를 떠났다.

해가 넘어가고 어둠이 내리기 시작했다.

"서장님! 이제 사또 박사와 저녁 약속에 가실 시간입니다."

"아니, 시간이 벌써 이렇게 됐네. 그래 가자고. 그런데 오늘은 조금만 먹어야 하는데…."

"히히… 그게 가능할까요. 아무튼 조금만 드시고 내일 아침 사또 박사 배웅 나가셔야 합니다."

"알았다니까. 솔직히 말해서 술은 역시 조선술이 최고야. 그리고 여자도 조선 여자고. 그런데 이제 다 실어 보냈으니 이제 남아있는 조선 년들이 없구먼. 아무튼 가자!"

구로다 서장은 옷매무새를 가다듬고 경찰서를 나섰다.

그가 탄 차가 십여 분을 달려 선창가 술집에 도착하자 문 앞에 기다리던 주인이 뛰어와 차문을 열어 주었다.

"서장님, 어서 오십시오. 바쁘실 텐데 항상 찾아주셔서 감사합니다!"

주인이 머리를 조아리며 서둘러 인사말을 건넸다. 주인은 그리 편해 보이지는 않는 얼굴을 들킬까 머리를 깊이 숙이고 움직임을 보이지 않았다.

구로다는 대꾸도 없이 기사가 열어주는 가게 문 안으로 들어섰다. 이미 사또 박사는 자리를 잡고 있었다. 구로다는 서둘러 사또 박사의 앞자리에 앉았다.

"아휴, 늦어서 죄송합니다. 일이 바빠서…. 그리고 군수는 조금 있다 도착할 겁니다."

"괜찮습니다. 일부러 송별회까지 해 주실 필요는 없는데…"

"무슨 말씀을요. 큰일을 하시고 가시는데 이 정도는 하는 게 도리죠."

구로다가 자리에 앉자 바로 문이 열리며 울진군수인 이시다가 모습을 드러냈다. 그리고 그도 재빨리 구로다 옆에 자리를 잡았다.

"박사님, 제가 좀 늦었습니다. 죄송합니다, 허허…. 아무튼 사또 박사님, 그동안 고생하셨습니다. 다함께 건배하죠!"

이시다는 자리에 앉자마자 숨 돌릴 틈도 없이 건배를 제안했다. 그리고 술잔이 돌기 시작했다.

울진의 조그만 동네였지만 술상은 각종 해산물로 풍성하게 차려져 있었다.

"역시 술과 음식 그리고 여자는 조선 것이 최고입니다. 저는 솔직히 조선을 떠나고 싶지가 않습니다. 그런데 박사님이 내일 떠나신다니 뭐라 표현을 해야 할지 모르겠습니다. 허허…"

"서장님은 참 술을 좋아하십니다. 물론 술에는 여자가 있어야 하는 거고요. 흐흐…"

사또 박사는 구로다와 이시다의 대화를 묵묵히 듣고만 있었다.

시간이 흐르며 사또 박사도 취기가 느꼈다. 구로다와 이시다는 이미 취기가 한껏 올라 있었다.

"박사님, 얼마나 여기에 계신 거죠? 꽤 오래된 것 같은데요?"

"글쎄요…. 한 2년이 좀 넘을 겁니다. 미국에서 오자마자 바로 이곳으로 왔으니까요."

"그런데 미국에서 무슨 일을 하시고 이곳에 오신 건지 그동안 한 번도 못 물어봤는데… 궁금한데요?"

술기운이 오른 이시다의 질문에 사또 박사는 얼굴에 엷은 미소를 띠었다.

"뭐 별 건 아니고요. 간단하게 말씀드리자면 이곳에서 지질연구를 했습니다. 특히 독도 지질연구를 했지요. 그리고 미국에서는 아마 아실지 모르겠지만 얼마 전에 큰 다리가 무너졌거든요. 그런데 웃기지만 작은 바람이 원인이 되어서 그 큰 다리가 무너졌답니다. 다리의 고유진동 수와 일치하는 작은 바람이 불면서 진동을 증폭시켜 결국 그 큰 다리가 무너진 거죠. 그 무너진 원인을 조사하는 위원회에서 일을 했습니다."

"에이, 복잡한 이야기는 모릅니다. 하지만 큰일을 하신 건 분명하군요. 다시 한 번 일본으로의 귀국을 축하드립니다!"

이시다는 사또 박사의 말을 건성으로 듣고는 건배를 위해 잔을 들었다. 그리고 구로다와 함께 술잔을 들이켰다.

이시다와 구로다는 어느덧 몸을 가눌 수 없을 정도로 취기가 올라 있었다.

"아, 이제 변소엘 가야 한다는 신호가 오는군요. 끅! 변소 좀 다녀오겠습니다."

"서장! 지난번처럼 다른 데로 새지 말고 변소만 갔다 와야 해! 또 도 망가면 재미없어!"

이시다는 취해서 구로다에게 농담처럼 말을 던졌다. 그러나 이미 잔뜩 취한 구로다는 그의 말은 들은 척도 하지 않고 비틀거리며 문을 열고 나갔다.

"박사님, 저 친구는 술만 먹으면 어디론가 새죠. 아마 숨겨놓은 조 선 계집이 있는 거 같다니까요. 히히…."

사또 박사는 이런 의미 없는 자리에 자신이 앉아있다는 사실 자체 가 역겨웠다. 같은 일본인이지만 상종할 가치조차 없는 인간들이라는 생각이 항상 머릿속에 자리 잡고 있었다. 그들은 세상에서 사라졌으 면 하는 쓰레기 같은 존재들이었다.

"나온다!"

가게 앞의 길 건너에 몸을 숨기고 있던 성수가 나지막하게 외쳤다.

"그래! 지금 나오네. 성수야, 너는 방파제로 가 있어. 내가 저놈 끌 고 갈게. 다행히 기사 놈은 차를 멀찌감치 세워놓고 안에서 자고 있 으니까 내가 바로 낚아채서 갈 수 있겠는걸."

"그래, 조심하고. 잘못됐다 싶으면 바로 도망쳐야 한다."

"알았어! 걱정하지 마! 아무튼 무슨 일이 있어도 구로다는 오늘 내 손에 죽는다!"

"그래, 구로다 그 새끼는 반드시 오늘 죽어야 해! 잘해 보자!"

말을 마친 성수는 진구의 어깨를 가볍게 치고는 재빨리 자리를 떠 났다.

진구는 구로다가 식당 옆으로 돌아가는 모습을 확인하고 서둘러 그가 있는 식당 모퉁이로 허리를 숙여 소리를 죽이며 뛰어갔다. 진구의 손에는 회를 뜰 때 사용하던 날이 시퍼렇게 선 회칼이 들려져 있었다.

식당 모퉁이에서는 구로다가 바지춤을 내리려 하고 있었다.

"움직이지 마! 움직이면 죽는다!"

"읍!"

진구가 한 손으로 구로다의 입을 막고 손에 들려있던 회칼을 구로다의 허리춤에 가져다 댔다. 그리고는 능숙하게 다리를 걸어 구로다를 땅바닥에 패대기쳤다.

진구는 일체의 망설임도 없이 그의 등에 올라탔고 재빨리 입에 재갈을 물리고는 두 손을 결박했다.

술에 취해 몸도 제대로 가눌 수 없었던 구로다는 아무런 반항도 하지 못했다.

"앞으로 걸어가! 이 새끼야!"

구로다를 일으켜 세운 진구가 나지막하게 그의 귀에 속삭였다.

구로다는 생각할 틈이 없었다. 이미 술기운으로 그의 판단 능력은 사라져 있었고 귀에 들리는 음성대로 움직일 뿐이었다.

"윽, 윽…."

등에서 느껴지는 날카로움에 구로다는 신음을 내뱉으며 걸어가기 시작했다. 그의 머릿속은 이미 아무런 판단도 할 수 없을 만큼 술기운과 정신적 충격에 의해 백지로 변해버린 상태였다.

구로다는 아무런 반항도 없이 진구의 지시대로 힘겹게 발걸음을 옮기기 시작했다.

"역시… 서장은 버릇을 못 버린 것 같습니다. 좋은 데가 있으면 같이 가야지, 꼭 자기 혼자 새더라고요. 죄송합니다. 박사님!"

"아니, 괜찮습니다. 좋은 추억을 갖고 일본에 돌아가게 되어서 행복할 뿐입니다."

시간이 지나도 구로다가 나타나지 않자 이시다는 사또 박사에게 미안함을 전하고 자리를 떠났다. 그리고 사또 박사도 서둘러 자리를 떠났다.

"개만도 못한 놈들!"

사또 박사는 불쾌함에 서둘러 발걸음을 재촉하며 나지막하게 그의 생각을 내뱉었다.

"성수야! 어디 있어?"

"응, 여기야!"

진구의 목소리에 방파제에 놓인 그물 뒤에 몸을 숨기고 있던 성수가 나타났다. 방파제의 한쪽 끝까지 구로다를 끌고 온 진구는 지친 기색이 보였다. 하지만 그의 목소리는 전혀 그렇지 않았다.

이미 사람의 윤곽만 가까스로 확인할 수 있는 어둠이 내려 있었다. 아무도 없는 황량한 공간이었다. 단지 달빛을 반사하며 출렁거리는 바다만이 존재를 알리고 있을 뿐이었다.

"윽!"

진구가 구로다의 장딴지를 걷어차 그를 방파제 바닥에 무릎 꿇렸다.

"성수야, 서두르자! 이놈한테 물어볼 것도 많지만 그냥 없애자!"

"그래도 순영이 행방은 알아야 할 것 아냐? 그리고 얘기했잖아. 그냥 죽이기 말자고."

"…"

진구는 잠시 생각에 잠겼다.

"그래, 네 말이 맞다. 물어볼 건 물어봐야지. 너 이 새끼, 묻는 말에 제대로 대답해야 한다. 제대로 짧게 조용히 대답하지 않으면 네 모가지 떨어져 나가니까 생각 잘해! 여자애들은 어디로 보낸 거야?"

진구는 구로다의 입에 물린 재갈을 조심스럽게 풀어주기 시작했다.

구로다는 이미 공포에 사로잡혀 얼굴색이 사색이 되어 있었다. 그리고 끌려오며 바지에 오줌을 쌌는지 바지가 홍건히 젖어 있었다.

"…"

재갈을 풀었지만 구로다는 이미 정신줄을 놓아버린 듯 아무런 반응이 없었다.

"야이 새끼야! 어디로 보냈냐니까? 너 죽어 볼래?"

"윽!"

진구의 주먹이 구로다의 얼굴에 정확히 명중했다.

"제발 살려 줘! 제발…! 나는 단지… 그러니까… 총독부 지시를 따른 것뿐이야. 몸무게 35키로 이상 되는 애들을 모아서 보내라는 지시만 받았어. 정말이야, 믿어 줘…"

구로다의 혀는 이미 꼬여 있었다.

"이 새끼가!"

"우욱!"

진구의 주먹이 다시 구로다의 얼굴에 박혔다.

"진구야!"

성수가 고개를 가로저으며 진구를 바라보았다.

"알았어!"

진구는 재빨리 구로다의 입에 재갈을 물렸다.

"우웁… 웁…."

구로다는 소리를 지르고 싶었지만 입에 물린 재갈과 잔뜩 마신 술로 인해 소리는 더 이상 울리지 않았다.

"성수야! 그물로 덮고 그물에 바위를 달자! 바위는 어디 있어?"

"저기!"

"응, 그래, 알았어!"

진구와 성수는 우선 앞에 놓인 그물을 구로다에게 덮기 시작했다. 구로다는 발버둥을 쳤지만 더 이상 움직일 수가 없었다.

"진구야! 마지막으로 내가 해야 될 게 있다."

"그래, 알았어. 나도 같은 생각이야."

말을 마치기 무섭게 성수가 그물에 싸인 구로다를 짓밟기 시작했다. 망설임도 없이 진구도 같이 합세했다. 그리고 죽을힘을 다해도 성에 차지 않는 듯 그물에 갇힌 구로다에게 발길질을 시작했다.

십여 분이 지났을까. 구로다는 정신을 잃은 듯 아무런 움직임이 보이지 않았다.

"진구야! 이제 된 것 같다. 이 새끼 완전히 맛이 갔어. 시작하자!"

"그래!"

진구와 성수는 그물코에 얼핏 보아도 수십 키로는 되어 보이는 사람 몸뚱이만 한 크기의 바위를 매달았다. 그리고 그물에 싸인 구로다의 몸뚱이를 방파제 끝자락에 걸쳐놓았다.

잠시 정적이 흘렀다.

"성수야!"

"알았어!"

진구와 성수는 힘겹게 바위를 들었다. 그리고 있는 힘껏 방파제 아래 바다로 던졌다. 구로다의 몸뚱이는 힘없이 바위와 함께 방파제 아래 바다 속으로 가라앉았다.

진구와 성수는 가라앉는 구로다를 바라보았다. 하지만 사라질 줄 알았던 마음속의 억울함 그리고 원통함은 사라지지 않았다. 오히려 일본을 증오하는 마음이 억울함, 원통함과 함께 자리 잡았다.

"성수야, 끝났어…. 저 개새끼 뒈졌으니까 빨리 여길 뜨자!"

"그래!"

두 그림자는 서둘러 어둠속으로 사라졌다.

3. 변화

　다음날 아침이 밝았지만 경찰서에 구로다 서장의 모습은 보이지 않았다.

　"서장님 아직 안 나오신 거야?"

　"예, 아직 출근 전이십니다. 어제 회식을 하시다가 항상 그러셨던 것처럼 자리를 떠나셨습니다. 아마 잠시 뒤면 출근하실 겁니다."

　"그럼 그렇지, 일찍 나올 리가 없지. 그럼 내가 사또 박사 배웅하러 대신 나가봐야겠다. 준비해라!"

　부서장은 투덜거리며 운전을 담당하는 경찰에게 지시를 내렸다. 그 누구도 구로다의 피살사실을 상상조차 하지 못하고 있었다.

　배 한척이 부두에 정박해 있었다.

"아빠, 결국 한국을 떠나네요. 2년 넘게 있었는데 정이 많이 들었어요."

"네 심정 이해간다. 엄마도 없이 2년 넘게 있었으니 정이 들만도 하지. 나도 이곳에 정이 든 게 사실이야. 좋은 사람들이야… 일본과는 틀려. 많지는 않지만 자신들이 가진 게 있으면 나누어 주려 하고 비록 내가 일본인이지만 진심어린 정으로 대해 주고…"

배 갑판에서 딸인 시미즈와 대화를 나누던 사또 박사는 잠시 말을 잇지 못했다.

"아빠, 갑자기 왜 그러세요?"

"좋게 지내왔던 사람들인데 얼마 전 그들의 딸들이 강제로 실려 가는 모습이 머리에 남는구나. 아무리 식민지라지만 그건 아니었는데… 아무튼 일본을 대신해서라도 내가 미안한 마음을 남기고 싶구나…"

사또 박사는 잠시 눈을 감았다. 시미즈도 더 이상 이야기를 꺼내지 못했다.

"아빠, 저기 보세요. 경찰서장 대신 부서장이 대신 나왔네요."

시미즈의 목소리에 사또 박사는 감았던 눈을 떴다. 포구에서 부서장이 손을 흔들고 있었다. 사또 박사도 무의식적으로 손을 흔들어 보였다.

"역시…"

사또 박사는 조용하게 말을 뱉어냈다.

잠시 뒤 정박했던 배가 움직이기 시작했다.

승선한 모든 이들이 지니고 있었던 울진에서의 기억은 묻혀지고 있었다.

새로운 여정의 출발이었다.

성수는 긴장하고 있었다.

"진구야! 이제 어떻게 하지? 올라타긴 탔는데 솔직히 무섭다. 생각 해 둔 거라도 있어?"

"생각? 성수야, 우선 마음 단단히 먹어. 무조건 들키지 않고 일본까 지 도착해야 해. 그다음에 뭐 있겠어. 내리자마자 도망가는 거지. 뒷 일은 나중에 생각하자. 도착하면 방법이 생길 거야."

"그렇지, 들키지 않고 일본까지 무사히 도착하는 게 가장 중요하지. 그런데 이 배에 사또 박사가 타고 있잖아, 어떻게 도움을 청해 볼 수 없을까?"

"사또 박사님한테?"

"응…."

허름한 배의 화물칸에 숨어있는 진구와 성수는 나지막이 이야기를 나누고 있었다. 쌓여있는 쌀 포대 뒤에 몸을 숨긴 채 이야기를 나누 는 그들의 눈만 반짝일 뿐이었다.

"그런데 지금은 어쩔 수가 없잖아. 만약에 배 안에서 움직이다 일본 놈들에게 걸리면 모든 게 끝장이야. 우선은 조용히 기다리자. 배가 일 본에 도착하면 생각해 보자. 그리고 도착하기 전에 분명히 배 안이 소란해질 거야. 그때 바다로 뛰어내리는 거야, 알았지?"

"그래, 그건 걱정하지 마. 너나 나나 수영 하나는 자신 있잖아."

자신은 있다고 이야기를 나누지만 그들의 눈에는 전혀 예측할 수 없는 앞날에 대한 공포감이 배어있었다. 그들은 지친 몸을 푸근한 쌀 포대에 맡겼다. 그리고 누가 먼저라고 할 것도 없이 깊은 잠 속으로 빠져들었다.

배는 동남진하여 우리 독도와 가장 가까운 일본 오키 제도의 도고 섬과 도젠 섬 그리고 지부리 섬을 거쳐 남진을 계속했다. 그리고 마침내 목적지인 일본 돗토리현의 사카이미나토 항에 도착을 준비하고 있었다.

발자국 소리에 진구가 잠에서 깼다. 성수 역시 눈을 비비며 잠을 쫓아내고 있었다.

"성수야! 시간이 된 것 같다."

"그래, 알고 있어. 그럼 우리도 준비해야지?"

"밖에서 사람들 발자국 소리가 심하니까 분명 도착할 때가 된 거야. 그런데 도착할 때까지 기다리지 말고 사람들이 보이지 않을 때 배 난간에서 뛰어내리자. 어때?"

"응, 그래. 그게 낫겠다. 항구에 도착하면 오히려 기회가 없을 수도 있지. 그렇게 하자."

성수를 바라보는 진구는 걱정이 앞섰다. 자신처럼 깡이 있는 친구가 아니었기 때문에 걱정도 되고 한편으로는 미안한 마음이 들었다. 하지만 성수는 지금까지 모든 일을 잘 처리해 왔기 때문에 잘하리라는 믿음이 앞섰다.

"성수야, 가자!"

진구의 목소리에 성수는 숨겼던 몸을 일으켜 진구와 함께 갑판 바닥에 설치된 창고 문을 조심스럽게 열었다. 아직 동이 트지 않은 새벽의 어둠이 시야에 들어왔다. 움직이는 사람들의 그림자도 없었다. 단지 멀리서 바쁘게 쏟아지는 목소리만이 들려올 뿐이었다.

"성수야! 저기 난간 보이지? 저기서 뛰어내리자!"

"그래! 알았어!"

말이 끝나기가 무섭게 두 친구는 재빨리 난간으로 다가갔다. 다행히 인기척이 없었다. 망설일 틈도 없이 두 친구는 난간을 넘어 바다에 몸을 던졌다.

창고 같은 곳에 수십 명의 여자들이 포개다시피 자리를 메우고 있었다.

"정숙아…. 엄마는 괜찮을까? 총에 맞았는데… 흐흑… 그리고 진구도….''

"괜찮으실 거야. 어머니는 보통분이 아니시잖아. 혼자서 너를 키우시며 강하게 살아오셨잖아. 너무 걱정하지 마. 괜찮으실 거야…''

"그렇겠지…? 그런데 진구가 걱정된다. 놈들이 그냥 놔두지 않을 텐데…''

순영과 정숙은 나란히 앉아 걱정 어린 표정으로 이야기를 나누고 있었다. 엄마를 생각하던 순영의 눈에는 눈물이 고여 있었다.

"글쎄…. 나도 진구가 걱정이야. 구로다 그놈 아주 독종인데…. 그래도 잘 지낼 거야. 너무 걱정하지 말자. 솔직히 우리가 더 걱정이야.''

"그래, 내가 걱정한다고 뭐가 달라지겠어. 그리고 갈 수도 없는데…. 우리는 어떻게 되는 걸까? 솔직히 무서워… 엄마도 보고 싶고…''

"나도 그래…. 엄마가 너무 보고 싶어…. 순영아, 우리 큰 걱정은 안

해도 되겠지? 그냥 일하러 가는 거겠지?"

"응, 믿어봐야지…. 그런데 무슨 일이길래 이렇게 배까지 타고 가는지 모르겠다. 분명 일본은 아닌가 봐."

"그래, 그런 것 같아. 일본이라면 우리 울진에서 가면 되는데 굳이 인천까지 와서 가는 걸 보니까 일본은 아닌 것 같은데, 그럼 어디지…?"

"모르겠어…."

순영과 정숙뿐만이 아니라 배 안의 모든 이들이 같은 걱정을 하고 있었다.

멀리 해안선이 보이기 시작했다.

"야, 뭣들 해? 빨리 내릴 준비하라고! 빨리 움직여! 빨리!"

고함소리가 들려왔다. 움직일 공간조차 없이 빼곡히 화물칸에 실린 여자들이 웅성거리기 시작했다.

"정숙아, 내리나 보다…."

"그래, 이제 내리다 보다…. 순영아, 힘내. 설마 죽기야 하겠어. 일자리를 준다고 했으니까 그렇게 힘든 일은 아닐 거야. 우리 힘내자!"

"그래…."

순영과 정숙은 조용히 이야기를 나누며 옷매무새를 가다듬었다. 하지만 그들의 눈에는 공포감이 가득 차 있었다. 배 안에 있던 한국에서 온 여자들은 이유도 모른 채 하선할 준비를 하기 시작했다.

"야, 빨리 내려! 꾸물대지 말란 말이야!"

"알았어요, 지금 내리잖아요. …아악!"

지시를 내리던 군인이 발로 한 소녀의 배를 걷어찼다.

말대꾸를 하던 열다섯 살 정도밖에 안 되어 보이는 소녀는 배를 움켜쥐고 바닥에 구르기 시작했다.

"잘 들어라! 여기는 너희들이 살던 조선이 아니다. 전쟁터다. 지금부터 내가 하는 지시에 토를 달거나 말대꾸를 하면 이렇게 된다! 알았나!"

"…"

아무런 대답들이 없었다.

"엄마야! 어떻게 어린애한테 저럴 수가 있어…"

"그러게 말이야…. 순영아, 빨리 움직이자."

"그, 그래…"

낯선 항구의 모습이었다. 그러나 그 누구도 여기가 어디인지 물어보는 사람은 없었다. 모두가 겁에 질려 있었다.

"지금부터 내 말 잘 들어라! 앞으로 트럭을 타고 이동을 하게 된다. 이동 중에 그 어떤 질문도 하면 안 된다. 그리고 서로 간의 잡담도 절대 안 된다. 잘 들어라! 여기는 전쟁터다. 너희들 목숨은 내 손 안에 있는 거다. 알겠나?"

"…"

그러나 아무런 대답이 없었다.

"이것들이! 내 말이 장난으로 들려? 내 말에 큰소리로 대답한다! 알겠나?"

"예…"

군인의 살기어린 목소리에 조그맣게 대답이 들려왔다.

"순영아, 정신 차려야겠다. 저놈이 말하는 게 장난 같지가 않아…"

그렇게 그들은 트럭에 실려 어디론가 사라졌다.

4. 운명

시미즈가 두 팔을 뻗어 한껏 공기를 들이마셨다. 사또 박사는 그런 시미즈를 웃음기 머금은 얼굴로 바라보며 걷고 있었다.

"시미즈! 드디어 일본에 도착했구나."

"예, 아빠 너무 좋아요. 드디어 일본이에요. 그런데 많이 변했네요. 그래도 예전에는 조용하다는 느낌이었는데 지금은 이상하리만큼 바쁘게 움직이는구나 하는 느낌이에요."

"그거야 전쟁 중이니까 그렇겠지. 전쟁이 계속되니 어쩔 수 있겠니… 서두르자, 빨리 집에 가야지."

사또 박사와 시미즈는 서둘러 기차역을 향해 걸어갔다.

이곳은 더 이상 2년 전 울진으로 떠날 때 보았던 기억 속의 사카이 미나토가 아니었다. 새벽이지만 이상 하리 만큼 긴장감 속에 사람들이 분주히 움직이고 있었다. 항구 주변에는 각종 짐들이 정리도 되지 않은 상태로 어지럽게 널려 있었다.

시미즈는 길가에 널브러져 있는 짐들을 바라보며 발걸음을 재촉했다.

그런데 그녀의 눈에 바닷가 바로 옆에 쌓여있던 짐 사이에서 무언가 움직이는 것이 보였다.

"깜짝이야! 아빠, 저기 짐 사이에 움직이는 뭔가가 있어요. 사람 같기도 하고… 우리를 바라보는 것 같아요."

"정말이니? 어딘데?"

"저기요, 방파제 옆에 위장막으로 싸여있는 물건 뒤요."

사또 박사가 시선을 위장막 뒤로 고정하자 검은 물체가 움직임을 멈췄다. 살아있는 동물이거나 사람이 분명했다.

"시미즈, 너는 여기서 잠기 기다려라! 잠시 내가 갔다 오마."

'뭔가 이상한 느낌이야. 분명히 우리를 바라보는 것 같았어.'

사또 박사는 주변을 잠시 둘러본 뒤 조심스럽게 위장막으로 싸인 물건 쪽으로 다가갔다. 검은 무언가는 그 자리에서 움직임이 없었다.

"아니! 너희들은…?"

"예, 저희들입니다. 박사님…"

사또 박사의 눈에 물에 젖은 채 움츠리고 숨어있던 진구와 성수가 보였다. 당황한 사또 박사는 본능적으로 주변을 둘러보았다. 멀리 시미즈가 보일 뿐 주변엔 사람들의 모습이 보이지 않았다.

"너희가 여기를 어떻게 왔어? 정말 진구하고 성수 맞는 거지?"

"예, 박사님. 저하고 성수 맞습니다. 지금 도착한 배로 밀항을 했습니다. 뵐 면목이 없습니다. 숨어있는데 박사님이 지나가시는 모습이 보여서 일부러 시미즈의 눈에 띄도록 했습니다. 죄송합니다⋯."

"당돌한 놈들! 갈 곳도 없는데 어쩌자고 일본엘 왔어⋯."

사또 박사는 잠시 그들을 바라보았다. 갈 곳도 없는 일본으로 무작정 건너온 그 심정은 알겠지만 아무런 대책도 없이 넘어온 무모한 짓이었다.

"알았다. 내가 이곳에서 경찰을 부르면 되겠지만 차마 그러지는 못하겠구나⋯. 지금 기차 편으로 집이 있는 도쿄로 가는 길인데 우선 같이 가자. 나중 일은 거기서 생각해 보기로 하고. 녀석들, 정말 무모하구나. 빨리 서두르자!"

사또 박사는 불쌍한 두 친구를 차마 경찰로 인계할 수는 없었다.

오늘의 운명은 앞으로 벌어질 또 다른 운명을 준비하고 있었다.

사라진 구로다는 며칠째 행방을 알 수 없었다.

지역 주민들을 대상으로 한 조사와 사라진 진구와 성수에 대한 조사가 이루어졌다. 그러나 아무런 단서도 발견되지 않고 사건은 미궁으로 빠져 들었다.

한편 여자들을 태운 트럭은 꼬박 하루를 달렸다.

웅성거림에 순영과 정숙은 잠에서 깨어났다. 흔들리는 차에서의 잠이라 허리가 뻐근해 왔다.

"순영아! 저거 봐! 빨리⋯!"

정숙의 목소리에 순영은 정숙이 가리키는 방향으로 고개를 돌렸다.

"완전 감옥 같잖아. 철조망에 울타리까지⋯. 뭐야, 이게⋯."

철조망과 울타리로 둘러싸인 막사들이 눈에 들어왔다. 허허벌판에 덜렁 남아있는 마치 섬과도 같은 느낌이었다.

"설마…"

여기저기서 허탈한 신음소리들이 들려왔다.

울타리에 설치된 문이 열리며 트럭이 멈추어 섰다. 선탑자인 일본군과 경비병 사이에 웃음이 오고갔다.

"야! 빨리 내려! 빨리!"

"…"

여자들은 아무 말도 없이 차례로 트럭에서 내려섰다.

"지금부터 내 지시대로 따라야 한다. 우선 목욕부터 하고 숙소를 배정받을 거다. 그리고 숙소에서 대기하면 된다! 천황폐하께 감사드려라! 너희는 천황폐하의 은덕으로 이곳에 오게 된 것을 영광으로 생각해야 한다! 알았나?"

"예에…"

의기소침한 대답이 들려왔다.

여자들은 간이 샤워기가 설치된 샤워실로 끌려갔다.

"빨리 옷 벗어! 그리고 시간은 5분 줄 테니 깨끗하게 씻는다. 그리고 씻은 사람들은 밖으로 나와서 일렬로 대기하고 있는 거다! 알았나?"

"아니… 나가서야 옷을 벗죠…"

"뭐라고? 이년이 미쳤나… 말대꾸하지 말라고 했지. 다시 한 번 말한다. 말대꾸하지 마라! 빨리 옷 벗어! 시간은 5분이다. 다시 말한다. 여기는 전쟁터다. 서둘러라! 빨리!"

"순영아, 서두르자!"

"으응, 알았어."

여자들은 서둘러 옷을 벗었다. 그리고 하나둘 샤워기가 달린 작은 천막 안으로 들어갔다. 이를 지켜보는 칼을 찬 일본군의 얼굴에는 옅은 웃음이 흘러나오고 있었다.

샤워를 마치고 숙소를 배정받았다. 막사는 몇 개의 작은 방으로 나누어진 숙소로 개조되어 있었다.

"순영아, 꼭 돼지우리에 갇히는 느낌이야. 냄새도 이상하고…."

"그렇지… 나도 그래. 냄새가 너무 이상해…. 그런데 무슨 일을 하는지는 왜 안 알려 주는 거지? 이상하다…."

"다들 조용히 해! 지금부터 방을 알려주겠다. 방 번호를 알려주면 그 방에 들어가서 대기하고 있는 거다! 대답해라, 알겠나?"

"예에…."

군인은 서둘러 방 번호를 지정하기 시작했다.

"너는 1번 방! 그리고 너는 2번, 너는 3번…."

"저기요…. 그런데 무슨 일을 하는 거예요…?"

누군가 조용히 질문을 던졌다. 모두의 시선이 질문을 한 여자에게 집중되었다. 그리고 혹시 그녀에게 군인이 행패를 부릴까 숨죽이고 눈치를 보고 있었다.

"누구야?"

군인의 날카로운 목소리가 들려왔다.

"예에, 전데요…."

조그만 체구의 여자가 조심스럽게 손을 들었다.

"으음, 그래. 궁금할 거다. 힘든 일은 아니니 너희들도 재미있게 일할 수 있을 거다. 방에서 기다리면 알게 된다."

"순영아, 저놈이 웬일로 상냥하게 대답을 다하지? 저렇게 웃으면서 대답하는 건 처음 보는데…"

"그래, 이상해…"

군인은 얼굴에 웃음을 보이며 불규칙하게 난 누런 이를 드러내 보였다. 그의 웃음은 사라지지 않았다.

"이제 됐다. 다들 알려준 방에 가서 대기한다! 숙소 안에 공용 화장실이 있으니까 사용하고 숙소 밖으로 이동은 절대 안 된다! 각자 방에서 움직이지 말고 대기하는 거다. 대답해라! 알았나?"

"예에…"

힘없는 목소리들이 들려왔다.

순영과 정숙은 나란히 지정받은 방으로 발걸음을 옮겼다.

'이게 뭐야? 이불하고 수건… 이게 다야?'

'이건 숙소가 아니잖아. 그냥 몸만 누워있으라는 거지…'

'무슨 냄새야? 그리고 아무것도 없잖아…?'

모두들 같은 생각이었다. 편히 쉴 수 있는 숙소를 바란 것도 아니었다. 하지만 마치 돼지우리 같은 그냥 몸뚱이를 눕히는 공간일 뿐이라는 생각이 들 뿐이었다.

날이 어두워지기 시작했다.

숙소 주변에서 웅성거리는 소리가 들리기 시작했다. 잠시 후 웅성거림이 사라지더니 군화소리가 들리기 시작했다. 그리고 그 소리는 번호가 매겨진 방들로 향하고 있었다.

"엄마야! 누, 누구세요? 왜 그러세요? 왜, 왜 이러세요…?"

"아악! 아, 안 돼요…!"

"살려주세요! 살려주세요…! 제발…!"

"왜 이러세요… 살려주세요! 살려주세요…!"

처절한 비명소리가 여기저기서 울려오기 시작했다. 온 방이 비명소리로 가득 찼다. 군화소리의 주인공은 사람이 아니었다. 굶주린 짐승들이었다.

끌려온 모든 여자들의 모든 것이 무너졌다.

짐승들은 누런 이를 드러내며 무너져 내리는 그녀들의 모든 것을 먹어치웠다.

마음도, 몸도, 그녀들의 모든 것이 사라지고 있었다.

"으으으… 아…!"

"왜 그래? 진구야! 정신 차려, 진구야!"

잠을 자던 진구의 온몸이 땀으로 젖어 있었다.

"왜 그래? 무슨 나쁜 꿈이라도 꾼 거야? 정신 차려!"

"으응… 알았어…."

진구가 어렵게 눈을 뜨고 몸을 일으켰다.

"괜찮아? 온몸이 땀이야. 나쁜 꿈을 꾸었나 보다."

진구의 신음소리 때문에 성수도 잠에서 깨어 눈을 부비고 있었다.

"으응, 나쁜 꿈인 거 같은데…. 생각이 안 난다…. 순영이가 나왔던 거 같은데…."

"그래…. 그냥 순영이도 네 꿈꾸면서 편히 잠자고 있을 거라 생각해. 절대 나쁜 꿈은 아니었을 거야…. 그렇게 믿어야지."

"그래, 성수야, 네 말이 맞다. 좋은 꿈이었을 거야. 물론 순영이도 내 꿈을 꾸겠지…"

졸린 눈을 부비며 이야기를 나누던 두 친구는 다시 잠자리에 들었다.

그러나 영문도 모른 채 끌려간 여인들의 절규는 계속되고 있었다.

마침내 진구와 성수는 일본에서의 새로운 삶을 시작했다.

모든 것을 잊고 새로운 출발을 준비하기 위해 발버둥치고 있었다. 별다른 일거리는 없었다. 단지 사또 박사의 집에 기거하며 주변의 허드렛일로 용돈을 벌면서 일상을 보내고 있었다.

그렇지만 그들로 인해 몇 년 전 사별한 시미즈 엄마의 빈자리가 커 보이던 집에 활기가 생겼다.

"진구하고 성수 그리고 시미즈, 이리 모여 봐라!"

저녁식사를 마친 사또 박사가 중요한 이야기가 있는 듯했다.

"왜 그러시지? 우리를 불러서 이야기하시는 건 처음인데…"

"그러게. 아무튼 궁금한데 가 보자, 진구야."

"그래."

사또 박사와 시미즈는 이미 자리에 앉아있었다.

"어서 와서 자리에 앉아라!"

"예."

진구와 성수는 거실에 마련된 테이블에 앉았다.

"시간이 빠르지? 진구하고 성수, 너희들 일본에 온 지 얼마나 됐지?"

"예, 그러니까 6개월이 조금 지났습니다. 그런데 왜 그러시죠?"

대답을 끝낸 진구가 성수의 얼굴을 쳐다보았다. 사또 박사가 무슨 의도로 질문을 했는지 궁금할 뿐이었다.

"아니, 그냥 궁금해서. 벌써 그렇게 됐구나. 시간이 참 빨라. 한국을 떠나올 때 무슨 생각을 갖고 왔는지는 모르겠지만 일본 생활은 어때? 생각보다 쉽지 않지?"

"예, 생각보다 쉽지 않습니다. 아마 성수가 더 힘들 겁니다. 저야 힘쓰는 일 하나는 자신 있는데 성수는 그렇지가 않아서…."

"그런가…. 그래, 진구 네가 힘은 좋은 거 같더구나. 허허…. 아무튼 너희들은 참 보기 좋아. 항상 서로를 아끼는 모습이 여타 젊은이들하고는 틀려."

사또 박사가 잠시 말을 멈췄다. 그리고 진구와 성수의 얼굴을 잠시 바라보았다. 중요한 이야기를 할 거라는 예상을 하기에 충분했다. 시미즈도 잠시 긴장하는 모습을 보였다.

"진구하고 성수, 내 이야기 잘 들어라! 너희들을 받아들이고 고민을 많이 했다. 나라를 잃고 다른 나라도 아닌 나라를 빼앗은 원수의 나라에 와서 너희들이 무엇을 할 수 있을까 그리고 무슨 생각으로 일본이라는 나라에 왔을까…."

잠시 침묵이 흐르며 진구와 성수는 고개를 떨군 채 아무런 움직임도 보이지 않았다. 사또 박사는 그들에게 은인이었다. 사또 박사가 무슨 말을 하든 받아들일 수밖에 없는 상황이었다.

하지만 사또 박사가 절망적인 이야기를 하지는 않을 거라는 사실은 믿고 있었다.

"내 안다. 단지 피하기 위해 일본으로 왔고 지내다 보면 무슨 길이 보이지 않을까 해서 온 것이라는 사실도 잘 알고 있다. 하지만 내가 봤을 때 너희 두 놈 모두 참 아까운 젊은이라는 생각이 드는구나. 그래서 내가 힘들게 결정을 하나 했다! 무조건 따라 줘야 한다!"

진구와 성수 그리고 시미즈는 당황하지 않을 수 없었다. 지금껏 독단이라는 단어와는 동떨어져 있던 사또 박사의 '무조건 따라야 한다!'는 말이 주는 충격이 제법 컸다.

"진구는 일본육군사관학교 그리고 성수 너는 동경대학에 진학하도록 해라. 모든 준비는 내가 해 두었다. 특히 성수는 내가 교수로 있는 지질학과에 입학하도록 준비해 놨다."

"예?"

진구, 성구 그리고 시미즈 모두가 충격에 휩싸였다.

"박사님! 저희는 아직…."

"됐다! 더 이상 말할 필요 없다. 내가 너희를 한국에서 2년 넘게 그리고 이곳에서 6개월을 지켜보고 내린 결정이다. 너희들은 그럴 자격이 있다고 판단했다. 그냥 따라 주길 바란다. 시미즈 너는 어떻게 생각하니?"

"저야 너무 좋죠, 아빠!"

"박사님…. 저희들은 부족한 게 너무 많은데 어떻게…."

진구와 성수는 사또 박사 앞에 무릎을 꿇었다. 그리고 울먹이며 입을 열었지만 말이 나오지 않았다. 꿈이라는 생각을 했다. 하지만 분명한 현실이었다.

"됐다, 이놈들아. 너희 둘은 내 아들들이다. 나는 너희들이 자랑스럽다. 그리고 앞으로 나를 아버지처럼 따르고 시미즈를 동생처럼 돌봐야 한다. 약속할 수 있지?"

"예, 약속하겠습니다. 박사님, 정말 고맙습니다. 평생을 아버지로 모시고 최선을 다해 열심히 살겠습니다, 아버님!"

성수가 울먹이며 입을 열었다. 진구의 눈에서는 어느새 눈물이 뺨을 타고 굵은 줄기를 만들며 흘러내리고 있었다.

"마지막으로 한 가지 꼭 해 주고 싶은 말이 있다. 너희들이 떠나온, 너희를 낳아준 곳을 항상 기억해라! 그리고 그곳을 위해 반드시 해야 할 목표를 분명히 세우고 항상 가슴에 품어라!"

진구와 성수는 혼란스러웠다. 설마 자신들한테 이런 삶이 주어질 줄은 상상조차 하지 못했다. 울진에서 일본인 경찰서장을 죽이고 선택할 수 있는 마지막 방법이라 생각하고 건너온 일본이었다.

지금 벌어지는 현실 속의 사건들이 실감되지 않았다.

사또 박사의 지원으로 진구와 성수는 진학을 했다. 그리고 꿈만 같은 학교생활이 시작되었다.

그러나 얼마 지나지 않아 엄청난 사건이 터지고야 말았다.

"박사님! 큰일 났습니다! 조금 전 히로시마에 원자폭탄이 투하되었다고 합니다. 최소 십만 명 이상이 피해를 입었다고 합니다! 난리가 났습니다!"

"뭐라고? 원폭이 투하됐다고?"

교수 연구실로 들어온 조교의 얼굴이 사색이 되어 있었다. 사또 박사 또한 얼굴색이 하얗게 변해 버렸다.

"누가 그래? 원자폭탄이 떨어졌다는 사실을 나보고 믿으란 말이야…?"

"지금 라디오 방송에서 긴급으로 속보가 쏟아지고 있습니다. 히로시마는 지금 아비규환의 지옥이라고 합니다. 학교도 엉망입니다. 교수님도 우선 집에 가서서 주변분들 안부를 살펴보셔야 될 것 같습니다!"

"라디오에서 긴급 속보가 나온다고? 잠시만 기다리게."

사또 박사는 교수실에 있던 라디오를 서둘러 켰다. 아나운서의 떨리는 목소리가 울려오고 있었다.

> 사람, 동물, 모든 생명을 가지고 있는 것이 말 그대로 죽음
> 속에 그슬렸습니다….

"어떻게… 이런 일이…. 알겠네. 자네도 빨리 집에 가 보게나."

사또 박사는 믿을 수가 없었다. 하지만 라디오에서는 계속해서 속보가 흘러나오고 있었다. 그는 서둘러 집으로 향했다.

집에는 이미 시미즈가 와 있었고 잠시 후 성수가 도착했다.

"아빠! 히로시마에 원자폭탄이 떨어졌대요. 이건 정말 미국이 너무한 거 아니에요?"

"…"

시미즈의 원망 섞인 목소리에 사또 박사는 아무런 대답도 할 수 없었다. 오히려 불길한 예감이 그의 머릿속을 휘감고 있었다.

"시미즈, 너는 당분간 집에서 움직이지 마라. 성수 너도 마찬가지고."

말을 마친 사또 교수가 옷을 가다듬고 집을 나서려 했다.

"어디 가세요? 지금 시내 상황도 정상이 아닌 것 같던데 어느 정도

시간을 두고 움직이시는 게 나을 듯싶은데요."

"아니다. 당장 문부과학성에 좀 다녀와야겠다. 잠시면 되니까 걱정하지 말고 집에 가만히들 있어라. 알았지?"

성수의 만류를 뒤로 하고 사또 박사는 서둘러 집을 나섰다.

두 시간 정도가 지나자 사또 박사가 돌아왔다.

"아빠! 문부과학성에서는 뭐래요?"

"응, 별 일은 아니고 앞으로 상황이 어떻게 진행될지 알아보려고 잠시 갔던 거야. 큰 걱정은 안 해도 될 것 같다. 그래도 혹시 모르니 당분간은 집에 있도록 하자."

히로시마의 원폭투하는 일본 국민에게 커다란 충격과 피해를 남겼다. 그러나 일본은 크게 변하지 않았다. 포츠담 선언을 계속 묵살하며 2차 대전의 종식을 바라는 전 세계인의 열망을 무시하고 있었다.

결국 1945년 8월 6일 히로시마에 이어 1945년 8월 9일 나가사키에 또 다른 원자폭탄이 떨어졌다.

1945년 8월 15일 정오, 일본의 라디오 방송이 시작되었다.

> 지금부터 중대한 발표가 있겠습니다. 전국의 청취자 여러분께서는 기립해 주시기 바랍니다. 천황 폐하께서 황공하옵게도 친히 전 국민에게 칙서를 말씀하시게 되셨습니다. 지금부터 삼가 옥음玉音을 방송해 드리겠습니다.

기미가요가 연주되었고 마침내 천황의 떨리는 목소리가 들려오기 시작했다.

　짐은 깊이 세계의 형세와 제국의 현상에 비추어보아 특단의 조치로서 시국을 수습하려고 하여, 이에 충성스럽고 선량한 그대들 신민에게 고한다. 짐은 제국정부로 하여금 미·영·중·소 4국에 대해 그 공동성명을 수락한다는 뜻을 통고하게 했다.

　무릇 제국 신민의 안녕을 꾀하고 세계만방이 공영의 즐거움을 함께 하는 것은, 예로부터 황실 조상이 남긴 법도로서 짐이 삼가 신불에 바치는 바이다. 앞서 미·영 두 나라에 선전 포고한 까닭도, 또한 실로 제국의 동아시아의 안정을 간절히 바라는 것에서 나아가, 타국의 주권을 배제하고 영토를 침범하는 것과 같은 것은 처음부터 짐의 뜻이 아니었다.

　그런데 교전 상태는 이미 4년의 세월이 지나, 짐이 육해군 장병의 용맹, 짐의 문무백관의 근면, 짐의 억조창생의 봉공, 각각 최선을 다했음에도 불구하고 전쟁의 국면을 반드시 호전시킬 수 있는 것은 아니었다.

　세계의 대세 또한 우리에게 이롭지 않았을 뿐만 아니라, 적은 새로 잔혹한 폭탄을 사용하여 끊임없이 무고한 백성을 살상하고 참담한 피해를 입히는 바, 참으로 예측할 수 없는 지경에 이르렀다. 게다가 일찍이 교전을 계속했으나, 마침내 우리 민족의 멸망을 초래했을 뿐만 아니라, 더 나아가서 인류의 문명마저도 파기할 것이다.

이와 같이 된다는 것은, 짐이 어떻게 해서든 수많은 백성을 보호하고 황실의 신령에게 사죄할 것이며, 바야흐로 짐의 제국정부로서 공동성명에 응하게 되기에 이른 연유이다.

짐은 제국과 함께 시종 동아시아의 해방에 협력한 여러 맹방에 대해 유감의 뜻을 표하지 않을 수 없다. 제국 신민으로서 전쟁터에서 죽고, 일하던 곳에서 죽고, 비명횡사한 자 및 유족을 생각하면 오장이 찢어지는 것 같다. 또한 부상을 당하고 재난을 당하고, 가업을 잃은 자의 후생복지에 이르러서는 짐이 깊이 마음에 두는 바이다. 생각건대 앞으로 제국이 받아야 할 고난은 처음부터 평범하지 않을 것이다.

그대들 신민의 충정도 짐이 잘 알고 있었지만, 짐은 시운을 따르는 바 참기 어렵다는 것을 감추기 어렵고, 어려움을 견딤으로써 후세를 위해 태평한 세상을 열려고 한다.

짐은 이에 국체를 보호 유지할 수 있으며, 충성스럽고 선량한 그대들 신민의 일편단심을 신뢰하고, 늘 그대들 신민과 함께 있다. 만약 그 정이 격해지는 바, 함부로 일의 단서를 번번이 늘리거나 또는 동포를 배제하고 서로 시국을 어지럽게 하기 위해 대도를 그르치며 신의를 세계에서 잃는 것과 같은 것은 짐이 그것을 가장 경계한다.

무릇지기 온 나라 한 집안 자손이 서로 확실히 전하여, 하늘이 주신 땅이 불멸을 믿고, 책임이 무겁고, 갈 길이 멀다는 것을 생각하여, 장래의 건설에 총력을 기울이고, 도의를 두텁게 하고, 지조를 공고히 하리라 선서하고, 국체의 정수를 앙양

하고, 세계의 흐름에 뒤처지지 않을 것을 기대한다.

그대들 신민은 짐의 이 뜻을 꼭 마음에 두고 지켜라.

전 세계인을 볼모로 일본이 끈질기게 이어가던 2차 대전은 일본 국
민들에게 엄청난 정신적, 물질적 피해를 남기고 이렇게 막을 내렸다.

그러나 또 다른 이들의 아픔은 계속되고 있었다.

5. 출발

"미치코, 의무실로 가 봐라!"

숙소 밖에서 경비병의 목소리가 들려왔다.

"순영아, 왜 너를 찾지? 이상한데…"

"그러게, 나를 찾을 이유가 없는데…. 아무튼 갔다 와서 이야기해 줄게."

정숙과 이야기를 나누고 순영은 임시로 설치된 의무실로 발걸음을 옮겼다. 그곳은 일본군위안부들의 성병검사나 임신한 일본군위안부들의 낙태를 위해 만들어진 가고 싶지 않은 장소였다.

'가기 싫은데…. 왜 오라는 거야…'

순영은 내키지 않는 발걸음을 옮기기 시작했다.

"미치코입니다!"

순영의 이름은 미치코로 바뀌어 있었다. 일본군위안부 모두에게 일본식 이름이 주어져 있었다.

"그래, 들어와!"

여자 간호장교의 목소리가 들려왔다. 순영은 조심스럽게 의무실 안으로 들어갔다. 그런데 분위기가 예전 같지 않았다. 여자 간호장교와 간호조무사들의 얼굴이 붉게 상기되어 있었다.

"미치코, 어서 와. 여기 자리에 앉아 봐."

"예…."

"오늘 우리하고 어디 좀 가자!"

"예? 그게 무슨 말인지…."

순영은 함께 가자는 이야기가 실감되지 않았다. 이곳에 온 후로 한 번도 위안소 울타리를 벗어난 적이 없었다. 울타리를 벗어난다는 것은 죽음을 의미했다. 죽어서나 울타리를 벗어날 수 있었다.

"그냥 우리하고 나가면 되는 거야. 밖에 트럭이 있는데 그 차로 같이 가면 되는 거야. 알았지?"

"예…. 그런데 어디를 가는 건데요? 혹시…?"

순영은 두려움이 앞섰다. 혹시 자신을 해한다거나 다른 위안소로 보낼지도 모른다는 불안감이 몰려왔다. 그렇지만 제안을 거절할 수는 없었다.

"에이… 걱정하지 말고 그냥 같이 가면 되는 거야. 그리고 이건 명령이야. 무조건 따라와야 해. 가만 있자…. 숙소에서 옷하고 너한테 꼭 필요한 것만 빨리 챙겨와. 알았지? 빨리 움직여."

"예, 알았어요…."

순영은 그들을 믿을 수가 없었다. 그러나 간호장교가 이곳에 온 후로 줄곧 친절하게 자신을 대해준 사실이 떠올랐다.

'간호장교가 나쁜 사람은 아니야. 그래, 믿고 따라가는 수밖에…. 그리고 명령이라는데….'

순영은 서둘러 숙소로 발걸음을 재촉했다.

"뭐라고? 간호장교가 외부에 같이 가자고 그랬다고?"

"어, 잠깐만 같이 나가자고 그러네. 필요한 옷하고 챙겨올 거 있으면 빨리 챙겨오라고 해서…."

"그런데 순영아, 혹시… 다른 데로 데려 가는 거 아닐까? 안 가면 안 될까?"

"나도 모르겠어. 그리고 명령이라는데…."

"그럼 어쩔 수 없지. 근데 너를 다시는 못 볼 것 같다는 생각이 들어서…."

정숙의 얼굴에 근심이 어려 있었다. 같은 고향에서 나고 자란 친구였다. 그리고 이곳에 와서도 둘은 항상 떨어지지 않았다. 그런데 그런 순영이 물론 잠시라지만 자신의 곁을 떠난다고 하니 이상한 기분이 들었다.

"에이, 잠깐인데 뭘. 너무 걱정하지 마. 간호장교가 나쁜 사람 같지는 않으니까 별 일 없을 거야. 너무 걱정하지 마. 알았지?"

"으응… 알았어…."

순영은 정숙이 진심으로 걱정하는 마음을 알고 있었다.

"그래, 갔다 올게."

순영은 내키지는 않았지만 옷가지 등을 챙겨 의무실로 발걸음을 옮졌다.

"그래, 왔구나. 빨리 차에 타자!"

간호장교의 말이 떨어지자 곁에 있던 세 명의 간호조무사들이 먼저 의무실을 나섰다. 그리고 순영도 그들을 따라 의무실 문을 나섰다.

간호장교가 트럭의 조수석에 탔고 순영을 포함한 나머지는 트럭의 화물칸에 몸을 실었다.

"가자!"

간호장교의 지시에 운전병이 차에 시동을 걸었다. 그리고 굳게 닫혀 있던 위안소 출입문이 열리고 트럭은 어디론가 달리기 시작했다.

"그런데… 어디 가는 거예요?"

순영이 조심스럽게 같이 탄 간호조무사들한테 말을 던졌다.

"우리도 몰라…. 단지 급하게 가야 된다고 해서 우리도 얼떨결에 따라 나선 거야. 너무 걱정하지는 마. 나쁜 일은 안 벌어질 거야."

"예에… 알았어요."

트럭은 흙먼지를 날리며 황량한 벌판을 달리고 있었다.

그런데 반대편에서 트럭 한 대가 역시 흙먼지를 날리며 달려오고 있었다. 트럭 화물칸에는 무장한 군인들이 타고 있었다.

"아니… 이 시간에 군인들이…? 이상하네…. 아직 해가 떨어지지도 않았는데…."

순영과 간호조무사들은 지나가는 트럭을 바라보며 의아해했다. 하지만 아무도 무장한 군인들이 위안소로 가는 이유를 몰랐다.

채 십 분도 안 되는 시간이었다.

'타타타탕…! 탕! 탕! 탕!'

'콰앙!'

'타타타타…!'

총성이 들리기 시작했다. 순영은 본능적으로 지나온 길을 뒤돌아봤다.

'타타타타타! 타타타타타…!'

'콰앙!'

순영이 조금 전까지 머물렀던 위안소에서 들려오는 소리였다. 총성과 함께 붉은 화염이 위안소에서 치솟고 있었다.

"아악! 정숙아! 정숙아! 영숙아! 엄마…!"

신음과 흐느낌이 자신도 모르는 사이에 터져 나왔다.

"세워 주세요! 세워 주세요! 제발… 제발…!"

"미치코! 진정해! 진정하라고!"

함께 탄 간호조무사들이 순영을 진정시키려 했다. 하지만 순영의 귀에는 아무 소리도 들리지 않았다.

"제발… 차 좀 세워주세요! 제발요… 제발… 정숙이가 저기에 있어요…. 정숙이가… 그리고 영숙이도… 제발…!"

순영은 정신을 잃어가고 있었다. 그녀의 귓가에 총성만이 메아리치고 있을 뿐 그녀의 몸은 아무것도 느끼지 못하고 있었다.

"속도를 올리라고! 빨리! 빨리 밟아!"

간호장교의 목소리에 운전병은 차의 속도를 올리기 시작했다.

"미치코! 정신 차려! 정신 차리라고!"

귓가에 소리가 맴돌고 있었다. 순영은 깜짝 놀라 몸을 일으켜 세웠다.

"어, 어떻게 된 거예요? 말해 주세요, 예? 말 좀 해 주세요…."

순영의 눈가는 물기와 함께 퉁퉁 부어있었다. 그리고 목소리에는 힘이 들어있지 않았다.

"미치코, 잘 들어. 이제부터 너는 자유야. 그 대신 모든 것을 네가 혼자서 다해 나가야 해. 아무도 너를 도와줄 수가 없어. 오로지 너 혼자야…."

조그만 마을 앞 도로에 트럭이 정차해 있었다. 그리고 화물칸에 올라온 간호장교가 순영을 바라보며 말문을 열었다.

"예에? 그게 무슨 말이에요? 무슨 말인지 모르겠어요. 그리고 정숙이하고 나머지 애들은요?"

"얘기할게…. 일본이 전쟁에서 졌어. 그러니까 전쟁이 끝난 거야. 그러니까 너는 더 이상 붙잡혀 있는 게 아니라 완전히 자유로워진 거야. 그런데…."

간호장교는 잠시 말을 참았다. 그리고 다시 입을 열기 시작했다.

"그런데… 일본이 전쟁 중에 잘못된 일들을 많이 했잖아. 그건 나도 알고 있어. 특히 우리가 있던 일본군위안소는 정말 잘못된 일이었잖아. 천벌을 받을 만큼…. 그래서… 지시가 내려왔어. 일본군위안소는 물론이고 거기에 있던 모든 일본군위안부들까지 흔적을 완전히 없애라고…."

"그, 그럼… 죽이라고…."

"맞아. 죽이라고 지시가 내려왔어…."

"아니, 어떻게 그런 일들을 벌여요. 정말 사람이 할 짓이 아니잖아요. 그럼 거기에 있던 정숙이하고 나머지 애들은…."

"미치코, 미안해…."

"흑… 서, 설마… 아닐 거예요…. 사람이라면 어떻게 그런 짓을 해요. 죽이지 않았을 거예요…. 맞죠?"

"미안하다…."

"아아! 아아! 안 돼… 안 돼…. 같이 집에 가야 하는데… 같이 가기로 했는데…. 어떻게…."

"…."

간호장교는 아무런 이야기도 꺼낼 수 없었다.

울부짖던 순영이 조용해졌다.

"미치코, 우리를 데려가려고 온 트럭의 운전병이 사실을 알려줬어. 다행히 그 운전병을 잘 알고 있어서, 너는 몰래 데리고 올 수 있었지만… 나머지는… 미안하다… 정말 미안하다…."

"왜 하필 저만… 그냥 그들과 같이 죽게 내버려 두셨어죠. 저만 살아서 이 무거운 짐을 어떻게 메고 살아가라고요…. 왜… 살려주신 거예요, 왜…."

"미치코, 우리는 일본으로 돌아가야 해. 하지만 우리는 군인이야. 명령을 따라야 한단 말이야. 진실을 알아도 명령 앞에 진실은 한낱 사치에 불과해…. 나도 여자야… 같은 여자로서 정말 힘들었어…."

간호장교는 말을 잇지 못했다. 평생 씻을 수 없는 죄악을 저질렀다는 사실만으로도 그녀는 힘들어하고 있었다.

"그래서… 너는 살아서… 반드시 살아서… 이 진실을 알려주는 역할을 하는 게 억울하게 죽은 너의 친구들을 위해서 해야 할 일이야. 그래서 너를 살린 거고…."

순영은 간호장교의 이야기를 이해하려 했다. 하지만 앞으로 살아가야 할 일이 너무 버거웠다. 어디인지도 모르는 이국땅에 대한 두려움이 밀려왔다.

"미치코, 이제 우리는 떠나야 해. 본부로 복귀해야 하거든…. 더 이상 너를 데려갈 수가 없어…. 미안하다…."

"아, 아니에요…. 이렇게 저를 살려주셨는데…. 정말 고마워요…. 그리고 반드시 살아남을게요… 흐흑…."

순영이 내리자 곧바로 트럭은 흙먼지와 함께 사라졌다.

순영의 볼에 눈물이 흘러내렸다. 그러나 순영은 흘러내리는 눈물을 닦을 생각조차 하지 못했다. 단지 한 손에 들고 있던 보따리를 힘들게 머리에 얹고 발걸음을 옮길 뿐이었다.

종전이 된 후 짧은 시간 동안 일본에는 많은 변화가 있었다. 그리고 진구에게도 큰 변화가 일어났다.

"네 의견이 그렇다면 나도 어쩔 수가 없구나, 어쩌면 그게 더 나은 방법이라는 생각도 드는구나."

"예, 저도 고민을 많이 했습니다. 박사님께서 어렵사리 마련해 주셨는데 조국인 조선에 사관학교가 생긴다고 하니 더 이상 망설일 수 없었습니다. 송구스럽습니다. 몇 달 전 조선에 세워진 군사영어학교가 남조선국방경비사관학교로 바뀐다고 하니 기다릴 수가 없었습니다."

"아니다. 내가 너를 일본사관학교에 진학시킨 이유도 언젠가 조선에도 일본사관학교와 비슷한 사관학교가 만들어졌을 때를 위해서였다. 잘된 일이다. 그리고 네가 올바른 판단을 한 것 같구나."

일본이 패망을 하고 진구는 고민 끝에 일본육군사관학교를 퇴교했다. 그리고 새로 생기는 한국의 육군사관학교 전신인 남조선국방경비사관학교에 들어가기로 결심하고 사또 박사와 상의하고 있었다.

"그리고 내가 진구하고 성수에게 꼭 해 줄 이야기가 있다. 사심 없이 들어줬으면 한다."

"예, 알겠습니다. 말씀해 주십시오."

"그래, 이야기하마. 나는 너희들이 왜 일본으로 밀항했는지 이유를 알고 있었다. 구로다가 배가 떠나기 전날 나와 회식을 하다 사라졌지. 나는 너희들이 구로다를 없앴다는 사실을 알고 있었다. 오해는 말아라. 우연히 진구 네가 구로다를 끌고 가는 모습을 봤다. 이시다는 내 반대편에 앉아있어서 못 봤지만 나는 분명히 네 모습을 봤어."

"아니… 박사님…."

진구의 신음이 새어나왔다.

"너희들을 탓하자고 꺼낸 이야기가 절대 아니다. 그런 상황이라면 나도 그렇게 했을 거다. 사랑하는 사람이 짐승처럼 트럭 화물칸에 실려가고 그 어미가 죽임을 당했으니 젊은 혈기에 그럴 수 있었을 게다."

"박사님… 박사님은 다 알고 계셨군요…. 그런데도 저희들을 받아주시고…."

진구와 성수는 얼굴을 들 수가 없었다. 말로 표현할 수 없는 무언가가 가슴속에서 북받쳐 올라왔다.

"그래서 내가 너희들을 버릴 수 없었다. 그런데 그것이 우리를 지금의 하나로 만들어 준 거고…. 진구야! 그리고 성수야!"

"예!"

"누가 뭐라 해도 나는 너희들의 결정이 옳았다고 생각한다. 움츠리지 말고 자신감을 가져라!"

사또 박사가 일어서 앉아있는 진구와 성수에게 다가갔다. 그리고 조용히 그의 두 팔을 폈다. 진구와 성수는 자연스럽게 얼굴을 그의 양쪽 어깨에 파묻었다.

사또 박사의 어깨가 들썩였다. 진구와 성수의 눈에서는 눈물이 흘렀고 이 광경을 지켜보던 시미즈의 눈에서도 소리 없이 눈물이 흘렀다.

며칠 뒤 진구는 한국으로 떠났다.

시간은 진구와 성수의 삶을 다른 방향으로 바꾸어 놓았다.

한국에 돌아온 진구는 남조선국방경비사관학교를 졸업했다. 그리고 군인으로 삶을 살아가게 되었다. 성수는 사또 박사의 딸인 시미즈와 결혼했고 동경대학에서 교편을 잡게 되었다.

광복 이후 한국은 짧은 시간 동안 수많은 변화를 겪어야만 했다.

한국전쟁이 발발했다. 그리고 전쟁이 끝나자 숨 돌릴 틈도 없이 수많은 예상하지 못한 일들이 벌어졌다.

진구에게도 마찬가지였다.

"김 중령, 오랜만이야. 얼굴이 많이 상했어."

"뭘요. 군인이 다 그런 거죠. 축하드립니다! 이젠 부장님이라 불러야 되겠습니다."

"됐어. 나이도 똑같고 나보다 먼저 군 생활도 시작했는데… 오히려 내가 미안해. 사석이니까 편하게 말 놓자고."

"그래도…"

진구는 오랜만에 친구를 만났다. 한국전쟁에서 생사고락을 같이 했던 친구였다. 그리고 그는 진구와 달리 군인의 길을 떠나 새 정권이 들어섬과 동시에 새로운 일을 찾았다. 미국의 CIA를 본떠 한국 정보의 중심인 중앙정보부를 기획해서 만들고 자신은 그 최고자리인 중앙정보부장에 앉은 친구였다.

"건배부터 하자!"

"그래, 친구야. 말 놓는다!"

"당연하지, 친구끼리 말 높이면 그게 무슨 친구냐. 네가 말을 놓으니까 오히려 기분이 괜찮은데. 허허…"

오랜만에 만난 두 친구는 술잔을 돌리기 시작했다. 진구는 군인으로 바쁘게 살며 자리를 잡아가고 있었지만 친구는 어느새 권력의 정점에 도달해 있었다.

"진구야, 다른 게 아니라 이제 그만 군복을 벗고 좀 더 가치 있는 일을 해 보는 게 어때? 네가 해 줘야 할 일이 많아."

"뭐라고? 뜬금없이 군복을 벗고 가치 있는 일을 하자고? 너는 항상 일을 벌이는 데는 능력이 있어. 부럽다, 부러워…. 그래서 그 일이라는 게 뭔데?"

"단도직입적으로 말할게. 중앙정보부는 국가 권력을 유지하기 위한 척첨병이야. 각종 정보를 수집해서 권력을 유지할 수 있는 힘을 만들어 주는 거지. 알겠지만 지금 화두는 북괴하고 일본이야. 전쟁이 끝난 지 얼마 안 돼서 북괴를 감시하는 건 당연한 일이고, 일본은 우리가 복수를 해야 하는 또 하나의 적이잖아."

"…"

진구는 잠시 생각에 빠져 들었다.

한국전쟁을 치르며 동족 간에 총부리를 겨누고 많은 피를 흘렸다. 한편으로는 가슴이 아팠다. 같은 형제인데… 그러나 일본을 생각하자면 뼈에 사무치는 고통이 먼저 엄습해 왔다.

짐승처럼 차에 실려 간 순영 그리고 그 모습을 보며 숨을 거둔 그녀의 엄마, 조용히 혈관을 흐르던 피가 갑자기 끓어오른다. 진구에게 있어서 '일본'이라는 두 글자는 지구상에서 없어져야 하는 단어였다.

"그런데 진구야, 우리는 힘이 없어. 일본 놈들이 미얀마, 인도네시아, 필리핀 그리고 남베트남에는 이미 피해 보상을 했어. 그런데 우리한테는 아직 아무런 반응조차 보이지 않지. 하지만 우리는 조만간 그들과는 다른, 일본과 큰 거래를 할 거야. 우리가 받아야 할 건 받아야지."

"물론 받아야지. 그리고 또 되갚아야지!"

"알아, 네 마음. 그래서 그런데… 나를 좀 도와주면 안 될까? 나는 이 조직을 조만간 떠날 거야. 그래야만 각하를 도와서 일본과 모종의 거래를 진행할 수가 있어. 그래서 네가 내 대신으로 조직을 관리해줬으면 한다."

"…"

진구는 친구의 갑작스런 제안에 당황했다. 권력의 중심과 직결된 조직을 맡아달라는 제안은 충격으로 받아들여졌다.

"알아. 네가 고민하는 거…. 쉽지는 않은 일일 거야. 하지만 적임자가 없어. 아니 너 같은 적임자가 없는 게 사실이야."

진구의 표정에는 아무런 변화가 없는 듯 보였지만 머리로는 빠르게 결정이 내려졌다.

"알았다. 힘없는 우리의 입장에서 무엇을 해야 하는지 네 입장 이해가 간다. 그래, 해 보자! 대신 일본에게서 뺏어 와야 할 건 뭐든지 다 뺏어야 한다! 그건 약속할 수 있지?"

"허허, 당연하지. 그런데 너는 변한 게 없구나. 네가 하고자 하는 일에는 망설임이 없어. 고맙다, 친구야!"

술잔과 함께 밤은 깊어갔다.

1965년 6월 22일, 한국과 일본은 '대한민국과 일본국 간의 기본관계에 관한 조약', 즉 한일협정을 체결했다. 이와 함께 한일 어업협정, 재일교포의 법적 지위 및 대우협정, 경제협력 협정 및 문화재 협정 등 관련 협정이 맺어졌다.

그러나 청구권 교섭에 밀려 과거사 청산이라는 본질은 흐지부지됐다. 또한 애초부터 성격 자체가 식민지 청산을 제기할 만한 구조적 기반을 갖추지 못했다.

한국정부의 반공논리가 친일논리와 연결되면서 정부는 과거청산에 관한 신뢰를 얻지 못하며 국민적 합의를 도출하지 못했다.

또한 일본 내에서 과거를 반성하는 세력들은 회담 자체를 반대했으므로 일본의 과거사 반성을 기대할 수 없었다.

진구는 씁쓸했다.

무상공여 3억 달러, 대외협력기금 차관 2억 달러 그리고 수출입은행 조건 차관 1억 달러를 받았다. 하지만 가장 중요한 본질인 일본과의 과거사는 청산되지 않았다.

'우리가 힘이 없어서 가장 중요한 본질을 외면당했다. 내 누이, 내 부모가 짐승처럼 끌려갔는데 한마디 사과도 못 받았어. 이건 크게 잘못된 거야…'

진구는 중앙정보부를 시작으로 이름이 바뀐 안전기획부의 주요 직책을 맡으며 승승장구하고 있었다.

6. 숨겨진 비밀

1985년 어느 여름, 도쿄의 날씨는 무더웠다. 시원한 비라도 내렸으면 좋을 듯싶었다.

"성수, 오늘 저녁 시간 괜찮겠나?"

"물론이죠, 장인어른. 어디서 뵐까요?"

"그래, 다행이구먼. 우리가 잘 가는 사케 집 있지? 그리고 오게나."

"예, 장인어른."

사또 박사는 하루가 다르게 체력이 소진되어 가고 있었다. 어느덧 나이가 구십을 넘어섰다. 성수도 나이가 육십을 넘어 머리가 희끗희끗한 노인으로 변해 있었다.

저녁시간, 사또 박사가 성수를 바라보고 있었다.

"같은 도쿄에 살면서도 오랜만이군. 시미즈는 잘 지내지?"

"그럼요, 장인어른. 시미즈는 아직도 젊게 살고 있습니다. 그런데 장인어른은 더 젊어지신 것 같은데요, 하하."

"이 친구가… 이제는 장인과 사위가 함께 늙는구먼, 허허…."

둘은 상 위에 놓인 사케를 한 잔씩 마셨다.

"내 오늘 자네한테 긴히 할 이야기가 있어 불렀네. 괜찮지?"

"그럼요. 장인어른과 시간을 함께 하는 게 유일한 낙입니다."

"허허… 자네가 이제는 농담도 할 줄 알고. 그런데 말이야, 자네는 참 이상해…."

"예? 장인어른, 다짜고짜 제가 이상하다니요? 뭐가 이상합니까? 저 섭섭합니다."

"허허. 섭섭해하지는 말게나. 다른 게 아니라 자네는 지금까지 한 번도 내가 한국에서 무슨 프로젝트를 진행했었는지 물어보질 않았어. 물론 나도 밝히지 않았지만…. 궁금하지 않았나?"

성수는 아직 한 번도 사또 박사가 궁금하지 않았다. 그저 고마운 은인일 뿐이었다. 그가 하는 일 그리고 했던 일은 중요하지 않았다.

"아, 그 말씀이시군요. 그런데 솔직히 궁금하지 않았습니다. 장인어른은 저와 진구의 생명을 지켜주신 어른이셨습니다. 무슨 일을 하셨는지 궁금해야 할 이유도 없었고 그냥 장인어른이 계신 것만으로 행복했습니다. 솔직히 지금도 궁금하지 않습니다."

"그랬나…. 이상하다 못해 참 재미없는 친구야, 허허. 하지만 오늘은 그 이야기를 하고자 해서 나오라고 했네. 이제 나에게 주어진 시간도 얼마 남지 않았고 자네와 진구가 반드시 알아야 한다는 생각이 들어 아침부터 전화를 한 걸세."

"알겠습니다. 그런데 장인어른, 아직껏 한 번도 말씀하신 적이 없는 일을 왜 굳이 지금 하시려는 겁니까? 오히려 제가 더 불안합니다."

성수는 불안했다. 나이가 든 노인이 어렵사리 결정을 내렸다는 자체가 혹시나 하는 불안감으로 증폭되고 있었다.

"자네가 왜 불안해? 자네도 알다시피 내 나이가 구십이야, 사실을 알리지 못하고 갈까 봐 솔직히 내가 불안해서 그러네. 오래 살았다는 게 사실 아닌가?"

"장인어른…."

"그런데 아직은 괜찮으니 걱정 말게나. 오늘이 8월 15일, 즉 일본이 패망한 지 40년 그리고 한국이 독립한 지 40년이 되는 날이지. 하지만 내년 8월 15일은 나에게 없을 거야. 그건 분명하네. 지금부터 내가 하는 이야기를 잘 듣게나…."

사또 박사는 앞에 놓인 사케를 한 모금 마셨다.

"나는 1940년 11월 7일 미국 워싱턴 주에서 발생한 타코마 다리 붕괴사건의 조사위원으로 참가했네. 내 임무는 붕괴사건이 일어난 지역의 지질을 분석해서 사건과의 연관성을 밝히는 것이었네. 몇 달여에 걸친 조사결과, 붕괴원인은 간단했네. 자네도 알고 있을 거야. 다리의 고유진동 수와 일치하는 바람이었어. 바람의 고유진동 수가 다리의 고유진동 수와 일치하면서 진폭이 빠르게 증폭되면서 다리가 붕괴된 거네."

"예, 저도 알고 있습니다. 그런데요?"

"그래. 그 일을 마치고 일본정부, 엄밀히 말하면 총리실에서 나를 찾았네. 독도의 지질을 탐사하라는 지시였어. 처음에는 의아했지만 아무런 의심도 없이 독도탐사 임무를 맡았지. 그래서 혼자 있는 시미즈를 데리고 울진으로 가게 된 거고…"

"독도의 지질을 탐사하셨다고요…? 놀랐습니다. 그런데 그 당시 독도탐사가 무슨 의미가 있었을까요…. 좀 당황스럽습니다."

"나도 그렇게 생각했네. 무슨 의미가 있어서 지질을 탐사하라는 건지 도무지 감을 잡지 못했지. 그런데 이미 일본정부는 비밀리에 독도에 관한 조사를 하고 있었던 거야."

말을 마치고 잠시 숨을 고르는 사또 박사는 힘에 겨워 보였다. 오래된 기억을 끄집어내 이야기로 풀어 내는 것 자체가 어마어마한 에너지를 필요로 하는 힘든 과정이었다.

"잘 듣게. 독도와 일본열도는 동일한 암반구조의 해저지각으로 연결되어 있었네. 그런데 그중에 이상하리만큼 강하고 균일한 구조의 특징적인 암반구조가 일정한 패턴으로 일본열도로 이어져 있는 사실을 확인했네."

"예? 강하고 균일한 특징적인 암반구조가 독도와 일본열도를 이어주고 있다고요? 그렇다면…?"

성수는 서서히 긴장하기 시작했다. 머릿속에는 여러 가정들이 뒤섞이고 있었다.

"놀라운 사실이 밝혀진 거네. 독도의 일정지점에서 특별한 주파수, 즉 고유진동 수를 지닌 파동을 일으키게 되면 그 파동이 특징적인 암반구조를 타고 일본열도로 진행을 하게 되지. 그리고 공명현상에 의한 증폭이 무한반복을 일으켜 일본열도에는 어마어마한 진폭의 지진파가 도착하게 된다는 사실을 알아냈네. 한마디로 일본열도 전체에 재앙이 발생하는 거지."

"예? 그렇다면 쉽게 말해서 독도에서 일으킨 파동이 일본열도 전체에 지진을 발생시킨다는 말씀입니까?"

"맞네. 앞서 말한 특징적인 암반구조의 고유진동 수로 독도의 한 지점에서 충격을 주면 일정한 패턴으로 연결된 해저지각의 특징적인 암반구조를 타고 파동이 무한증폭을 일으키며 일정한 방향으로 진행해서 일본열도에 도착한다는 말이지."

성수는 충격으로 할 말을 잃었다. 거대하고도 잔인한 진실이 지금 그 모습을 드러냈다. 한 나라를 송두리째 침몰시킬 수 있는 엄청난 힘의 존재가 나타났다.

하지만 사또 박사는 그 거대한 진실을 밝히며 소름을 돋을 만큼 침착함을 보여주고 있었다.

"이것이 그 모든 내용을 담고 있는 보고서라네."

사또 박사는 가방 속에서 낡은 보고서 한 권을 꺼내 성수에게 건넸다.

N.F.P. 확인을 위한 조선 령嶺 독도에 대한 지질 탐사 보고서

"그런데 장인어른, 여기 쓰여 있는 'N.F.P.'는 무얼 의미하는 겁니까?"

"예상하겠지만 Natural Frequency Point, 즉 고유진동지점이라고 하지. 일정한 주파수의 파동을 일으키게 되면 일본열도 전체에 지진을 발생시키는, 독도에 위치한 특정한 장소라네. 물론 보고서에 그 위치가 표시되어 있네."

성수는 전율하며 식도를 타고 메스꺼움이 올라오는 것을 느꼈다. 먹은 것 모두를 토해내고 싶었다.

"명심하게. 패망 40년을 맞아서 이 사실을 알고 있던 극소수의 일부 극우주의자들이 독도를 집어삼키려는 마지막 발악을 준비하고 있네. 일본 입장에서는 자신들의 운명이 한국의 손에 달려있다는 사실이 그들을 미치게 만드는 거라네."

사또 박사는 다시 사케를 한 잔 마셨다.

'일본이 왜 우리 독도를 집어삼키려 하는지 그들을 미치게 하는 절박한 이유가 분명히 있었다. 그들의 운명은 우리 손에 쥐어져 있었구나!'

한일 어업협정의 협상과정에서 일본 측의 강력한 요구에 의해 기존의 평화선이 무력화되었다. 특히 일본이 독도 인근을 공동어로구역으로 설정하여 이후 독도를 둘러싼 여러 갈등을 일으키는 근본적인 이유가 바로 여기 있었던 것이다.

성수의 심장과 머리가 바삐 움직이고 있었다.

그 후 며칠 뒤, 자신의 이생에서의 모든 임무는 마무리되고 이제 다른 삶이 기다리고 있다는 사실을 알고 있었다는 듯 사또 박사는 성수와 시미즈가 바라보는 가운데 조용히 영면의 세계로 들어갔다.

그는 모든 짐을 풀어놓고 홀가분한 기분이었던지 웃는 모습을 보이며 눈을 감았다. 구십이 넘은 노구는 큰 선물을 남겨놓고 떠나는 행복한 어린아이와 같은 모습이었다.

"부장님, 1번 전화입니다. 일본입니다. 비화기로 연결됐습니다."

인터폰에서 목소리가 흘러나왔다. 진구는 서둘러 인터폰의 1번 버튼을 누르고 수화기를 들었다.

"안기부장입니다. 말씀하십시오."

"진구인가? 나일세, 성수."

"성수? 아니 얼마 전에 통화하고 또 전화야? 자주 전화하는 걸 보니 이제는 나이가 들었나 보이."

"그렇지, 나이가 드는 모양일세…. 그런데 진구… 사또 박사가 오늘 돌아가셨네…."

"뭐라고…?"

진구의 머리가 멍해지며 가슴속에 커다란 돌덩이가 내려앉았다. 가슴이 답답하고 숨을 쉴 수가 없었다.

"정말로 돌아가신 거야? 얼마 전까지도 건강하셨잖아?"

"그러셨는데… 아무도 예상하지 못했는데… 돌아가셨다네…."

"저, 정말… 우리 아버지가 돌아가셨다고…?"

진구의 목소리는 퍼지지 않고 수화기 주변에서만 맴돌았다.

"그렇다네, 우리 아버지가 돌아가셨다네. 그리고 가시기 전에 큰 선물까지 남겨 놓으셨어…. 자네는 장례에 올 수가 없지 않은가. 사람을 보내주게. 내가 자네한테 전달해 줘야 할 사또 박사님의 선물이 있어. 마지막으로 우리에게 남겨주신 선물일세…."

성수의 목소리도 떨리고 있었다.

"알았네…. 그런데… 나는… 믿겨지지가 않아…. 그분은 계속 살아 계실 줄 알았는데…."

진구는 수화기를 내려놓았다. 그리고 의자 등받이에 몸을 깊숙이 묻었다. 잠시 눈을 감았다. 눈을 감자 촉촉한 물기가 눈꺼풀을 적셨다.

울진에서 경찰서장에게 대들다 쓰러졌던 일이 떠올랐다. 울먹이던 순영의 얼굴, 피를 토하며 쓰러진 순영이 엄마의 모습이 선명하게 떠올랐다.

그러면서 다시금 가슴속에서 피가 끓으며 온몸을 휘감기 시작했다. 뜨거운 기운이 온몸을 돌며 사그라질 기미를 보이지 않았다. 어렵사리 마음을 진정시켰다.

그러자 구로다를 발로 짓이겨 바다 속에 던지는 장면, 배에 몰래 올라타 성수와 앞일을 걱정하던 장면, 일본 부두에 내려 사또 박사가 지나가기만을 기다리던 모습이 주마등처럼 빠르게 머릿속에서 지나갔다.

만약에 그분이 안 계셨다면 하는 가정은 할 수가 없었다.

얼마 전 만났을 때 너는 왜 결혼도 안 하냐며 걱정하시던 모습이 너무도 선명하게 남아있었다. 오히려 미안해하시던 모습이 가슴을 파고들었다. 한국 사람보다 한국을 더 사랑하셨던 우리의 아버지셨다.

'아버지! 왜 저보고 결혼을 안 하느냐고 물으셨죠. 지금 말씀드리겠습니다. 저는 순영이 그리고 아무것도 모른 채 일본군위안부로 끌려가 꽃망울도 피워 보지 못하고 우리의 기억 속에서 사라진 20만 명의 한국 여인들과 결혼했습니다!'

사또 박사의 장례가 있은 지 며칠이 흘렀다.

이른 아침, 동해해군기지는 이미 잠에서 깨어 기지개를 켜며 하루를 시작하는 숨소리를 거칠게 내뱉고 있었다.

한 시간 이상이 지나야 해가 솟아올라 아침임을 알려주게 되겠지만 이미 이곳 해군기지는 바삐 움직이는 수병들의 시끄러운 전투화 발자국 소리에 햇살 대신 소리로 아침을 깨우고 있었다.

안전기획부 사무관인 김준협의 모습이 보였다.

그 뒤로는 우리나라 최고의 지질 전문가이자 특히 대양지각과 대륙지각 연구에 관한 세계 최고의 전문가로 인정받고 있는 한국 지질연구소의 박민철 박사가 보였다. 그는 한반도를 중심으로 주변 인접국과의 대륙지각과 대양지각의 연계성에 대한 연구를 진행하며 세계적으로 주목을 받고 있는 자타가 공인하는 지각연구의 최고 전문가였다.

마지막으로 국방과학연구소의 차세대 무기체계 담당 수석 연구원 김용수 박사도 무거운 짐에 버거워하는 모습으로 배에 오르고 있었다. 김 박사는 국방과학연구소에서 이미 미국을 비롯한 선진국 등에서 개발을 시작한 미사일 등 기존의 무기체계를 넘어선 차세대 무기 개발을 주도하고 있었다.

"필승! 초계함 함장 김형식 소령입니다."

다부진 체격의 초계함장이 거수경례를 하며 일행을 맞이했다.

"독도까지 직선거리로 200킬로미터가 조금 넘습니다. 저희 초계함으로 약 4시간 정도 소요될 겁니다. 그럼 편안한 여행 되십시오. 필승!"

말을 끝내자 함장은 다시 거수경례를 하고 건물 같아 보이는 함정의 함교로 발걸음을 옮겼다.

잠시 뒤 어두운 바다 속 깊이 내려져 있던 닻이 힘겹게 끌어 올려져 초계함 갑판 위에 놓였다. 닻이 올려지자 날아갈 듯 가뿐해진 초계함은 자신의 출항을 알리는 고동을 울리며 어둠 속에 잠들어있는 바다를 향해 서서히 나아가기 시작했다.

성수가 건네준 보고서의 사실 여부를 확인하기 위해 진구는 자신이 믿는 안기부 요원에게 비밀지시를 내렸다. 그 안기부 요원인 준협이 실무자로 독도를 찾아가는 중이었다.

"도착 30분 전입니다."

수병의 짧은 한마디에 함실에서의 달콤한 선잠이 사라졌다.

배멀미로 고생하다 억지로 눈을 붙인 세 명의 탐사팀은 눈을 부비며 갑판으로 올라서자 그들의 눈에 멀리 수평선에 수줍게 떠있는 조그만 섬이 보이기 시작했다.

독도 동도 동경 131도 52분 10.4초, 북위 37도 14분 26.8초
독도 서도 동경 131도 51분 54.6초, 북위 37도 14분 30.6초

대한민국 최동단에서 대한민국의 지도에 마침표를 찍어주고 있는 우리의 독도였다.

함장은 독도 동도 선착장에서 짧은 배웅 인사를 건네고 초계함의 뱃머리를 서쪽으로 돌려 조금 전 지나왔던 수평선 너머로 서서히 사라졌다.

준협과 일행은 마침내 독도에 도착했다.

"그럼 가시죠. 저기 북동쪽에 보이는 정상까지 가시면 됩니다. 보기보다 멀지 않습니다."

준협이 손으로 정상 방향을 가리키자 일행은 바위섬 독도를 천천히 오르기 시작했다. 20여 분 뒤 세 명의 조사단은 독도 동도의 북동쪽 정상에 도착했다.

수평선까지 펼쳐져 있는 푸른빛의 커다란 호수처럼 동해는 조금의 움직임도 보이지 않고 차분하게 그들에게 인사를 보냈다. 지도에서 존재감 없이 보아왔던 일본과 사이에 좁게 그려져 있던 동해가 지금 눈앞에 펼쳐졌다. 이차원으로 그려진 지도와는 완전히 다른 삼차원 세계에서만 느낄 수 있는 뭉클한 감격이 밀려왔다. 그리고 지도에서 무감각하게만 보아왔던, 홀로 자신을 지키며 자리를 지켜주고 있는 우리 동해에 대한 미안함이 교차하고 있었다.

잠시 뒤 준협이 배낭에서 지도를 꺼내며 나머지 두 명에게 눈짓을 보내자 아무 말 없이 세 명은 정상에 자리를 잡고 둘러앉았다.

"여기 붉은 원으로 표시된 부분 보이시죠? 이 지점을 우리가 확인해야 합니다."

준협이 지도에 표시된 붉은 원을 손가락으로 가리켰다.

"이미 알고 계시겠지만 표시된 지역의 지질 및 지반특성을 박민철 박사님께서 먼저 확인해 주셔야 합니다."

준협이 박민철 박사를 쳐다보며 이야기하자 그가 고개를 끄덕이며 알았다는 신호를 바로 해왔다.

"다음이 김용수 박사님이 하셔야 할 일이십니다. 박민철 박사님이 지질 및 지반상태를 확인해 주시면 김 박사님께서는 머릿속에 떠오르는 기술적으로 실현 가능한 아이디어를 말씀해 주시면 됩니다."

준협이 김용수 박사를 쳐다보자 그 역시 가볍게 고개를 끄덕였다.

"표시된 지점이 바로 저기 아래 보이는 지점입니다. 그렇게 멀지 않습니다. 그럼 움직여 보겠습니다."

준협이 말이 마치고 앞장서 내려가기 시작했다. 뒤를 이어 박민철 박사와 김용수 박사도 조심스럽게 발을 내딛으며 준협의 뒤를 쫓아 내려가기 시작했다.

정상에서 잠시 걸어 도착한 지도상에 붉은 원으로 표시되어 있던 지점은 작은 암반으로 덮여 있는 대략 가로 2미터, 세로 2미터 정도의 작은 분지형태를 보이고 있었다.

독도 동도도 바다 위에 떠있는 작은 바위산의 모습이었지만 유독 이 지점만 평평한 분지형태을 보이고 있는 점이 이들의 호기심을 자극시키기에 충분했다. 누군가 오래전에 인위적으로 만들어 놓은 장소임이 분명했다.

준협은 가방에서 캠코더를 꺼내 주변을 촬영하기 시작했다.

"그래, 그럼 시작하자고!"

박민철 박사가 드릴로 암반을 뚫기 시작했다. 이 모습을 준협과 김용수 박사가 나란히 지켜보고 있었다.

작업을 시작한 지 채 10분도 지나지 않았다.

"아니…"

짧은 신음 같은 소리가 들려왔다. 박민철 박사는 파낸 암석 조각들을 어린아이 다루듯 조심스럽게 만지작거리고 있었다. 그리고 고개를 돌려 옆에 서서 촬영을 하던 준협을 바라보았다.

"김 사무관, 이야기 잘 듣게. 보통 지구의 표면은 오랜 시간 흙이며 각종 물질이 쌓이며 굳어진 퇴적암으로 구성되어 있지. 그리고 그 아래가 대륙의 본질인 화강암층이고, 물론 화강암층에서 여러 성질의 다양한 변성암들이 존재하고 있지. 그리고 그 아래에 용암이 굳어 생긴 화성암이 존재하지."

"그런데 지금 뭔가 나온 겁니까?"

"맞네. 화강암층은 대륙지각의 본질이야. 이 화강암층은 대륙붕에서 대양지각의 퇴적암층에 의해 단절되지. 다시 말하면 대륙지각의 본질과 동일한 화강암은 대양지각에 의해 단절되어 버렸기 때문에 바다를 건너 분포할 수가 없어. 그런데…"

박민철 박사는 잠시 말을 멈추고 생각에 잠기는 듯 보였다.

"여기서 단지 30센티미터 정도만 파내려 갔는데 화강암이 바로 나왔네. 그런데 이 화강암은 일본열도에서나 볼 수 있는 아주 특이한 화강암이야. 일본열도의 화강암은 잦은 화산 활동으로 인해 미량이지만 화성암 성분을 포함하네. 다른 곳에는 볼 수 없는 아주 특별한 화강암이지. 물론 시료를 채취해 분석을 해 봐야겠지만 이건 99.9% 일본열도를 지탱하고 있는 화강암이네. 아주 특징적인 화강암이라 내가 보면 바로 알 수 있지.

다시 정리하지. 몇 군데 더 시료를 채취해 봐야겠지만 이 지점은 분지의 형상으로 보나 지반암석을 보나 일본열도와 바로 연결된 아주 특징적인 지점이 확실하네. 우리가 예상하고 기대하던 바로 그대로야."

박민철 박사가 간단히 결론을 정리해 줬다.

"정말입니까? 저는 솔직히 너무 쉽게 발견한 것이 오히려 믿기지가 않습니다."

"허허…. 아마 그럴 거야. 그만큼 일본 애들이 오랜 시간 동안 치밀하게 조사를 했다는 반증이기도 하지. 정말이지 집요하고도 무서운 놈들이야."

"그러면 박사님, 그럼 이 화강암으로 이루어진 지반의 고유진동 수를 알 수 있을까요?"

"어려울 것 없지. 채취한 암석시료에서 몇 가지 성분변수만 끄집어 내면 바로 나올 수 있어."

"그럼 지금 우리가 서있는 이 지점과 일본열도의 특정된 일부지점이 연결되어 있는 건가요?"

준협의 질문은 계속되었다. 그리고 모든 장면은 준협의 캠코더에 고스란히 촬영되고 있었다.

"쉽게 설명해 주지. 독도와 일본열도는 하나의 판이라 보면 될 걸세. 어느 특정지점과 연결된 것이 아니라 일본열도 전체와 한 몸을 이루고 있는 거지. 설명이 제대로 되었나?"

"아, 그러면 독도가 일본과 한 판에 속해있으니까 독도에서 충격이 일어나면 바로 일본열도 전체에 영향을 끼치는 거군요?"

"그렇지. 특정지점이 아니라 일본열도 전체에 동시에 충격이 전해지는 거지."

"그런데 만약 충격이 가해지면 한국 쪽으로도 충격이 미치는 거 아닌가요? 같은 판이라면 판의 한 지점에서 충격이 발생하면 판 전체에 충격이 간다고 하셨는데 그러면 혹시라도 한국에 영향이 미칠 거라 생각되거든요."

"지난 몇 년간 일본의 지각판과 한반도 지각판의 연결 구조를 조심스럽게 조사하고 있었네. 물론 그것 때문에 이번 탐사에 참여하게 된 것이고.

쉽게 말하지. 일본의 대륙지각판은 일본열도의 대륙붕에서 대양지각 아래로 말려 들어가 있네. 한반도하고는 전혀 연결되어 있지가 않은 거지. 그런데 우연히도 일본 지각판의 일부분이 말려 들어가지 않고 이곳 독도까지만 연결된 거고.

다시 말해 일본열도의 대륙지각은 이곳 독도에서 끝나는 것이기 때문에 독도에서 발생한 충격은 일본열도에만 충격을 전할 뿐 한반도에는 전혀 영향을 미치지 않는다네."

"예, 잘 알겠습니다. 정말이지 큰 수확입니다."

준협은 이야기를 나누면서도 박민철 박사의 한마디도 놓치지 않으려 캠코더 녹화에 집중했다.

"그리고 내가 한 가지만 더 이야기해 주겠네."

"예? 뭐 중요한 내용이 빠진 게 있습니까?"

준협은 박민철 박사의 제안에 순간 당황했다. 하지만 박민철 박사의 표정은 아무런 변화도 없었다. 그냥 지금의 발견을 즐기는 행복한 표정이었다.

"아니, 긴장하지 말게나. 다른 게 아니라 한반도와 일본이 오래전에 함께 붙어있었다는 이야기를 해 주려고, 그냥 듣기만 하게. 그러니까 지금으로부터 9,000만 년 전 백악기 초에 경상남북도 일대에 퇴적분지가 조성되었는데 백악기 말 활발한 화산 활동이 발생하면서 그 영향으로 백악기 말부터 융기작용이 일어나게 되었다네. 그 결과 올리고세인 2,400만 년 전까지 더 넓은 육지가 생기게 되고 이 시기에 한반도와 일본이 연결되었다네."

"정말입니까? 신기합니다."

"에이, 신기할 것까지는 없고. 이야기 계속 하겠네. 그러다 마이오세 즉 1,000만 년 전 서해와 동해가 바다로 되어 버렸지. 이때 제주도는 한반도와 연결됐고 일본은 육지화 하여 동해를 사이에 두고 한반도와 갈라져 섬 형태로 남게 되었다네. 그리고 퇴적물 연대측정 결과 현재의 한반도 해안선 모양은 약 7,000년 전에 형성된 것으로 밝혀졌다네."

"재미있네요. 그러니까 일본은 우리한테서 떨어져 나간 조각이라 보면 되겠네요."

준협은 재미있다는 표정을 지어보였다.

박민철 박사의 이야기가 마무리되었다. 그러자 조용했던 김용수 박사가 지루했다는 듯이 몸을 움직이기 시작했다.

"시간을 절약하기 위해서 김 사무관이 지금 머릿속에서 궁금해하는 질문에 미리 대답하겠네. 이곳에 특정 주파수의 진동을 발생시키는 일종의 파동발생기를 설치할 수 있나 물어보려고 했지?"

준협은 김용수 박사에게 맞다는 대답 대신 미소를 보냈다.

"물론 쉽게 가능하네. 한 가지 예로 우리 국방과학연구소에서 집중하고 있는 차세대 무기체계, 자네도 아마 알고 있을 거야."

"아, 얼마 전 개발 완료한 고출력 레이저 같은 걸 말씀하시는 거 같은데요."

김용수 박사가 고개를 끄덕였다.

"맞네. 기존의 대량살상 무기체계는 유도무기를 제외하고는 폭발에 의해 불특정 다수에게 피해를 주는 최대의 단점이 있지. 하지만 지금 추진 중인 고출력 레이저 같은 신무기체계는 특정한 지점에 고에너지를 집중시켜 적을 무력화한다는 개념의 무기지.

이제 감이 잡히지? 박민철 박사가 고유진동 주파수만 알려주면 그

주파수의 파동을 일으키는 고출력의 파동발생기는 어렵지 않게 바로 제작이 가능해. 레이저도 일종의 주파수를 사용하는 기술이고 이미 보편화된 기술이야. 하물며 그런 레이저도 만드는데 특정 주파수의 파동만을 만들어내는 파동발생기를 못 만들어 내겠나. 늦어도 한 달이면 제작이 끝날걸."

"아니 그렇게 빨리요?"

"국방과학연구소를 너무 무시하지 말게!"

김용수 박사의 얼굴이 붉어졌다. 하지만 이내 웃음을 찾았다.

"그런데 김 박사님, 이건 만약이라는 조건이 붙는 질문인데, 해도 괜찮겠죠?"

"걱정하지 말고 해 보게."

"정말로 일본열도에 충격을 주려면 엄청난 출력의 파동발생기가 필요하지 않나요? 특히 일본열도까지 거리가 꽤 먼데요."

준협의 캠코더는 김용수 박사에게 맞춰져 계속 녹화가 이루어지고 있었다.

김용수 박사는 준협의 말을 듣자 오히려 미소를 지어 보였다.

"자네도 이미 알지 않나. 타코마 다리 붕괴사건 말일세. 공명현상에 의해 일정수준의 출력만 되어도 물체의 고유진동과 맞물리게 되어 엄청난 증폭이 이루어지네. 그리고 만약 출력에 방향성이 추가된다면 가공할 위력이 되는 거지.

이곳에서 일본열도와 가장 가까운 곳이 직선거리로 200킬로미터가 조금 넘네. 거리는 문제가 아닐세. 오히려 파괴력이 커질 수도 있어."

"예? 오히려 파괴력이 더 커질 수 있다고요?"

"오히려 파괴력이 커질 수 있다는 예상은 충분히 가능한 이야기네. 동일한 성분의 매질, 즉 암석이 일정한 밀도로 구성되어 있다면 진행하는 과정에서 공명에 의한 진폭은 기하급수적으로 증가하게 될 것이네.

물론 파동이 진행하는 과정 중에 예상치 못한 장애물, 즉 다른 성분의 암반조직을 만나면 출력이 감소하겠지만 크게 고민할 필요는 없다고 생각하네. 왜냐하면 이곳이 일본열도의 한 지점하고만 연결되어 있다면 선으로 연결되어 있는 상황이라 볼 수 있는데 선상에서 극단적으로 선을 막고 있는 장애물을 만나게 될 경우 물론 파동은 더 이상 진행하지 않겠지.

그렇지만 일본열도 전체와 한 몸을 이루고 있기 때문에 이는 선이 아니라 면으로 파동이 진행하는 상황이라 장애물은 더 이상의 문제가 되지 않는다네."

"아, 그렇겠군요…."

무표정한 준협의 얼굴이었다. 하지만 그의 심장은 이미 요동치고 있었다.

마침내 독도가 숨기고 있었던 비밀이 밝혀졌다.

일본이 영원히 비밀로 남아있기를 바라던 NFP의 존재가 확인되었다. 이제 더 이상 일본, 그들만이 아는 독도가 품고 지내온 숨겨진 비밀이 아니었다.

준협과 박민철 박사 그리고 김용수 박사는 마지막으로 근처에서 시료를 더 채취했다. 그리고 일정을 논의한 후 서둘러 독도를 떠났다.

7. 도전의 시작

청와대 집무실에 긴장감이 감돌고 있었다. 벽면에 설치된 스크린에는 준협이 촬영한 화면이 투사되고 있었다.

"김 부장, 이게 정말 사실이고 믿어도 되는 거야?"

"예, 각하, 보신 것처럼 모든 것이 사실입니다."

"음…."

청와대 집무실에 잠시 침묵이 흘렀다. 지금 당장은 아니더라도 우리가 절대적인 힘을 갖게 되는 순간이었다.

"당신 생각은 어때? 반드시 필요하겠지?"

"예, 반드시 필요합니다. 지금은 아니더라도 우리 후손들에게 우리가 해 줄 수 있는 가장 가치 있는 선물이 될 것입니다. 확신합니다!"

"그렇지…. 자네 말에 일리가 있어. 좋아, 그렇다면 우리가 파악한

저 지점에 파동발생기를 설치한다면 시간은 얼마나 걸리겠나?"

"예. 설계에 한 달, 제작에 한 달 그리고 설치에 한 달. 그러니까 총 석 달이면 충분합니다."

"정말이야? 석 달이면 충분한 거지?"

"예, 충분합니다!"

대통령도 흥분하며 기회가 만들어졌음을 즐기고 있었다. 하지만 고민해야 할 문제도 있었다. 그의 미간에 주름이 잡혔다.

"좋아, 해 봅시다! 김 부장, 이대로 진행하게. 절대 보안이 필요한 건 자네가 더 잘 알 테고… 그리고 한 가지 내가 조언을 하지."

"예, 말씀하십시오."

"혹시 그럴 리야 없겠지만 일본이 이 사실을 알게 된다면 우리는 치명타를 입게 되는 국제적으로 아주 민감한 사안이야. 하지만 방법은 있지. 북한이 해법이야. 우리가 치명타를 피할 수 있는 방법이지."

"예? 지금 하신 말씀이 북한과의 협조를 하란 말씀입니까?"

진구는 당황스러웠지만 대통령의 포석을 충분히 이해할 수 있었다.

"안기부장인 자네가 더 잘 알지 않겠지. 분단 이후 처음으로 남북정상회담을 준비 중에 있지 않나. 남북이 힘을 합쳐 일본에게 한 방을 날릴 수 있다면 북한도 우리 편에 설 거야. 그리고 남북정상회담 준비도 한결 힘을 받을 테고 설령 일본이 이 사실을 알게 된다 해도 북한이 분명 방패가 될 거야. 북한을 무조건 참여시켜!"

"예, 알겠습니다. 좋은 방법이 될 듯싶습니다. 그렇다면 설계와 제작은 우리가 하지만 설치에 북한을 참여시키겠습니다. 그리고 제가 한 가지 추가 제안을 하자면 만일의 사태에 대비해 필요하다면 북한 잠수함을 설치공사 기간 중 독도해역에 대기시키도록 하겠습니다."

"독도해역에 북한 잠수함을 대기시킨다…. 역시 김 부장이야! 북한의 잠수함…. 그것도 괜찮은 생각이지. 우리가 없는 잠수함을 공사기간 중 독도해역에 대기시키고 만일 일본이 움직이면 잠수함에서 한 방 날린다. 일본은 누구의 소행인 줄 절대 모를 테고…. 괜찮군, 바로 진행해!"

대통령의 얼굴에 엷은 미소가 비쳤다.

'일본은 이제 우리의 손아귀에서 절대 움직일 수 없게 된다! 아니 우리 손아귀를 빠져나가지 못한다!'

일은 일사천리로 진행됐다.

몇 달 후 독도에 배수량 1,400톤의 북한의 로미오급 잠수함이 접안하는 모습이 보였다. 그들은 서둘러 공사인력을 독도에 내려놓은 뒤 재빨리 독도 해저로 모습을 감추었다. 그리고 한 달여간 소리 없이 독도의 동쪽 동해 해저에 머물렀다.

시간은 어김없이 흘렀다. 그리고 역사는 시간의 물결에 휩쓸리며 거센 소용돌이를 만들고 있었다.

그리고 어느덧 달력에는 '201×'라는 숫자가 선명히 보이고 있었다.

일본 도쿄의 지요다구에 위치한 일본 총리관저 정무에 어둠이 짙게 내리자 몇 대의 검은색 세단이 속속 도착했다.

우리에게 익숙한 1929년부터 2002년까지 관저로 사용하던 건물은 영빈기능을 갖춘 총리의 관사로 용도를 바꾸어 사용하고 있다.

그리고 2002년에 지상 5층에 지하 1층으로 새로 지어진 총리관저가 총리와 내각관방 장관 그리고 관방 부장관의 집무실을 최상층인 5층에 위치시키고 지하에는 위기관리센터를 갖춘 명실상부한 일본정치의 새로운 공간으로 사용되고 있었다.

총리관저에 도착한 이들은 모두가 한 손에 검은색의 가죽 서류가방을 들고 아무 말도 없이 현관을 통해 관저 4층에 위치한 각의실로 발길을 옮기고 있었다.

내각부 관방대신, 법무대신, 외무대신, 방위대신, 문부과학대신, 국가공안위원회 위원장 그리고 내각정보조사실의 총책임자인 내각정보관의 모습이 보였다.

일본의 정부의 각료는 한국과 다른 선출방식을 택하고 있어 총리가 국회의결을 통해 지명되면 천황이 총리를 임명하게 된다. 그리고 임명된 총리가 내각을 구성하는 국무대신(우리로 말하면 장관)을 임명하고 이를 천황이 인증하게 되는 절차를 거쳐 각료가 구성되어 진다.

즉 총리의 가신들이 각료를 구성하며 절대적인 지지와 함께 충성을 총리에게 바치게 되는 전근대적인 구조이다.

잠시 후 인기척을 내며 모임을 소집한 총리가 각의실에 모습을 드러냈다.

"늦은 시간에 오시느라 수고들 많으셨습니다. 자, 다들 자리에 앉으시죠."

총리가 커다란 원탁의 상석에 착석하며 말을 건네자 모두 일사불란하게 자리에 앉았다.

"제가 총리에 취임한 이후로 고생들이 많으신 거 잘 알고 있습니다.

모든 일들이 대일본 제국의 천황폐하를 위하는 일이라 생각하시고 열심히들 해 주십시오!"

"예, 총리각하!"

한 목소리로 대답이 들려왔다.

총리는 흡족해 하며 손에 들고 있던 한 권의 책을 테이블 위에 천천히 올려놓았다.

"제가 올해 취임한 이후로 가장 역점을 둔 사안을 잘 아실 겁니다. 한국과의 문제입니다. 한국은 해방이 된 후 70년 동안 우리를 너무 피곤하게 하고 있습니다. 이제 과감히 정리를 해야 할 때라고 생각합니다. 잘 아시겠지만 우리는 이제 대내외적인 명분을 갖게 되었습니다. 그 예로 미일방위협력지침도 얼마 전 만들지 않았습니까."

총리는 조용하지만 낮게 힘 있는 말투로 말을 시작하며 앞에 놓인 컵에서 물을 한 모금 들이켰다. 그리고 작심한 듯 허리를 세워 자세를 바로 잡았다.

"존경하는 총리각하! 저희 내각정보조사실에서 총리각하께서 얼마 전 지시하신 내용을 꾸준히 추진해오고 있습니다."

우리의 국정원장격인 내각정보관이 두 손을 가지런히 테이블 위에 올려놓고 조용히 입을 열었다.

"한국과의 가장 큰 이슈는 정신대와 독도입니다. 그런데 정신대 문제는 국제법상으로도 그렇게 큰 문제가 없습니다. 다행히 총리께서 취임기념으로 이번에 미 의회연설에서 일본에 의한 강제 위안부가 아니라 당시 일부 파렴치한들에 의한 인신매매라 선을 긋지 않으셨습니까. 이제는 천천히 문제를 희석시키기만 하면 됩니다."

"물론 그렇지만 한편으로는 걱정이 됩니다. 국제사회가 가만히 있을까요? 한국은 또 가만히 있겠습니까? 역공을 취할 게 분명합니다."

"총리각하! 하지만 국제사회는 피해자는 아닙니다. 그들도 굳이 우리 일본과의 관계가 서먹해지는 걸 절대 원치 않습니다. 그리고 한국도 할 말이 없습니다. 1965년 맺은 한일협정이 있지 않습니까. 한국이 보상을 원하는 모양새로 끌고 가면서 이미 그 당시 한일협정에서 청구권 문제가 해결된 것 아니냐는 논리로 나가면 됩니다. 그러면서 미의회 연설에서 말씀하신대로 국제 인신매매로 끝까지 밀고 나가면 됩니다. 반박의 여지가 있을 수 없습니다. 한국은 허공에 메아리만 날리는 꼴이 될 겁니다."

"…"

총리는 눈을 감았다. 그는 패전 70년을 계기로 새롭게 일본을 일으켜 세우려는 야망이 있었다. 그러나 항상 한국에 의해 좌절되고 있었다.

"그렇다면 핵심인 독도는 어떻게 풀어갈까요? 궁금하네요. 빨리 계획 좀 듣고 싶소이다."

"알겠습니다. 아시다시피 독도는 일본의 아킬레스건입니다. 독도에는 NFP가 있습니다. 독도는 반드시 빼앗아 와야 합니다. 다행히 국제사회에서도 한국령 독도가 아닌 단지 바위섬인 리앙쿠르 암초로 불려지고 있지 않습니까. 한국만 민감하게 독도문제를 걸고넘어지는 것이지 국제사회는 관심조차 없습니다."

"그렇지요. 그러면 속 시원하게 독도를 날려 버리면 어떨까요? 그러면 자연히 NFP도 사라질 테고 신경도 안 쓰이지 않을까요?"

총리는 대수롭지 않다는 듯이 한쪽 입술을 치켜세우며 보기 흉한

미소를 보였다.

"총리각하! 그건 위험한 생각입니다. NFP에 충격이 가해지면 다음 일은 아무도 예측할 수 없습니다. NFP는 절대 충격에서 보호되어야 합니다."

문부과학대신이 사색이 되어 말을 뱉어냈다.

"농담이오. 그렇다면 유일한 방법은 강제로 점거하는 수밖에는 없겠군. 나는 솔직히 패전 70년인 올해 독도를 일본 땅으로 만들고 싶소. 물론 다른 이유도 많지만 이 책에 언급된 NFP 때문에 하루도 편할 날이 없소이다. 아무것도 모르는 멍청한 한국 놈들에게 한 방 먹이고 일본의 절대 안전을 보장받고 싶소이다. 또 그것이 우리의 역사적 책무이기도 하지요."

총리는 책상 위에 놓아둔 책자를 유심히 바라보았다.

진구에게 건네졌던 보고서와 동일한 「N.F.P. 확인을 위한 조선 령嶺 독도에 대한 지질 탐사 보고서」라는 제목이 선명히 보였다.

"그런데 나는 이 보고서 제목이 마음에 안 들어요. 왜 제목에 '조선 령嶺'이라는 말을 썼는지… 괜히 찜찜해요…"

"총리각하! 제목은 중요한 게 아닙니다. 독도를 전 세계에 확실한 분쟁지역으로 인식시키기만 하면 됩니다. 우리가 지금까지 계획을 세우고 진행해 온 계획들이 많지 않습니까? 독도를 분쟁지역으로 인식시켜 국제사법재판소로 독도문제를 가져가는 것이 목적이었습니다. 지금 분위기는 충분히 무르익었습니다. 전 세계에 분쟁지역임을 확실히 보여줘야 합니다. 그리고 아직 계획이 마무리되지 않았지만 며칠 이내로 강력하고도 완벽한 계획을 준비해서 보고드리겠습니다!"

내각정보관의 보고가 이어졌다.

"좋습니다! 내각정보관만 믿겠소! 필요하다면 강제적으로 독도에 올라설 수 있는 방법을 찾으십시오. 반드시 합법이 아니어도 좋습니다. 그러나 반드시 외부에서 볼 때는 합법처럼 보이면서 한국과의 강도 높은 분쟁을 만들어야 합니다."

일본은 무모하고도 섣부른 도전을 준비하고 있었다. 그리고 마침내 한국에 도전을 선택하며 돌이킬 수 없는 몰락의 길로 들어섰다.

백발의 두 노인이 바다를 바라보고 있었다.

"성수야, 바다 색깔이 참 아름답다. 예전에도 이랬었나?"

"글쎄… 모르겠다….."

진구와 성수는 방파제에 앉아 울진 앞바다를 넋 놓고 바라보았다. 그들 사이에는 소주병과 작은 잔 그리고 시장에서 사온 갓 잡은 생선으로 만들어진 회 한 접시가 놓여 있었다.

"성수야, 방앗간이 없어졌어. 시간이 흘렀으니 당연하겠지. 그런데 왜 내 기억 속에서는 지금도 사라지지 않고 계속 존재하는지 모르겠다."

"이제 그만 잊을 건 잊어야지…. 평생 그 기억을 떠안고 살아온 네가 참 대단하다는 생각이 든다. 힘들었을 텐데…."

둘은 함께 소주잔을 기울였다.

"정말 맛있다. 술도 맛있고, 회도 맛있고."

성수는 소주잔에 비친 진구의 눈에 눈물이 고이는 모습을 볼 수 있었다.

그리고 진구 옆에 놓인 튼튼해 보이는 은색 가방이 눈에 들어왔다.

그러나 성수는 가방이 뭐냐고 묻지 않았다.

"기억나? 이곳에서 구로다를 버렸지…. 너나 나나 어렸을 때는 참 겁도 없었어."

"진구야, 겁이 없었던 게 아니라 겁이란 걸 몰랐지. 아니, 겁이란 게 무슨 뜻인지조차 몰랐지. 허허…."

"그렇지, 무슨 뜻인지도 몰랐어."

진구의 얼굴이 붉어졌다. 진구는 빈 소주잔에 술을 따르다 한 번에 입 속에 털어 넣었다. 그러더니 갑자기 윗옷을 벗기 시작했다.

"아니, 갑자기 뭐하는 거야?"

"별 거 아니니까 걱정하지 마. 이 나이에 수영은 못하니 물에는 안 들어간다. 그냥 너한테 보여줄 게 있어서."

윗옷을 벗은 진구의 오른쪽 어깨에는 문신이 있었다.

망혼亡魂이라는 단어가 선명하게 보였다.

"문신이구나. 언제 새긴 거야? 또 무슨 의미고?"

"일본사관학교 다닐 때 새겼지. 한국인이라 처음엔 무척 힘들었어. 그러다 보니 악만 남아있었고…. '일본 너희들은 우리의 혼에 의해 망할 것이다. 사라진 우리 조선 여인들의 혼에 의해 망할 것이다.'라는 의미로 새긴 거야. 그리고 어깨를 움직일 때마다 이 글귀가 내 심장을 자극해 주며 마음을 잡아줬지…."

"놀랍다…. 그랬었구나…."

성수는 옆에 놓인 소주잔에 술을 부었다. 그리고 쓴 소주를 식도로 흘려보냈다. 하지만 쓰디쓴 소주도 씁쓸한 그의 마음을 희석시키지는 못했다.

"그리고 그 혼을 지금도 지니고 있어. 바로 이거지."

성수는 옆에 놓은 은색 가방을 올려 보였다. 제법 무거워 보였다.

"그게 뭔데? 제법 무거워 보이는데…"

"일본을 망하게 할 우리 여인들의 혼이 담겨져 있지. 난 반드시 이 혼이 뛰쳐나와 그들을 침몰시킬 거라 확신하고 있어."

성수는 진구의 눈빛에서 광기 비슷한 무서운 기운을 느꼈다. 그리고 전광석화처럼 빠르게 생각이 지나갔다.

"혹시 그거… 스위치 콘솔?"

"그래, 독도 파동발생기의 스위치 콘솔이지. 반경 500킬로미터 이내에서 작동시킬 수 있는 콘솔이야."

"진구야, 그거 정권이 바뀌면서 폐기된 거 아니었어? 너무 위험한 발상이라고 정권이 바뀌며 최고위층에서 없애라고 지시한 걸로 알고 있었는데."

"맞아, 물론 폐기됐지. 하지만 한 개가 더 있었어. 만일을 위해 하나 더 만들어 놨었지. 독도에 설치된 파동발생기는 북한 애들이 워낙 튼튼하게 암반 속에 설치해서 폐기가 거의 불가능해. 그래서 스위치 콘솔만 없애면 사용할 수 없게 설계되었었고 안기부에 보관 중이던 한 개를 폐기한 거였지."

성수의 심장이 갑자기 요동치기 시작했다. 진구가 무서웠다. 하지만 이성을 지닌 친구라 섣부른 불장난은 하지 않을 거라 믿을 수 있었다.

"그렇다고 너무 걱정하지 마라, 성수야. 이것만 가지고는 아무것도 못하게 만들어져 있으니까. 독도의 파동발생기 전원이 꺼진 상태라 아무것도 못한다. 그냥 내 스스로 위로받기 위해 들고 다니는 것뿐이야."

"정말이지? 괜히 놀랐잖아, 이 친구야. 허허…."

진구와 성수는 언제 다시 만날지 모르는, 어쩌면 마지막이 될 수도 있는 서로의 시간을 나누고 있었다. 하지만 진구는 성수와 달리 마음을 다지고 있었다.

일본도 바삐 움직이고 있었다. 총리는 거의 매일 독도 관련사항을 보고받고 있었다.

"아니, 그게 정말입니까?"

"예, 총리각하, 사실입니다. 이제야 알아냈습니다. 죄송합니다."

"알았어요. 아무튼… 그렇다면 문제가 심각해질 수도 있다는 이야기인데…."

일본총리와 내각정보관이 심각하게 대화를 나누고 있었다.

"말씀대로 심각해질 수도 있습니다. 하지만 천만다행입니다. 역으로 생각하면 우리 명분을 세울 수 있는 기회이기도 합니다."

"그런가요? 아무튼 자세하게 말씀해 보세요."

일본총리의 얼굴이 굳어갔다. 생각지도 못한 새로운 사실이 발견되었다.

"총리님이 보관하고 계시는 「N.F.P. 확인을 위한 조선 령嶺 독도에 대한 지질 탐사 보고서」의 탐사 책임자를 탐문해 봤습니다. 오래전 사안이라 자료가 거의 남아있지 않았지만 동경대 지질학과의 사또 박사라는 사람이 책임자였습니다. 그런데 그가 한국에서의 탐사를 마치고 일본에 귀국하면서 한국인 두 명을 함께 데리고 왔습니다. 그중 한 명은 나중에 사또 박사의 사위가 된 '박성수'라는 지금은 은퇴한 동경대 교수였습니다. 그리고 나머지 한 명이… 한국의 전 안기부장인 '김진구'였습니다."

"뭐라고요? 그제 정말 사실입니까? 사또 박사가 일본에 데리고 온 두 명 중 한 명이 나중에 한국의 안기부장이 되었던 김진구였다…? 참 기막히네. 그런 중요한 사실을 왜 이제야 알게 되었는지 참 통탄할 노릇입니다. 어디 계속해 보세요."

내각정보관의 얼굴이 붉어졌지만 차분히 말을 이어갔다.

"사또 박사는 1985년에 사망했습니다. 물론 사망 전까지 김진구는 자주 일본에 나타났습니다. 그는 일본에서의 공적인 일을 마치면 항상 사또 박사와 친구인 박성수를 만났습니다.

그런데 사또 박사가가 사망하고 얼마 지나지 않아 독도에서의 활발한 모종의 움직임이 있었다는 사실이 정보보고서에 남겨져 있었습니다. 그 당시에는 관심 없는 사안으로 분류되어 지나쳤지만 그 당시 분명 독도에서 일이 있었다고 확신합니다."

"서, 설마… 그건 아니겠지…."

"지금도 조사 중이지만 충분히 개연성이 있습니다. 사또 박사는 지한파였습니다. 그리고 우연인지 모르겠지만 한국의 울진에서 파견을 마치고 돌아오는 날 울진 지역을 관할하던 경찰서장이 실종되었습니다. 물론 아무런 단서도 찾지 못하고 사건은 종결되었습니다. 아무튼 사또 박사가 죽으면서 자신이 보관 중이던 「N.F.P. 확인을 위한 조선령嶺 독도에 대한 지질 탐사 보고서」를 박성수를 통해 김진구에게 넘겼고 그가 보고서를 바탕으로 독도에 일련의 장치를 했다는 추론이 가능합니다."

"허, 미치겠네. 설마 한국이 NFP를 아는 건 아니겠지. 단지 예상일 뿐이라는 것이지요?"

"맞습니다. 단지 예상입니다. 하지만 지금도 박성수가 꾸준히 한국을 드나들고 있고 만나는 사람이 한정된 가운데 김진구를 만난다는 첩보도 있습니다. 불길합니다."

"알겠소이다. 내일 각료회의에서 내 의견을 발표하겠소. 내각정보관도 지시한 사항을 보고할 수 있도록 준비해 주시고요."

총리는 많은 생각을 떠올렸다. 그러나 그는 영악한 인물이었다.

'하늘이 내게 기회를 주신다면 바로 지금일 수도 있다.'

총리는 이를 기회로 받아들이고 타당한 명분을 세울 궁리만을 하고 있었다.

대한민국의 국가안위에 필요한 각종 정보가 수집되어 모여지고 모여진 정보들은 국정의 최고책임자인 대통령이 국정에 효과적으로 사용될 수 있도록 재생산되는 대한민국의 국가정보원이 모습을 드러내고 있었다.

국정원 입구에 쓰인 1961년 설립 당시의 '음지에서 일하고 양지를 지향한다'에서 '정보는 국력이다'로 그리고 지금의 '자유와 진리를 향한 무명의 헌신'으로 바뀌어 진 국정원의 원훈에서도 알 수 있듯이 그 어느 정부조직에서도 볼 수 없는 무거운 무한의 책임감이 주어진 조직임을 보여주고 있었다.

건물의 외부 모습만으로도 위풍당당한 위압감을 주기에 충분해 보였지만 크다 못해 웅장해 보이기까지 하는 'ㄷ'자 모양의 대형 회의용 테이블은 국정원 지하에 위치한 컨퍼런스룸의 위압감을 한층 무게 있게 만들어내고 있었다.

"광복 70주년을 맞아 일본의 움직임이 심상치 않습니다. 70년을 기점으로 기존의 위안부 문제와 독도문제를 정면 돌파할 수도 있다는 판단입니다."

"1차장 말이 맞습니다. 과장급 및 팀장급 인원을 보충해서 일본의 상황을 예의 주시해 주기 바랍니다. 그리고 지금 현재 포착되는 특이상황이 있습니까?"

국정원장인 준협을 중심으로 1, 2, 3차장 그리고 1차장 예하의 과장 및 팀장이 참여한 일본대응 회의가 열리고 있었다.

"일본과장입니다. 위안부 문제로 일본총리가 미 의회 연설에서 국제적인 관심을 희석시키기 위해서 '국제 인신매매'라는 표현을 사용했습니다. 철저하게 계산된 표현입니다. 현재 대응방안을 모색 중입니다. 그리고 부장님, 한 가지 더 놀라운 건 독도와 관련해서 특이점이 최근 포착되었습니다."

"뭐라고요? 정말입니까? 독도와 관련되어서 특이점이 포착되었다고요? 역시 일본 놈들은 우리 예상에서 빗나가지를 않아…"

준협의 머릿속에 이십년 전 독도에서 파동발생기를 설치하던 당시의 기억이 스쳐 지나갔다. 조국에 의미 있는 일을 했구나 하는 뿌듯함을 느꼈던 작전이었다.

그러나 결국 정권이 바뀌며 폐기된 것에 대한 안타까움을 느끼기도 했었다.

"예, 한국에 체류 중인 일본 내각정보조사실 요원들이 동해안, 특히 울진지역에 파견되어 내려갔습니다. 그리고 일본에 파견된 우리 측 정보관들로부터 이번에 바뀐 일본총리의 행보에 대한 첩보가 계속 들어오고 있습니다. 일본의 2차 대전 패전일인 8월 15일을 중심으로 중대한 움직임이 분명 있을 거라는 높은 수준의 첩보입니다. 지금 흑색요원 수 명을 추가로 일본에 침투시켜 놓았습니다."

"음… 알겠습니다. 201×년 올해 광복절은 우리에게 아주 특별한 날입니다. 하지만 패전국인 일본은 우리보다 더 큰 의미를 부여하고 있습니다. 입수한 첩보에서처럼 70년을 분수령으로 변신을 준비할 것이 분명합니다. 즉 다른 의미의 도발을 준비할 수도 있다는 이야기입니다.

특히 이번 신임 총리는 그러고도 남을 사람입니다. 모든 발단은 그로부터 시작될 겁니다. 아시겠지만 이번 총리는 특이한 경력을 지니고 있는 보기 드문 일본 정치인입니다. 사십대 초반에 일본의 최연소 총리라는 화려한 이력을 지니고 정치계에 데뷔했었지만 총리집권 후 채 반년도 안 되어 물러나는 최단기간 총리라는 불명예스러운 타이틀 또한 지니고 있습니다.

그런데 불명예스럽게 자리에서 물러나 중앙정치와는 상관없던 정치 야인생활을 하던 그가 다시 올해에 총리에 재임명되며 화려하게 정계에 복귀하는 일본정치사의 커다란 사건을 만들어 냈습니다. 물론 재임명이라는 배경에는 일본정치사에서 빼놓을 수 없는 그의 가족사가 큰 몫으로 기여했던 것도 사실입니다.

그의 아버지 또한 1970년대 일본총리로 일본을 이끌어 왔던 일본 내에서 가장 존경받는 정치인 중 한 명이었습니다. 그리고 시간을 조금 더 거꾸로 올라가 보면 그의 외할아버지는 태평양전쟁 군인으로 참전해 주로 동남아 전투에서 공을 세운 해군제독 출신입니다. 물론 종전 후 국제전범재판소에서 A급 전범으로 지목되어 사형을 언도 받았지만 얼마 후 특별조치로 사면된 전통적인 사무라이입니다. 누가 보더라도 대단한 정치집안의 자손이었지만 오히려 이런 배경이 그를 어려서부터 독선적이며 극단적인 성격의 소유자로 만들어 버렸습니다.

이번 패망 70주년에는 위험하고도 아슬아슬한 이벤트성 행동을 보일 것이 분명합니다. 1, 2, 3차장은 각별한 협조를 통해서 우선 일본을 주시해 주시기 바랍니다."

사뭇 긴장된 분위기의 회의가 끝났다.

준협의 뇌리에 한 사람이 떠올랐다.

독도에 파동발생기를 설치할 당시 안기부장이었던 진구가 떠올랐다. 일본이라면 치를 떨며 공격적으로 모든 일을 처리하던 선배였다. 그러나 공직을 떠난 뒤 일체의 연락을 두절한 채 궁금증만을 증폭시키고 있었다.

'선배가 궁금하네. 열정으로 똘똘 뭉쳐진 사람이었는데…'

8. 잘못된 도전

1,000만 명 이상의 인구가 모여 대한민국 대부분의 영역에서 중심 역할을 하고 있는 거대도시 서울, 그 한가운데 육군특수전사령부가 몸을 숨기고 그들의 역할을 묵묵히 해 나가고 있었다.

안 되면 되게 하라!

귀신같이 접근하여, 번개같이 타격하고, 연기같이 사라져라.

사령부 입구에 걸려있는 표어가 이곳이 예사롭지 않은 곳임을 은연중에 보여주고 있었다.

사령관실의 전화기에서 벨이 울리고 있었다.

"예, 사령관입니다."

전화를 받는 어깨에 달려있는 견장에는 세 개의 뚜렷한 별이 목소리의 변화에 맞추어 조금씩 흔들리고 있었다. 잠시 뒤 전화를 내려놓은 사령관은 다시 인터폰을 들었다.

"1공수특전여단장 바꿔주게!"

그리고 다시 인터폰을 내려놓았다.

대한민국 국군의 특수부대를 관장하는 특수전사령부의 손민수 중장이었다.

그는 얼마 전 국방부 장관으로부터 호출을 받고 국방부에 들러 은밀하게 작전에 대한 내용을 지시받았다.

지금까지 30년 넘는 군 생활 중 국내에서 벌어진 각종 작전에 참가해 봤지만 국방부 장관에게서 듣게 된 내용은 그런 작전과는 비교 자체가 불가능한, 극도로 예민한 작전으로 받아들여져 한동안 큰 고민에 시달렸었다.

잠시 뒤 전화벨이 울렸다.

"1공수 여단장입니다!"

"수고가 많네, 이 장군! 나 특전사령관이야."

"예, 사령관님!"

1공수 여단장 이상훈 준장이 전화를 받았다.

"가만 있자… 자네 내 후배 맞지?"

"아니, 사령관님, 다짜고짜 무슨 말씀이십니까? 당황스럽습니다."

"당황하긴…. 솔직히 나는 자네의 1공수 여단에 애착이 많네. 대한민국 육군의 유일한 공격임무만을 맡은 제7기동군단의 모체인 동해안경비사령부와 함께 특수전사령부의 역사를 만든 부대 아닌가?"

"예, 맞습니다. 그런데 갑자기 역사까지 말씀하시니까 오히려 제가 송구할 뿐입니다, 사령관님."

"에이, 송구할 필요까지는 없고…. 이번 작전 또한 동해와 관련된 특수성 때문에 자네에게 지시를 하게 되었네. 1공수여단의 명예를 걸고 지난번 지시한 작전을 바로 시작해 주게. 책임지고 완수해 줄 거라 믿네, 후배!"

"예, 알겠습니다! 제1공수여단의 명예를 걸겠습니다. 감사합니다! 충성!"

한국은 이미 일본보다 발 빠르게 운명을 바꿀 준비를 하고 있었다.

1공수여단 연병장에 시코르스키사의 UH60 블랙호크를 국내에서 면허 생산한 UH60P 블랙호크 다목적 헬기가 황토빛 모래폭풍을 일으키며 착륙하고 있었다.

헬기가 착륙하자 연병장에서 대기하고 있던 십여 명의 특전사 대원들이 자신의 등보다 더 커 보이는 배낭을 짊어지고 모래폭풍을 뚫고 헬기에 올랐다.

"개인화기부터 확인한다!"

팀장인 최영훈 중위의 날카로운 목소리가 헬기의 소음을 뚫고 들려왔다.

K1A 레일장착형 기관단총이 제일 먼저 눈에 들어왔다. 최대 분당 900발의 속도로 특수부대원의 기본화기로 채택된 K1에 조준경 및 조명장치들을 추가 장착해서 이떠한 조건에서도 위력을 발휘하는 특전사 대원들의 주력 소총이었다.

"최 중사, 박 하사! 소음기 확인한다!"

"예, 이상 없습니다!"

K1 소총처럼 생겼지만 앞부분 총열에 두꺼운 파이프의 소음기가 부착된 K7 소음기관단총이 그들에게 들려있었다. 은밀한 작전도 완벽하게 소화할 수 있는 필수불가결한 장비였다.

"저격병! 박 중사지?"

"예, 팀장님! 장비 이상 없습니다!"

그중 가장 눈에 띄는 것은 K14 저격용 소총이었다. 소리 없이 800미터 거리의 표적을 완벽하게 제거할 수 있는, 우리 특전사 대원들의 장거리 작전능력을 확실하게 지원해 주는 총이 모습을 드러내고 있었다.

그리고 눈에 띄지는 않지만 권총지갑에 숨겨진 K5 권총과 칼집 속에 숨겨져 있는 단검 또한 헬기에 탑승한 대원들이 항상 지니고 다니는 개인장비였다.

가쁜 숨을 몰아쉬며 십여 명의 특전사 대원들이 헬기에 오르자 헬기는 착륙 때보다 더 강력한 모래폭풍을 만들며 연병장을 박차 올라 연병장 주위를 한 바퀴 돌며 작별인사를 보낸 뒤 시야에서 사라져 갔다.

헬기가 정상궤도에 올라 안정을 보이자 팀장인 최영훈 대위가 소음 때문에 귀에 착용하고 있던 헤드폰을 벗으라는 수신호를 대원들에게 보냈다.

"지금부터 작전을 지시할 테니 모두 숙지한다! 이번 작전목적은 독도에 은밀히 침투하여 예상되는 일본의 공격에 대비한 거점을 확보하고 기습을 준비하기 위한 것이다. 물론 독도는 우리 영토지만 은밀히 침투한다고 했다. 즉 독도에 주둔 중인 우리 독도경비대도 눈치를 채면 안 된다. 질문 없으면 계속 진행하겠다. 질문 있나?"

침묵만이 흐를 뿐 아무런 움직임이 없었다.

"침투 방법은 우선 본 헬기로 독도 서쪽 5마일 지점까지 이동한 후 그 지점부터 해상을 통해 독도에 접근한다. 참고로 독도에서 동도와 서도라는 큰 섬 두 개가 있는데 우리는 서도에 침투한다. 동도는 기존의 독도경비대가 주둔하고 있고 상대적으로 서도는 지형상 침투가 어려워 무인도 형태로 존재하고 있다. 이상."

"팀장님, 예상되는 적의 침투에 대한 정보가 있습니까?"

"아직 입수된 정보는 없다! 그러나 걱정할 필요도 없다!"

언제 시작될지도 모르는 작전이었다. 얼마 뒤 그들은 소리 없이 독도의 서도에 잠입했다.

일본총리의 집무실이 붐비기 시작했다.

내각부 관방대신, 법무대신, 외무대신, 방위대신, 국가 공안위원회 위원장 그리고 내각정보관이 자리를 잡았다.

"보고드린 바와 같이 계획을 수립했습니다. 그런데 시기가 중요하다고 판단됩니다. 무작정 폭동이 일어났다고 공표하기에는 무리수가 있다고 생각됩니다."

내각정보관이 총리의 눈치를 살폈다. 그러나 총리는 대수롭지 않다는 듯이 미동도 보이지 않았다.

"쉽게 생각합시다. 지금 한국은 우리의 말 한마디에 민감하게 반응하고 있습니다. 우리가 열쇠를 쥐고 있는 겁니다. 언론에 조금만 강도를 높여서 발표를 하면 아무 생각 없이 우리의 미끼를 덥석 물게 될 것입니다. 국가공안위원회의 역할이 중요합니다. 재일 한국인들이 일본 내에서 불법 활동을 벌이고 있다는 내용을 조금씩 흘리면 좋을 듯싶습니다. 그리고 외무성에서 좀 더 강한 어조로 국제사회에 우리 입장을 발표하면 한국 내는 물론 일본 내 한국인들이 민감하게 반응할 것입니다. 그러면 수월하게 우리 계획대로 밀고 나갈 수 있습니다."

"알겠습니다!"

"또한 한국인들이 불법적으로 독도에서 이상한 행사들을 벌이고 있습니다. 분명 잘못된 행동이라는 사실을 계속 전 세계에 알리십시오. 그리고 교과서에 실린 대로 독도가 우리 영토라는 사실을 우리 다음 세대들에게도 지속적으로 알리는 작업을 꾸준히 해야 합니다. 이번 기회를 십분 활용해야 합니다. 국제사회도 우리와 한국이 분쟁을 일으키는 것을 절대 좋아하지 않을 겁니다. 먼저 움직이는 측이 절대적으로 유리합니다. 내각정보관의 계획대로라면 충분히 승산이 있다고 나는 자신합니다. 계획상 디데이는 언제입니까?"

총리의 얼굴표정이 굳어졌다. 이번 결정은 신이 내려준 한일관계의 판세를 역전시킬 한 수가 될 것이라는 자신감이 역력했다.

마침내 일본은 잠들어 있던 그들을 침몰시킬 망혼을 부활시키는 무모한 행동을 시작했다.

결국 일이 벌어졌다.

201X년 7월, 하루 종일 TV에서 일본 도쿄발 특보가 쏟아져 나왔다.

일본 도쿄에서 속보를 전해 드리겠습니다. 저는 지금 일본

경시청 앞에 나와 있습니다. 어제 저녁 일본 도쿄의 한인 밀집지역에서 한국인과 일본인 사이에 무장충돌이 발생했다는 일본 경시청의 발표가 있었습니다.

일본 경시청은 조금 전 한인들이 광복 70주년 행사를 도쿄 시내에서 벌이기로 한 이후 척한을 외치는 일본의 일부 극우 세력과 한인 간의 사소한 말다툼에서 시작된 몸싸움이 주변으로 확대되면서 폭동을 불러 일으켰다고 발표했습니다.

아직 정확한 내용은 파악되고 있지 않으나 추가소식이 들어오는 대로 바로 전해 드리겠습니다.

일본 도쿄에서 YTN 박영선이었습니다.

"뭐야, 이거? 일본과장은 지금 어디 있는 거야? 빨리 데리고 와!"

국정원 1차장은 당황했다. 지금 시기에 벌어질 수 없는 일이 벌어졌다. 그러나 상황은 전혀 파악되지 않고 있었다.

"예, 차장님, 부르셨습니까?"

"일본과장, 자네 지금 뭐하는 거야? 뉴스 안 보여?"

"예, 저도 놀랐습니다. 지금 확인 중에 있습니다. 그런데 사전에 아무런 조짐이 없었습니다. 그리고 폭동현장이 정확히 어디인지도 확인되지 않고 있습니다."

"그건 또 무슨 말이야? 폭동현장이 확인되지 않는다고? 그게 말이 되는 소리야!"

"죄송합니다. 정보관들과 흑색요원들이 확인 중에 있습니다. 확인되는 즉시 바로 보고드리겠습니다."

"알았으니까 빨리 움직여!"

"예!"

대답을 하자마자 일본과장은 황급히 자리를 떠났다.

1차장도 일본과장의 당황하는 모습은 처음 보았다. 모든 일을 완벽하게 처리하는 과장이었다. 그런 그가 당황한다는 것은 이상한 상황이 벌어지고 있다는 반증이기도 했다.

"야! 일본 요원들에게 빨리 움직여서 상황 보고하라고 해! 미치겠네…."

"알겠습니다. 그런데 과장님, 이상합니다. 상황이 안 잡힙니다. 위성으로도 폭동현장이 보이질 않습니다!"

"뭐라고? 실시간 위성으로도 폭동상황이 안 잡힌다고? 그럼 뭐야?"

상황은 급박하게 벌어졌지만 사실을 증명할 아무런 증거가 없었다. 그러나 도쿄발 속보는 계속 들어오고 있었다. 한국은 당황스러웠다.

진구도 심각하게 TV 속보를 바라보고 있었다.

일본이 패전 70년을 그냥 넘기지 않을 것이라는 예상은 하고 있었다. 하지만 실제로 움직임을 보이는 것에 망연자실하지 않을 수 없었다. 보통의 인간과는 전혀 다른 사고체계를 갖고 있는 다른 종으로 느껴질 뿐이었다.

뿐만 아니라 최근 국제사회에 내뱉는 수위 높은 발언들이 예사롭지 않게 느껴졌다. 서둘러야 한다는 본능이 진구를 깨웠다.

진구는 조용히 전화기를 들었다. 몇 번의 교환원을 거치는 과정을 거쳐 전화가 연결되었다.

"급히 만났으면 하네."

진구는 서둘러 일어섰다.

일본 총리관저 지하의 위기관리센터가 움직이기 시작했다.

일본국내에서 발생하는 각종 자연재해 등을 체계적으로 관리하기 위해 총리관저 지하에 위기관리센터가 자리하고 있었다. 하지만 오늘 위기관리센터에는 재해와 상관이 없어 보이는 방위대신과 내각정보관 그리고 국가공안위원장이 상황실을 벽면의 모니터를 응시하고 있었다.

이들은 도쿄에서 발생한 폭동 관련 사항을 주시하고 의견을 나누기 위해 이곳에 자리 잡고 있었던 것이다. 모니터에는 도쿄에서 발생한 폭동에 관한 속보가 나오고 있었다.

인터폰이 울렸다.

"응, 알겠네."

"총리께서 도착하셨답니다."

잠시 후 문이 열리며 총리가 모습을 드러내자 모두들 일어나 모습을 보이는 총리에게 일제히 목례를 했다.

"먼저 와 계셨군요. 그런데 상황은 어떻습니까? 속보가 계속 나오던데."

자리에 앉으면 총리가 공안위원장에게 질문을 던졌다.

"뉴스 속보처럼 예상보다 쉽게 일이 진행되고 있습니다. 큰 걱정 안 하셔도 됩니다."

"그래요? 잘 됐군요. 아마 한국이 많이 놀랐을 겁니다. 우리를 못 쫓아오죠. 허허…."

공안위원장이 간단하게 상황을 정리해 주자 총리는 얼굴에 미소를 보이며 화답했다.

　이들은 우발적으로 발생한 폭동 때문에 모인 것이 아니라 우발적으로 발생한 것처럼 포장된 실재하지 않는 폭동을 준비하고 있었다.

　치밀한 계획 하에 진행된 독도작전의 신호탄이었다.

　"공격적인 언론 통제가 필요하지 않겠습니까? 일본 언론이야 우리가 통제할 수 있지만 외국 언론은 쉽지 않을 텐데요…"

　총리가 의자에 몸을 묻으며 공안위원장을 쳐다보았다.

　"예, 잘 알고 있습니다. 하지만 조금 뒤 폭동지역 500미터 외곽부터 기자를 포함한 일반시민 등 전체적인 접근통제를 시작할 예정입니다. 그렇게 되면 어느 누구도 폭동상황을 정확하게 알 수 없게 될 겁니다. 그러면 정부발표에만 의지하게 될 것입니다."

　"그렇겠군요. 하지만 언론에서 왜 접근을 통제하냐며 불만을 제기할 가능성도 있지 않습니까?"

　"물론 언론을 포함한 일반시민들은 불만을 쏟아 내겠죠. 하지만 폭동이 과열되고 있기 때문에 안전을 위한 부득이 취한 조치라 설명하고 설득하게 되면 곧 이해하게 될 겁니다. 물론 설득을 받아들이지 않고 계속 불만을 쏟아내는 언론이나 일부 집단들도 있을 수 있지만 정부의 조치에는 더 이상 반기를 들 수 없을 것입니다."

　"음, 설득력이 있어 보이는데. 더 구체적인 계획을 설명해 보시겠습니까?"

　"예. 알겠습니다."

　총리의 질문에 공안위원장은 짧게 대답하고 테이블 위에 놓인 문서를 펼쳐 놓았다.

"말씀드렸다시피 잠시 뒤 폭동지역을 중심으로 500미터 외곽에 접근 통제 라인이 설치될 것입니다. 이 라인이 설치되면 라인 외곽과 안쪽은 완전히 분리가 되어 내부에서 벌어지는 어떠한 상황도 인지하지 못하게 됩니다. 그리고 통제라인 설치가 마무리되고 3시간 뒤 결정적인 언론발표가 예정되어 있습니다. 물론 사전에 준비된 보도자료입니다."

"어떤 내용이 발표됩니까? 아시겠지만 그 누구한테도 의심을 사면 안 된다는 것이 중요합니다."

"예, 폭동이 과격한 양상을 띠고 있는 상황에서 상황이 악화되어 일본인과 한국인 사이에 유혈 충돌이 발생하며 이 충돌로 다수의 일본인과 한국인이 사망하는 사고가 발생했다. 유혈충돌은 일부 한인들의 총격에 의해 시작됐고 이 총격으로 일본인 다수가 사망하자 이에 격분한 일본인들이 한인들에게 폭행을 가하며 확대되었다. 그리고 확인된 결과 총격을 가한 일부의 한인들은 광복 70주년 행사를 일본의 심장인 도쿄에서 열어 과격시위로 몰고 가자는 사전모의를 통해 총기를 반입해서 계획적으로 살인을 저지른 후 바로 통제가 허술한 통제라인을 뚫고 도주한 사실이 확인되었다. 그리고 현재 경찰과 군인으로 이루어진 합동 팀이 추격 중이라는 보도가 나가게 될 것입니다. 누가 보더라도 재일 한국인들의 계획된 폭동입니다."

"좋았어, 괜찮군!"

"물론 도주한 한인들은 없습니다. 한국어에 능통한 방위청 요원들이 방위대신의 명령을 기다리며 일정지점에 대기하다가 바로 다음 작전에 투입될 예정입니다."

"기가 막히는군! 좋았어!"

총리가 오랜만에 기분이 좋았던지 박수를 치며 허연 이를 드러내 놓았다.

"그럼 다음 작전은? 물론 독도가 언급되어야겠지요?"

"맞습니다. 보도가 나간 뒤 몇 시간 뒤 다시 2차 보도가 나갈 겁니다. 도주한 한국들이 소형 보트를 이용해 독도 방향으로 도주하고 있다는 보도가 나갈 겁니다. 물론 서해 해군기지에 대기 중이던 한인으로 위장한 우리 요원들이 보트를 타고 독도로 가는 겁니다. 여기까지가 저희 공안위원회와 내각정보조사실에서 수립한 작전 내용입니다. 이후는 방위청에서 세워놓은 다음 작전이 시작될 겁니다."

공안위원장이 보고를 마쳤다. 총리는 고개를 서너 번 끄덕이며 만족의 표시를 보냈다.

방위대신의 보고가 계속되었다.

"방위청 작전계획을 말씀드리겠습니다. 우리 요원이 탑승한 보트는 독도에 도착해 입도를 허락받게 됩니다. 물론 한국정부가 범법자라는 이유로 입도를 거부할 수도 있겠지만 그럴 가능성은 극히 희박합니다."

"가능성이 낮을 거라 강조하는 이유가 특별히 있나요? 범법자를 받아들이기가 쉽지 않을 텐데?"

"예, 총리각하. 하지만 최근 들어 해외에서 한국인 납치 및 관련된 강력사건이 많이 발생하고 있습니다. 그런데 한국정부는 소극적 대처로 일관하다가 많은 한국인의 피해를 발생하게 만들었습니다. 한국 내 여론은 한국정부의 안이한 대처에 강력히 비난을 하고 있고 여론도 비판적인 시각으로 변해 있습니다. 그런데 만일 어떠한 이유에서건 자국민이 도와달라고 목숨을 걸고 입도허가를 요청하는 데 안 받아 줄 수는 없다고 판단합니다."

"일리가 있는 내용이군…. 그 다음은?"

"예, 그 뒤를 바로 우리 함정이 추격하여 특수부대를 독도에 상륙시켜 독도를 일거에 접수한다는 계획입니다. 현재 독도에는 군인도 아닌 경찰 1개 소대의 소수인원만이 경계를 서고 있습니다. 보트의 우리요원이 입도 허가를 받고 독도에 머무르게 되면 시차를 둔 뒤 독도경비대의 뒤를 치게 됩니다. 그리고 동시에 우리 병력이 상륙 침투하는 작전입니다. 다시 말하자면 동시에 양면공격을 하게 되는 겁니다. 물론 다른 차선책도 있습니다."

"오, 그래요? 그럼 차선책은 뭡니까?"

"예. 입도한 우리 측 요원들이 독도경비대를 제압하고 독도를 우선 점거하는 겁니다. 위장한 요원들은 특수작전군 소속입니다. 일당이백입니다. 큰 문제 없이 독도경비대를 제압할 수 있습니다. 그리고 대기 중이던 특수부대를 바로 상륙시키는 작전입니다. 독도에 한국인으로 위장한 요원들만 무사히 입도에 성공한다면 일사천리로 진행할 수 있습니다. 오히려 처음부터 특수부대를 진입시키는 것보다 이 방법이 효과적일 수도 있습니다."

"좋군! 허허…. 작전이 기대되는걸…."

총리는 웃음을 보이며 연신 즐거워하는 표정을 보였다. 그리고 계속되는 보고를 한 시간 남짓 더 듣고 위기관리센터를 떠났다.

검은 양복을 입은 건장한 사내 두 명이 호텔로비에 들어섰다.

그 뒤로 준협의 모습이 드러났다. 준협은 지체 없이 엘리베이터에 올라 꼭대기층에 위치한 스카이라운지로 이동했다. 건장한 사내 서너 명이 준협의 주위를 철저하게 에워싸며 함께 움직이고 있었다.

"선배님!"

"그래, 반갑네."

준협이 자리를 잡자 진구가 바로 모습을 드러냈다.

진구는 서둘러 준협이 앉아있는 테이블로 다가왔다. 그리고 주변을 잠시 둘러본 후 자리에 앉았다.

"그동안 연락도 없이 어디에 계셨습니까? 많이 찾았습니다."

"그랬었나, 미안하네."

진구는 준협의 얼굴을 잠시 바라보았다. 그리고 조용히 말을 꺼내기 시작했다.

그런데 이야기가 진행되면서 준협의 얼굴이 일그러지기 시작했다.

"아니 선배님, 왜 지금에서야 이 이야기를 하시는 겁니까? 스위치 콘솔을 별도로 보관하고 계셨다니… 그건 아니지 않습니까?"

"미안하네. 그 점에 대해서는 할 말이 없네. 하지만 어쩔 수 없었다는 사실은 자네도 잘 알지 않나. 힘들게 얻은 정보로 그 장비를 설치해 놓았는데 정권이 바뀌며 폐기하라는 명령이 그렇게 쉽게 날 줄은 몰랐네. 우리가 힘을 쥐게 되었는데 그걸 버리라는 명령을 우리의 최고 통수권자가 내렸다는 사실이 믿기지 않았네. 그래서 무리수를 두었지…"

준협은 할 말을 잃었다. 청춘을 국가에 바치고 노쇠한 모습으로 지금 앞자리에 앉아있는 진구가 오히려 측은해 보였다.

"그럼 지금부터 어떻게 하실 겁니까? 스위치 콘솔은 파동발생기 전원이 올려지지 않으면 무용지물이라는 사실을 잘 알고 계시지 않습니까? 선배님, 판단을 잘하십시오."

"후배, 물론 나도 잘 알지. 그런데 자네는 지금 상황을 어떻게 보나? 내가 이제는 나이가 들었지만 그래도 판단은 할 줄 아네. 지금 일본이 벌이는 상황은 우리의 기본적인 상식의 틀을 완전히 무너뜨리고 있지 않나? 뉴스 보았지 않나. 광복 70주년 행사를 준비하는 우리 한인들이 도쿄에서 폭동을 일으켰다는 게 말이 되나? 폭동상황도 화면에 보이지도 않고 무조건 한인들을 매도하는 그들의 행태가 이해가 되나? 분명 다른 엄청난 사건을 준비하고 있는 게 분명하다네."

"알고 있습니다. 우리도 나름 준비를 하고 있고 사태도 파악하려 노력하고 있습니다. 우리도 가만히 있지는 않을 겁니다."

"그래. 나도 자네와 자네 조직을 믿네. 그런데 한 가지 말해 주고 싶은 게 있다네. 나는 일본을 믿지 않아. 내가 어려서 겪은 그들은 인간이 아니었네. 내 눈앞에서 사랑하는 사람이 짐승처럼 끌려갔다네. 그리고 끌려간 그들이 인간이 아닌 짐승 같은 대접을 받으며 일본군의 성 노리개로 군위안부의 삶을 살았다는 사실에 나는 더 이상 일본을 국가로 인정하지 않기로 다짐했다네. 그들은 반드시 없어져야 할 존재들이야."

"물론 선배님 말씀이 맞습니다. 하지만 선배님. 그들에게 그들과 같은 방법으로 보복을 한다면 우리도 그들과 다를 바가 없습니다. 이성적으로 그리고 합리적으로 해결방법을 찾아야 합니다. 그게 인간입니다."

준협은 진구의 주장을 무마시킬 명분이 없었다. 진구의 주장이 틀린 것이 아니라는 사실 또한 잘 알고 있었다.

"그들도 우리가 알고 있는 인간일까? 그렇지. 그 국민들은 인간이지. 하지만 지도자가 인간이 아니라면 국민들이 그 지도자를 버려야 해. 그런데 어떤가? 오히려 국민들이 그 지도자에 힘을 실어주고 있지 않은가? 국민들도 인간의 본성을 잃어가고 있고 이미 대부분이 그 본성을 잃어버렸네. 내 주장이 틀린가?"

"선배님…"

"만나자고 한 이유는 별 거 아니네. 스위치 콘솔이 존재한다는 사실과 우리가 힘으로 일본에 밀리지 않았으면 하는 내 간절한 마음을 알리고 싶었다네. 그럼 또 연락하겠네."

더 이상의 이야기 없이 진구가 자리를 떠났다.

준협은 떠나는 진구에게 말을 하고 싶었지만 입이 떨어지지 않았다.

9. 음모

　한국 국정원 상황실에 국정원장인 준협을 비롯한 주요 간부들이 자리를 함께하고 있었다. 상황실 모니터에서는 기자의 다급한 목소리와 함께 TV 속보화면이 비쳐지고 있었다.

　　YTN 뉴스속보를 말씀드리겠습니다.

　　이틀 전 한인밀집지역에서 발생한 폭동이 유혈사태로 확대되고 있다는 소식입니다. 현재 폭동발생지역은 출입이 통제되고 있으며 정확한 사실 또한 확인은 되지 않고 있습니다. 잠시 전 일본 NHK에서 발표된 내용을 보시겠습니다.

　화면이 NHK 특보로 넘겨졌다.

이틀 전 도쿄 한인밀집지역에서 발생한 한인들의 광복 70
주년 기념행사를 가장한 폭동 현장입니다. 경시청 관계자에
따르면 총격이 발생하여 다수의 일본인이 사망하고 이에 격분
에 일본인들이 한국인들에게 테러를 가하는 상황이 발생했다
고 합니다. 총격은 일부 한인들에 의해 시작되었으며 총격을
가한 한인으로 추정되는 일당들이 접근통제라인을 뚫고 서쪽
으로 도주 중에 있다고 합니다. 한국 쪽으로 방향을 정한 듯
싶습니다. 현재 경찰은 가용한 모든 인력을 동원하여 추격 중
에 있다고 합니다.

　상황실에 앉아 화면을 지켜보던 모두의 표정이 굳어졌다.

　"일본과장, 뭔가 이상하지 않아?"

　"예, 차장님, 마치 준비된 시나리오 같이 너무 자연스럽게 상황이 진
행되고 있습니다. 불길합니다."

　"그렇지, 뭔가 이상하지…. 지금까지 일본에서 별도로 수집된 정보
는 없나?"

　생각에 잠겨있던 준협이 입을 열었다.

　"예, 아직 없습니다. 그런데 일본에서 좀처럼 보기 힘든 상황이 전개
되고 있습니다."

　"뭐라고…? 보기 드문 상황이라고?"

　"예, 통제라인을 설치하고 일체의 접근을 막고 있습니다. 울타리를
쳐놓고 접근 자체를 막고 있습니다. 그 안에 갇힌 한인들에 대한 모종
의 음모를 준비하는 느낌을 받습니다. 아니면… 사실이 존재하지 않

는다는 것을 숨기기 위한 방법일 수도 있다는 생각도 듭니다. 일본 측 요원들도 일본 내 모든 가능한 방법을 모두 동원해 접근해 보려 했지만 접근 자체가 쉽지도 않을뿐더러 흘러나오는 정보도 없답니다. 후자처럼 폭동 자체가 발생하지 않은 듯하다는 생각이 먼저 듭니다. 너무 깔끔하게 폭동상황이 뉴스로 전달되고 있어 모두 혼란스러워하고 있습니다."

준협이 잠시 생각에 잠겼다. 진구의 말처럼 일본을 믿을 수 없었다.

"그래, 이상해…. 하지만 폭동이 실제로 발생하고 안 하고는 중요하지가 않지. 언론에 폭동이 발생했다고 하니 폭동은 발생한 걸로 기정사실화된 거야. 그렇다면 사건을 저지르고 도주한 범인이 누굴까? 그리고 바로 잡힐까?"

"…"

아무도 대답하지 못했다.

"물론 아무도 알 수가 없지…. 그런데 일본 언론 특성상 현장 보도도 없이 멘트로만 통제라인을 뚫고 도주한 범인을 추격 중이라고 발표하는 사실 자체가 이상해. 분명 이들이 노리는 다른 무엇인가가 있어!"

준협은 스스로 대답을 하면서 본능적으로 움직였다.

준협은 인터폰을 들고 상대방에게 무엇인가를 이야기했다. 조금 뒤 문이 열리며 국정원 비서실장이 나타났다.

준협이 비서실장에게 귓속말로 짧게 지시를 내리자 비서실장은 가볍게 목례를 하고 급히 사라졌다.

"지금 상황이 이상하다는 건 알았을 거다. 폭동의 실체부터 바로 확인한다. 가용인력 총동원해서 빨리 움직이자!"

말을 마친 준협이 국정원 상황실을 떠났다. 나머지 인원들도 바삐 움직이기 시작했다.

국방부에 위치한 지하벙커의 상황실을 가득 메운 모니터에 알 수 없는 많은 화면들이 비쳐지고 있었다. 넓은 지하에 빽빽이 놓여있는 테이블 위에 놓인 수많은 모니터는 쉬지 않고 새로운 화면을 보여주고 있었다. 모니터 앞에 앉은 운용요원들도 눈을 한시도 떼지 않고 모니터를 주시하고 있었다.

정면의 대형 스크린은 여러 화면으로 분할되어 한반도 전역을 보여주고 있었다. 그 중앙에 위치한 독도 화면이 유난히 선명해 보였다.

"뭐라고!"

상황장교의 얼굴이 붉어졌다. 그는 다급하게 보고라인인 상황실장에게 보고를 했다. 연이어 작전사령관, 각 군 참모총장에게 보고가 들어갔다. 그리고 국방부 장관에게 즉각 보고되었다.

상황의 심각함을 예견한 군은 대비태세를 높이고 특히 독도 인근에 대한 감시 수위를 상향조정해 놓은 상황이었다. 모든 감시 장비가 24시간 독도 및 독도와 가장 가까운 일본의 오키 제도를 집중 감시하고 있었다.

"알았어!"

국방장관, 육군참모총장과 작전사령관이 상황실에 급하게 소집되었다. 그리고 상황실장에게서 상황을 보고받았다.

"방금 전 고속의 소형보트 1척이 독도와 일본 최서단 오키 제도의 중간지점을 통과했다고 합니다. 정확히 말씀드리면 독도 동쪽 80킬로미터 지점을 통과해 지금 고속으로 독도로 접근 중입니다."

"보트가 독도로 접근 중이다…? 그런데?"

작전사령관이 심각한 표정으로 상황실장에게 질문을 던졌다.

"예, 방송을 통해서 아시겠지만 일본 도쿄에서 발생한 폭동의 용의자들이 독도를 향했다는 방송이 나오지 않았습니까. 그 용의자들이 승선한 보트라 예상됩니다. 한일 간의 민감한 사안이라 긴급으로 보고드렸습니다."

"확실히 그 보트라는 근거가 있나? 아닐 수도 있잖아? 중요한 문제라고. 정확한 정보가 있어야만 해."

"확실합니다. 고속의 소형보트는 특정한 목적이 아니고서는 운용되지 않습니다. 특히 오키 제도 또한 일본의 군사적 요충지이기 때문에 그 지역에서는 고속의 보트 운행이 사실상 불가능합니다. 목숨을 걸고 도주 중인 보트가 확실합니다."

'예상이 사실이라면…. 지금 무슨 일이 벌어지고 있는 거야?'

국방부 장관은 즉시 국가 안보실장에게 연락을 취하고 핫라인을 통해 대통령에게 상황을 보고했다.

"아닐 수도 있지만 일본 도쿄의 폭동과 관련 되어 도주 중이라는 한국인일 가능성이 높습니다. 미리 준비를 해야 합니다."

"그래요. 국방부 장관이 상황실에서 상황을 파악하고 지휘해 주시기 바랍니다. 별도의 상황이 발생하면 바로 안보실장을 통해서 저에게 연락주십시오. 그리고 한 가지는 명확합니다. 일본 도쿄 폭동과 관련된 우리 교민이라면 반드시 안전하게 신병을 확보해야 합니다. 무슨 일이 있더라도 안전하게 신병을 확보해야 합니다."

"예, 알겠습니다! 하지만 한일 양국 간 외교적인 문제가 발생할 수도 있습니다. 도주 중인 한국인으로 확인되더라도 독도 입도는 보류하는 것이 어떨까 합니다."

"장관! 무슨 말씀을 하시는 겁니까? 우리 국민입니다. 확인되면 가능한 빨리 독도에 피신시키십시오. 다시 말하지 않겠습니다."

"예, 알겠습니다…."

대통령의 의지는 단호했다.

"작전사령관! 독도 주변 해역에 지금 우리 군의 전력이 어떻게 되지?"

"예, 호위함인 마산함이 울릉도 동쪽 20마일 지점 해역에서 작전 중입니다. 독도해역으로 이동시키기까지 3시간이 소요됩니다. 그리고 초계함인 속초함도 울릉도해군기지에 정박 중입니다. 그러나 이 초계함은 현재 예정되어 있던 정비작업이 진행되고 있어 작전 수행에 무리가 있습니다."

"마산함이 오는 데 그렇게 오래 걸리나?"

"마산함을 포함한 울산급 호위함의 경우 운항속도가 12노트입니다. 최대한 빨리 움직여도 15노트 이상은 무리입니다."

"그래 어쩔 수 없지…. 그러면 독도경비대는?"

"경찰의 1개 소대 병력이 개인무장 수준으로 주둔 중입니다."

"후…."

국방부 장관의 한숨이 흘러나왔다. 열악한 조건임을 이미 알고 있었지만 국토의 동쪽 최전방치고는 말하기조차 창피한 형편없는 수준이었다.

"일본에서 오는 그 보트는 얼마 후에 독도에 도착하나?"

"시속 30노트 고속으로 접근 중이라고 하니 약 1시간 30분 후면 도착합니다. 그리고 접근 중인 보트 뒤로 일본의 하야부사급 초계함 2척이 포착되고 있습니다."

"음… 그렇겠지. 일본군이 추격해 오는 거겠지. 알았네."

다급하게 벌어진 상황에 혼란스러웠지만 국방부 상황실은 차분하게 대응하고 있었다.

"모두 알겠지?"

"예! 알겠습니다."

터질듯 한 목청으로 대원들은 대답했다.

독도경비대장인 김 경위는 집합한 대원들 앞에 서있던 자리에서 발걸음을 옮겨 역시 부동의 자세로 김 경위 자신을 응시하던 대원들의 사이를 지나가며 대원들의 등을 하나하나 토닥여 주고는 자신이 서있었던 원래의 위치로 돌아왔다.

"모두 각자 위치로!"

김 경위가 소리치자 이십여 명의 대원들은 K2 소총을 지니고 각자 위치해야 할 장소로 뛰어가고 있었다.

'찰칵!'

몇 센티미터 두께의 장갑철판도 뚫을 수 있고 분당 600발이라는 엄청난 속도로 실탄을 쏟아내는 구경 12.7밀리미터의 K6 중기관총의 약실에 실탄이 장전되었다.

'어디… 이 새끼들이 누굴 쫓아와? 그래, 필요하다면 한 판 붙자!'

경비대장인 김 경위는 긴장하지 않으려 자신에게 기운을 불어넣고 있었다.

독도는 작은 불씨 하나가 섬 전체를 송두리째 화염에 휩싸이게 할지도 모른다는 극도의 긴장감에 사로잡혔다.

동해의 한일 경계선을 무작정 넘은 보트 1척이 동도 가까이 시끄러운 소음을 내며 다가오고 있었다. 서너 명이 탈 수 있을 것 같은 뒤쪽에 작은 엔진만 달려 있을 뿐 아무 장비도 없는 소형 모터보트였다.

그 안에는 마른 체구의 두 남자가 검은 얼굴과 대비된 눈동자만 빛내고 있었다.

"야마다!"

"예!"

"다시 한 번 확인한다. 무조건 한국 사람 행세를 해야 한다. 절대 흥분하지 말아야 한다."

"예, 알고 있습니다!"

선임으로 보이는 한 남자의 이야기에 나머지 한 남자가 흔들리는 배의 움직임에 따라 같이 움직이는 몸으로 대답했다.

"그래. 섬에 도착하면 아마 그곳 경비병들이 지시를 내리게 되겠지만 무조건 그들의 지시를 철저히 따라야 한다. 그리고 독도에 올라가서도 무조건 그들의 지시를 따라야 된다. 그리고 알겠지만 입도 후에 우리 특수부대가 작전을 시작하게 되면 우리는 독도경비대 뒤에서 그들을 치면 되는 거다!"

"예, 걱정하지 마십시오!"

"그래. 우리가 일본 역사에 이정표를 찍는 순간이다. 영광으로 생각하고 목숨까지 바칠 각오로 임하자! 천황폐하 만세!"

"천황폐하 만세!"

두 사람은 대화를 마쳤다. 모터보트는 속도를 높이며 독도 해안으로 접근해 왔다.

청와대에서 국가안전보장회의, 'NSC'가 긴급 소집되었다.

지금까지 발생했던 수많은 국가적 위기상황을 극복하는 데 큰 역할을 담당해 온 NSC는 국가적인 돌발 사태와 위기 상황에 대처하기 위해 1962년 당시 박정희 대통령에 의해 설치된 정책기구이자 대통령 자문기구였다.

얼마 전부터 기구가 확대되면서 주요 안보정책 및 결정이 이루어지고 이를 즉각 실행에 옮기는 정책결정, 특히 안보와 관련된 정책결정의 핵심기구로 자리 잡았다.

"일본에서 벌어진 한인들의 폭동은 현장이 확인되지 않고 있습니다. 일본정부에 의해 꾸며진 각본일 수도 있다는 첩보입니다. 그리고 탈주한 한인들에 대한 일체의 정보도 없습니다. 치밀하게 계획된 모종의 계략일 수도 있다는 판단입니다."

"그렇다면 여러 경우의 수가 있겠군. 폭동에 대한 사실여부 그리고 도주한 주동자에 대한 신원확인 또 일본의 의도…"

"예, 많습니다. 상황이 급박하게 진행되고 있습니다. 일본의 숨겨진 의도가 분명히 있습니다."

준협과 국가안보실장이 대화를 주고받는 모습을 참석한 NSC 위원들이 바라보고 있었다. 이때 벽면에 설치된 대형 스크린에 국방부 상황실의 국방부 장관이 모습을 드러냈다.

"국방부 장관입니다. 한일 경계선을 넘어온 보트가 독도로 방향을 틀어 접근 중에 있습니다. 그리고 그 뒤로 일본의 하야부사급 초계함 2척이 뒤를 쫓고 있습니다. 범인 추격을 빌미로 한국영토를 무단 월경을 시도할 가능성이 높습니다. 독도 인근해역의 군 대비태세를 적색으로 상향 조정했습니다."

국방부 장관의 등장에 청와대 지하벙커에는 긴장감이 감돌기 시작했다.

"지금 우리 군의 동해 쪽 대비태세 상황은 어떻습니까?"

안보실장이 모니터상의 국방부 장관에게 질문을 던졌다.

"예, 우선 대구 비행단의 완전무장한 F-15K 1개 전투비행대대가 이미 강릉비행장에 전개되어 있습니다. 유사시 5분 이내에 독도 상공에 도착합니다. 그리고 해군의 214급 잠수함인 김좌진함이 인근해역에 도착해 작전 중입니다. 적의 잠수함 부근까지 비행해서 날아간 뒤 입수타격을 하는 대잠어뢰인 홍상어와 21인치 중어뢰 백상어가 장착되어 있습니다. 적에게 노출되지 않는 독도 인근 서쪽 해상에서 백상어가 발사되면 접근한 적의 이지스함도 일격에 타격할 수 있습니다. 또한 필요하다면 사거리 500킬로미터에 오차범위 3미터 미만인 국산 잠대지 순항미사일 해성-3가 일본 본토까지도 공격할 수 있습니다. 잠수함까지 작전에 동원되는 불상사가 없었으면 합니다. 그러나 만일 필요하다면 우리가 선제공격이라도 해야 되지 않겠습니까…. 그리고 명령이 떨어지면 포항기지에서 해군의 SEAL팀을 태운 울산급 호위함인 부산함이 즉각 출항할 수 있도록 대기하고 있습니다."

국방부 장관의 보고에 지하벙커에 침묵이 흘렀다. 전쟁을 떠올리게 하는 단어들이 쏟아져 나오자 그 누구도 입을 열 수가 없었다.

"일본이 도쿄 폭동을 연일 대대적으로 보도하고 있습니다. 분명히 우리가 용의자들을 받아주면 본격적으로 언론을 통해서 우리를 공격해 올 것입니다. 외교통상부에서는 국제사회에 대한 언론 대응책을 준비하겠습니다."

조용하던 지하벙커에 외교통상부 장관의 목소리가 흘러나오자 분위기가 되살아났다.

"예, 맞습니다. 일본은 노골적으로 언론을 통해 비방해 올 것입니다. 어쩌면 이것을 노리는 것일 수도 있습니다. 외교통상부 장관이 철저하게 준비해 주십시오."

"예, 조치하겠습니다."

준협의 머릿속에 많은 생각이 스쳐 지나갔다. 우리가 일본에게 놀아날 수도 있다는 불길한 생각이 사라지지 않은 채 맴돌고 있었다.

"문제의 본질을 놓치면 안 됩니다!"

준협의 목소리가 들려왔다. 갑작스런 그의 발언에 모든 시선이 준협을 향했다.

"예? 그게 무슨 말입니까? 문제의 본질이라뇨? 말씀해 보십시오."

대통령이 준협을 바라보고 있었다.

"예, 우리는 지금 도쿄 폭동에 집중하고 있습니다. 그런데 왜 하필 독도를 관여시키는지 고민해 봐야 합니다. 독도를 분쟁지역으로 재확인시키려는 일본의 의도가 분명합니다. 어쩌면 이를 빌미로 독도에 군사적 침범을 감행할 수도 있습니다. 어차피 일본에서 죄를 지은 범법자를 잡는다는 명분 아래 독도라는 한국이 불법 점유하고 있는 자신들의 영토에 군사력을 투입했다는 논리가 설득력이 있어 보이지 않습니까?"

"국정원장의 생각에 전적으로 동의합니다. 저들은 패전 70년을 맞이하는 올해를 분위기 반전의 기회로 삼고 있습니다. 일본군위안부, 독도 등을 집요하게 건드리고 있습니다. 일본군위안부 문제는 인신매매로 본질을 흐리고 독도는 분쟁지역으로 각인시켜 국제사법재판소에 판단을 넘기려 하고 있습니다. 정말로 국제사회가 독도에 관심을 기울이도록 충격적인 계획을 준비할 수도 있습니다."

총리는 조리 있게 이야기를 펼쳐 나갔다. 총리의 이야기는 모두 사실이었고 이미 일본은 그렇게 움직이고 있었다.

대통령은 잠시 생각에 잠겼다.

"분명 총리의 말이 맞습니다. 분명 계획이 존재합니다. 우리가 지금까지처럼 소극적인 대응책을 마련한다면 아무런 의미가 없습니다. 일본이 도발을 준비하고 있다는 확신이 서는데 우리도 이제는 바뀌어야 합니다. 오히려 이번 사태를 계기로 외교통상부 장관은 국제사회에 더 적극적으로 독도를 알릴 수 있는 방안을 준비하셔야 합니다. 지금까지의 소극적인 접근이 아니라 적극적이고 공격적인 방안을 준비하십시오. 오히려 국제분쟁지역으로 역 효과가 날 수도 있다는 애매한 점이 있지만 일본에 맞불을 놓아야 합니다. 그리고 국방부 장관은 일본의 불법 침범이 발생하면 한일 간 무력충돌이 발생하는 한이 있어도 강력하게 대응하셔야 합니다."

"예, 알겠습니다. 그리고 대통령님, 이미 국방부에서 독도에 특전사 팀을 매복시켜 놓았습니다. 큰 병력은 아니지만 독도라는 특수 지형에 맞는 작전이라 판단해서 비밀리에 주둔을 승인했습니다."

"아, 그렇습니까?"

대통령은 의외라는 표정을 지어보였다.

"예, 독도 인근해역은 수심이 십여 미터밖에 안 됩니다. 그리고 선착장도 500톤 급 이상 함정은 접안이 불가능합니다. 대규모 공습이 이루어지지 않는 한 소규모 특수부대를 이용한 침투가 예상되기에 미리 준비시켰습니다."

"예, 잘하셨습니다. 특전사 매복처럼 모든 방면에서 능동적이고 공격적인 대응을 준비해야 합니다. 광복 70주년입니다. 더 이상 일본에 기회를 줄 수는 없습니다."

대통령의 의지가 단호했다. 한일 양국이 사활을 건 광복 70주년 그리고 패전 70년을 맞이하고 있었다.

대화가 이루어지는 과정에서 준협은 고민을 하고 있었다.

"대통령님, 긴히 드릴 말씀이 있습니다."

준협이 일어섰다.

"예, 말씀하세요. 그런데 국정원장 얼굴이 지금까지와는 다르게 심각해 보입니다. 좋지 않은 일이라도 있는 겁니까?"

"좋지 않은 일은 아니고⋯. 솔직히 판단을 못하겠습니다. 그럼 말씀드리겠습니다. '키13137'이 살아있습니다!"

"에⋯? 뭐라고요?"

대통령은 할 말을 잃었다.

"제가 알기로도 폐기된 줄 알고 있던 키13137이 지금까지 보관되어 있었습니다. 알고 있던 한 개는 이미 폐기되었지만 나머지 하나가 비밀리에 만들어져 지금까지 보관되어 오고 있었습니다."

준협의 발언에 참석한 NSC 위원들 사이에 웅성거림이 일어나기 시작했다.

"정말 남아있는 겁니까? 국제적으로 위험하고 민감한 사안이라 폐기되지 않았습니까?"

"예, 맞습니다. 폐기된 것도 확실하지만 존재하는 것도 확실합니다. 제가 직접 확인했습니다."

"아니, 어떻게…"

대통령만 알고 있는 최고 기밀사항이었다. 나머지 참석자들은 무슨 대화인지 판단할 수가 없었다.

대통령은 당황해하며 준협과 시선을 마주쳤다.

키13137

독도의 좌표인 동경 131도, 북위 37도를 상징하며 부여된 독도에 설치된 파동발생기의 암호명이었다.

"총리각하! 요원들이 탑승한 보트가 독도 주변 해역에 도착했습니다. 이미 한국에서도 인지하고 있고 바로 조치가 있을 것입니다."

일본 총리관저에 관방대신과 방위대신이 나란히 앉아있었다.

"계획대로 진행이 되는군…. 그래, 그 보트에 탄 사람들은 누구지?"

"예, 몇 년 전에 방위청에서 기존의 특수부대와는 다른 새로운 개념의 부대를 창설했습니다. 급변하는 한반도 정세와 북한 공작원의 침투에 신속히 대응하기 위해 창설된 대테러 게릴라 전문의 독립 편성된 방위청 직할 부대인 특수작전군입니다. 바로 그 부대 소속 대원들입니다. 일당이백의 정예부대원들입니다."

"그래요? 걱정하지 않아도 되겠습니다. 허허…."

총리의 얼굴에 웃음이 보이기 시작했다. 자신감이 배어 있었다.

"작전은 어떻게 됩니까?"

"우선 독도에 입도하는 것이 첫 번째입니다. 그런 다음 방위청의 지시에 따라 움직일 것입니다. 물론 들키지 않게 소형 무선 수신기를 귓속에 장착했습니다. 독도경비대를 배후에서 공격할지 아니면 대기하며 상황을 지켜볼지는 아직 작전이 지정되지 않았습니다."

"그래, 방위대신 수고했습니다. 그리고 관방대신이 중심이 돼서 일사분란하게 우리의 의견이 전 세계에 전달될 수 있도록 해야 합니다. 필요하다면 국제사법재판소에 특사를 파견하는 방법도 고려해 보셔야 합니다."

"명심하겠습니다! 지금 NHK에서 도주 장면을 집중 보도하고 있습니다. 그리고 그들이 독도에 입도하는 순간 광범위한 특집 보도가 나갈 예정입니다. 한인폭동은 물론 독도의 역사적 배경 및 한국이 불법 점유한 사실을 집중 보도할 예정입니다. 물론 주일 한국대사를 불러 엄중하게 항의도 할 예정이고 다른 국가 대사들에게도 이 사실을 집중적으로 알릴 예정입니다."

일본은 치밀하게 준비하고 있었다. 돌이킬 수 없는 한 수라는 사실을 전혀 인지하지 못하고 자신들의 행동에 취해 있을 뿐이었다.

"국정원장, 키13137에 대해서 이야기 좀 해 봐요! 당황스럽군요."

"예, 저도 당황스럽습니다. 말씀드리겠습니다."

대통령과 국정원장 단 둘이 청와대 집무실에 자리하고 있었다.

준협은 그 당시 독도에 파동발생기를 설치하게 된 일련을 과정을 설명해 나갔다. 하지만 이야기를 듣는 대통령의 표정에는 큰 변화가 없었다.

"그저 놀랄 뿐입니다. 그리고 북한도 파동발생기 설치에 참여했다니…"

"당시 상황에서는 어쩔 수 없는 방법이었다고 생각됩니다. 그런데 대통령님…"

"예, 말씀하세요."

"하나의 가정입니다만 어쩌면 지금 벌어지는 사태의 중심에 파동발생기가 자리 잡고 있다고 생각됩니다. 일본이 노리는 것은 궁극적으로 파동발생기를 손에 넣는 것입니다. 그러기 위해서 집요하게 준비를 해 왔고 또 지금의 사태를 만든 것일 수도 있습니다."

"…"

대통령은 잠시 눈을 감았다. 핵심을 찾아야 한다. 그래야 이번 사태를 해결하고 나아가 이런 사태의 재발을 막을 수 있었다.

"일본은 이미 독도가 그들의 아킬레스건이라는 사실을 알고 있었습니다. 독도에서의 파동이 일본열도 전체를 파멸시킬 수 있다는 사실을 알고 집요하게 독도를 빼앗으려 해 왔던 것입니다. 최소한 국제사법재판소에서 독도를 한일 공동관할구역 정도로는 만들어 놓아야 한다는 절박함이 그들을 사로잡고 있는 것입니다."

"그렇겠지요. 자신들의 아킬레스건을 한국이 자르는 날에는 상상할 수 없는 재앙이 발행하니 오죽 답답해하겠습니까…"

"대통령님, 일본은 우리가 일본열도를 침몰시킬 수 있는 독도의 NFP를 영원히 모를 것이라는 생각으로 자신들을 스스로 위로하고 있었습니다. 그런데 최근 일본 정보요원들이 갑자기 울진 등에서 자료를 수집하는 첩보를 입수했습니다. 우리가 알 수도 있을 것이라는 낌새를 챈 것입니다."

"…"

대통령과 준협의 대화는 계속 진행되었다.

일본이 독도에 대한 야욕을 못 버리는 근본적인 이유를 확인하는 과정이 대통령과 준협 사이에 진행되고 있었다.

"그렇다면 일본에서의 한인폭동이 독도를 손에 넣으려는 모든 계획의 출발점이라는 이야기가 될 수도 있겠군요. 그리고 이번 기회에 확실한 결과를 도출하려 발악을 할 것이고요."

"맞습니다. 패전 70년입니다. 그들은 전환점을 마련하려 상상할 수도 없는 엄청난 일을 벌일 수도 있습니다."

"알겠습니다. 하지만 키13137이 작동되는 일이 없어야 한다고 생각합니다. 작동되는 날에는 우리도 반인륜적 행동을 저지른 일본과 다름없이 벗지 못할 멍에를 짊어지게 됩니다. 그렇지만…"

대통령은 말끝을 흐렸지만 자신의 이야기를 하기 시작했다. 그리고 얼마 뒤 둘만의 만남은 조용히 마무리되었다.

그렇게 면담을 마치고 이동 중인 준협에게 한 통의 전화가 걸려왔다.

독도 동도에 위치한 독도경비대는 긴장감에 휩싸여 있었다.

"경비대장님! 보트가 시야에 들어왔습니다!"

"뭐라고! 어디야?"

"예, 동쪽 3마일 지점입니다."

경비초소의 김 경위는 망원경을 눈에 가져다 댔다. 생각보다 빠른 속도로 접근하는 보트가 시야에 들어왔다.

"선착장으로 유도하는 방송을 하고 혹시 모르니 실탄 장전한 상태 유지해라!"

"예! 알겠습니다!"

김 경위는 초소본부로 달려갔다.

"상황실! 보트가 접근 중입니다. 지금 시야에 들어왔습니다."

"알았다! 잠시 대기해라!"

상황실 요원이 상황실장에서 상황을 보고했다. 상황실장은 상황실에 있던 국방부 장관을 찾아갔다.

"알았다. 잠시 대기해라!"

국방부 장관이 인터폰을 들었다. 누군가로부터 지시를 받고 있었다.

잠시 뒤 인터폰을 내려놓았다.

"입도 허가한다!"

"예, 알겠습니다! 입도 허가한다!"

국방부 상황실에 날카로운 상황실장의 목소리가 울려 퍼졌다.

마침내 도쿄폭동의 용의자들이 탑승한 보트의 독도 입도가 승인되었다. 물론 그 누구도 한인으로 위장한 일본 특수부대원임을 알지 못하고 있었다.

"입도가 허가되었다. 보트를 선착장으로 유도하고 최 수경과 박 일경이 내려가서 그들을 데려온다. 실탄 장전한 상태에서 유사시 사격할 수 있도록 준비하고…"

"예, 알겠습니다!"

대답을 마친 최 수경과 박 일경이 초소본부에서 선착장으로 이어진 계단을 뛰어 내려갔다. 300개로 이루어진 계단을 단숨에 내려왔다.

그들이 도착한 지 얼마 지나지 않아 모터보트가 독도 동도의 촛발바위, 해녀바위 그리고 부채바위를 차례로 거치며 선착장으로 접근했다.

선착장으로 접안한 보트에서 두 명의 사내가 두 손을 들고 일어섰다.

"배를 선착장에 고정시키겠습니다. 잠시 보트에서 대기하십시오!"

최 수경이 고함을 지르고 박 일경에게 신호를 보냈다. 박 일경은 보트에서 던져진 로프를 선착장에 고정했다. 모든 일이 물 흐르듯 자연스럽게 진행되었다.

"감사합니다!"

특수작전군 요원들이 유창한 한국어로 인사를 하고 두 명의 초병과 함께 독도 초소본부로 발걸음을 옮겼다.

한인으로 위장한 일본의 특수작전군 요원들이 마침내 독도 입도에 성공했다.

10. 제안

검은색 승용차 한 대가 중부고속도로를 빠져 나오고 있었다. 경안
IC라는 이정표가 보였다. 차량은 속도를 유지한 채 퇴촌사거리를 지
나 계속 직진을 하고 있었다.

십여 분을 달리자 입간판이 보이기 시작했다.

'일본군위안부역사관'이라는 이름이 또렷이 보였다.

진구는 1998년 이곳이 문을 열자 지금까지 매주 이곳을 찾고 있었다.

"오셨습니까?"

"예, 잘 지내셨죠?"

"그럼요. 광복절이 다가오니까 찾는 분들이 많이 늘었습니다. 좀 더
많은 분들이 오셔서 힘이 되어주셨으면 좋겠는데…"

"맞습니다. 많은 분들이 오셨으면 좋겠군요. 그리고 앞으로 좋은 소

식 많이 들려올 겁니다."

관장이 진구를 친절히 맞이해 주었다.

진구는 관장과 인사를 나누고 서둘러 원형의 계단을 올라 중앙의 제5전시장에 들어섰다. 그리고 돌판에 새겨진 일본군위안부를 추모하는 글귀를 읽어 내려갔다. 매주 일상처럼 되어버린 그만의 시간이었다.

진구는 고개를 숙였다. 그의 두 손은 떨리고 있었다.

'순영아…!'

잠시의 시간을 보낸 뒤 진구는 승용차에 올랐다. 잠시 뒤 진구를 태운 승용차는 조용히 일본군위안부역사관을 떠났다.

NHK 뉴스 속보입니다!

일본 도쿄에서 폭동을 일으키고 도주한 용의자들이 한국정부의 도움으로 독도에 피신하였습니다. 일본정부는 이에 유감을 표명하며 용의자를 일본정부에 인도할 것을 한국정부에 강력히 요구하고 나섰습니다. 하지만 한국정부는 일체의 반응을 보이고 있지 않은 가운데 양국정부의 대결양상으로 사태는 확대되고 있습니다. 한국정부의 신속한 처리를 요청한다는 발표가 있었던 외무성에서 NHK 뉴스 속보였습니다.

NHK 9시 뉴스입니다!

먼저 한인 도쿄 폭동과 관련된 소식입니다. 도쿄에서 발생한 한인들의 자체 광복 70주년 기념식을 빌미로 한 폭동은 완전 진압되었습니다. 그리고 도주한 폭동 주도자들은 독도에 피신한 상태입니다. 일본정부는 폭동 주도자들의 송환을 한국정부에 강력히 주장하고 있지만 한국정부는 아무런 공식 반응을 보이고 있지 않습니다. 외무성 대변인은 오늘 일본 주재 한국대사를 소환해 일본정부의 항의를 전달했습니다. 아울러 도쿄 시민들은 이번 기회에 일본영토인 독도를 무단 점거하며 범법자를 숨겨주고 있는 한국에 본때를 보여줘야 한다는 소리를 높이고 있습니다.

길거리에서 만난 시민의 반응입니다.

"일본인으로서 자존심이 엉망이 되었습니다. 우리 영토인 다케시마를 한국에 빼앗긴 것도 모자라 감히 우리 수도인 도쿄에서 폭동을 일으킨 용의자들을 그곳에 숨겨주고 있는 한국정부를 과감히 처단해야 합니다. 일본을 우습게 보는 한국을 용서할 수 없습니다!"

일본정부는 시민들의 목소리에 과감히 귀를 기울여야 합니다.

다음 소식입니다….

'역시 일본이 파상공세를 펼치는군. 미친놈들….'

준협은 쏟아져 나오는 도쿄발 뉴스에 심기가 불편했다. 예상은 했지만 여론을 움직여 한국을 압박해 오는 것은 물론 국민들을 자극해 동요를 일으키는 심리적인 방법까지 동원하는 일본의 집요함에 다시 한 번 놀라고 있었다.

"아직은 맞불을 놓을 때가 아닙니다. 일본이 노리는 노림수가 정확히 무엇인지 확인한 후에 대응책을 내놓아야 합니다. 섣불리 덤비면 오히려 공세에 휘말리게 됩니다. 외교장관은 계속 집중하고 계십시오. 그리고 우리 정부의 발표내용과 시기는 저와 상의하셔야 합니다.”

국무총리는 정부 대응책을 조율하느라 정신이 없었다.

일본의 준비가 치밀했다. 언론 및 국민여론까지 이용하는 고도의 전술을 펼치고 있는 일본의 의도가 보이기 시작했다. 그러나 일본이 노리는 정확한 핵심은 안개 속에 가려져 보이지 않았다.

“국정원장에게 빨리 들어오라고 연락 취하십시오!”

대통령이 인터폰을 내려놓았다.

방금 전 통일부에서 북한 노동당 명의로 통지문이 도착했다는 긴급 보고가 있었다.

삼십여 분 뒤 준협이 청와대 집무실에 도착했다.

“부르셨습니까?”

“그렇소. 다름이 아니라 조금 전 북에서 연락이 왔소. 노동당 통일전선부장인 김양수가 비밀리에 금번 일본과의 사태에 관해 의견을 나누고 싶다며 방문을 요청해 왔소. 그리고 그가 당신을 특정하며 당신과 이야기를 나눠야 한다는군요. 그래서 급하게 부른 거요.”

“…”

준협이 머릿속을 정리하려 말을 멈추고 잠시 고개를 숙였다.

“김양수라고 하셨습니까?”

“그래요. 통일전선부장인 김양수가 맞습니다. 그런데 굳이 국정원상을 지목하는 게 이상해서요. 물론 통일전선부장이니까 우리 국정원장을 만나는 게 이상하지는 않지만 당신하고 독대가 이루어져야 한다는 주장을 해 오고 있습니다."

"그렇군요. 저를 찾는 이유는 간단합니다. 독도에 파동발생기를 설치할 때 북한 측 파트너가 김양수였습니다. 그래서 저를 찾는 겁니다."

"예? 뭐라고요?"

"지난번에 말씀드렸다시피 독도에 파동발생기를 설치할 때 설계 및 제작은 우리가 담당을 했습니다. 그런데 아시다시피 당시 북한과 정상회담 등 여러 이유에서 설치 작업에 북한을 참여시켰습니다. 물론 독도는 암석으로 이루어진 바위섬이라 당시의 우리 기술로는 한계에 부딪쳤던 것도 이유입니다. 그리고 다른 이유는 비밀리에 작업을 진행하는 과정에서 혹시 모를 일본의 방해에 대비해서 북한을 참여시켰습니다."

"그래요. 북한을 설치공사에 참여시킨 것까지는 이해를 하고 있습니다. 그런데 일본의 방해에 대비해서 북한을 참여시켰다니요? 그건 지난번에 이야기하지 않았는데…. 자세하게 이야기해 보세요."

"당시 우리는 잠수함이 없었습니다. 그런데 북한은 중국으로부터 배수량 1,400톤의 로미오급 잠수함을 최소 7척 이상 보유하고 있었습니다. 그래서 그 잠수함을 이용해서 북한의 기술자들을 몰래 독도에 데리고 왔습니다. 그리고 말씀드린 것처럼 혹시 모를 일본의 방해에 대비해서 한 달 여 공사기간 동안 독도 인근해역에서 그 북한 잠수함이 머무르며 일본을 감시하는 작전을 펼쳤습니다. 작전의 1단계는 일본군 감시 그리고 2단계는 만일 눈치를 챈 일본의 접근이 있으면 공격까지도 불사한다는 내용이었습니다. 우리는 일본을 공격할 수 없지만 북한은 가능하다며 자신들이 나서겠다고 먼저 제안을 해왔던 겁니다."

"휴…."

대통령의 긴 한숨이 흘러 나왔다. 생각지도 못한 엄청난 일들이 벌어졌다는 사실이 믿겨지지 않았다.

"그리고 그 실무를 책임졌던 인물이 노동당 통일전선부 남북회담과 과장이었던 김양수였습니다. 우리 측 책임자는 안기부장인 김진구의 특권을 부여받은 저였습니다. 한 달여를 김양수와 함께 독도에 머물렀습니다. 그리고 친해지면서 서너 번 함께 북한 잠수함에까지 탑승했었습니다."

"정말 놀라울 뿐이군요. 아무튼 그래서 독도에 설치된 파동발생기를 알던 김양수가 이번 사태에 발 벗고 나서는 거군요. 그래서 당시에 함께 일을 추진했던 국정원장을 찾는 거고…."

"예, 맞습니다."

"…."

대통령은 잠시 허공을 바라보며 한동안 시선을 한 곳에 고정시켰다.

"좋습니다. 무슨 이야기가 나올지 모르겠지만 분명 파동발생기와 관련된 이야기나 제안을 해 오겠지요. 국정원장에게 일체의 권한을 드릴 테니 김양수와 만나 보십시오. 그리고 끝까지 책임지고 잘 마무리 해 주시기 바랍니다."

"예, 알겠습니다!"

상황은 빠르게 진행되었다. 대통령의 결정이 이루어지고 2시간 뒤 소형 제트기 한 대가 성남에 위치한 서울공항에 도착했다. 그리고 비행기에서 내린 몇 명의 사내는 대기하고 있던 검은색 승용차에 몸을 실었다.

일본 총리관저에 주요 관료들이 모였다.

"이번 작전은 독도 점거 후 NFP 위치를 확인하고 무력화시키는 것입니다. 그러기 위해 한인폭동을 준비했고 우리 요원을 위장시켜 독도에 잠입시켰습니다. 지금부터가 중요합니다. 독도를 국제 이슈화하여 국제사법재판소에 넘기려는 이유도 우리가 영향력을 갖고 독도를 관리해야만 NFP를 무력화할 수 있기 때문입니다. 그렇다고 국제사법재판소에 넘기는 것이 최종목적이 아닙니다. 국제사법재판소에 가지 않고 독도를 점거할 수 있다면 그것이 최선이고 최고의 방법입니다."

관방대신이 목에 핏줄을 세우며 발언을 시작했다. 나머지 관료들도 모두 고개를 끄덕이며 동의를 표해왔다.

"외무성에서는 한국이 폭동 용의자를 숨겨주며 국제도의에 어긋난 행위를 하고 있다고 국제사회에 알리고 있습니다. 또한 국제사회의 힘을 얻고자 하고 있습니다. 만일 한국이 용의자를 송환하게 되는 불상사는 발생하면 안 되기에 적절하게 강도를 조절하고 있습니다. 그러나 한국은 용의자를 절대 송환하지 않을 것이라 확신합니다."

"맞습니다. 용의자가 일본으로 송환되면 본 작전은 의미를 잃게 됩니다. 방위청에서는 적절한 시기에 용의자를 검거한다는 명분으로 특수부대를 독도에 상륙시킬 예정입니다. 다행히 한국은 국제사회의 눈치를 보느라 독도경비에 변화를 줄 수가 없는 상황입니다."

"특수부대가 독도에 상륙하면 문부과학성 소속 전문가가 독도에서 NFP를 확인하고 무력화시킬 예정입니다. 무력화시키기 위한 작업에는 2주 정도가 소요됩니다. 위치를 확인하고 외부에서의 접근이 불가능하도록 독도에 연결된 해저지각을 완벽하게 지표와 차단하는 작업이 이루어질 것입니다."

외무성, 방위청 그리고 문부과학성에서는 이미 계획을 수립해 놓고 총리의 승인만을 기다리고 있는 상황이었다.

"좋습니다. 그렇다면 방위대신, 이틀 이내에 작전이 가능합니까?"

"문제없습니다! 이미 침투해 있는 두 명의 요원들이 배후에서 지원을 하면 당장이라도 가능합니다. 나중에 한국에서 우리 요원이라는 사실을 알게 되더라도 이미 상황은 종료된 후일 뿐입니다. 만일 그래도 문제의 소지가 있다면 필요에 의해 그들을 없애면 됩니다. 그들이 우리에게 공격을 해 와 사살했다고 발표하면 아무런 문제가 없습니다."

"특수부대 요원들이 상륙을 하게 되면 외무성에서는 공식 발표를 예정하고 있습니다. 한국이 비협조적으로 나와서 독자적인 작전으로 범인을 체포하는 과정에서 독도경비대와 충돌이 있었다고 발표할 예정입니다. 그리고 문부과학대신이 이야기한 대로 최소 2주 이상을 독도에 머무를 수 있도록 국제공조를 펼칠 계획입니다. 독도는 일본의 땅이므로 국제사법재판소의 중재가 이루어질 때까지 떠나지 않겠다는 발표를 준비 중입니다."

보고를 듣는 총리는 흐뭇한 미소를 보이고 있었다.

"좋습니다. NFP를 무력화시키면 우리는 성공입니다. 아울러 국제사법재판소에서 이번 사건을 계기로 독도에 대한 영유권을 문제시하며 일본과 한국이 공동으로 관리하도록 판결이 나온다면야 더 이상 좋을 수가 없고요. 종전 70주년 행사는 독도에서 성대하게 해야겠군. 허허…"

"그렇다면 총리각하, 작전실행은 가능한 빠를수록 좋을 듯싶습니다. 최종결단을 내려주십시오!"

방위대신이 총리를 정면으로 응시하며 일어서자 모든 관료들이 동시에 자리에서 일어섰다.

총리는 조용히 그들을 응시했다.

"이틀 뒤 새벽, 독도진입작전을 승인합니다!"

"감사합니다. 총리각하!"

참석한 모든 관료들이 총리를 향해 일제히 고개를 숙이며 한 목소리를 냈다.

군국주의의 망령들이 되살아났음을 알리는 울부짖음이었다.

진구와 준협이 서울 외곽의 별장 같아 보이는 곳에 도착했다.

국정원에서 운영하는 안가였다. 입구에는 군인들이 삼엄하게 경비를 서고 있었다.

그들은 차에 탄 준협을 보자 절도 있게 거수경례를 하고 차가 들어갈 수 있도록 닫혀있던 대문을 열었다.

집안에 들어서자 거실에는 두 명의 사내가 미리 와 대기하고 있었다.

"준협, 아니 국정원장 오랜만일세."

"반갑습니다. 정말 오랜만입니다. 이제 부장님이라 불러야겠군요. 시간이 참 빠릅니다."

준협이 인사를 건네며 진구와 자리에 앉았다.

"선배님, 노동당 통일전선부장인 김양수 부장입니다. 그리고 옆에 계신 분은 중국 국가안전부, MSS의 장하오잉 차장입니다."

준협이 진구에게 참석한 사람들을 소개했다.

"부장님, 제 옆에 계신 선배님이 누구신 줄 기억하십니까? 당시 안기부장이셨던 김진구 선배님이십니다."

"물론 잘 압니다. 선생님, 정말 오랜만에 뵙습니다. 한 번인가 뵈었던 것 같은데 정말 반갑습니다. 건강해 보이십니다."

김양수는 자리에서 일어나 정중하게 진구에게 고개를 숙여 인사를 했다.

남북의 전현직 정보담당 최고 책임자가 자리를 함께하는 순간이었다.

김양수는 이미 그 당시 준협으로부터 자신의 여자 친구를 일본군위안부로 강제로 징집한 일본인 경찰서장을 죽이고 일본에 밀항을 한 뒤 자수성가한 진구에 대한 이야기를 듣고 깊은 감명을 받았었다.

"안기부장님, 이 자리에서는 제가 선배님이라 불러도 괜찮겠습니까? 허락해 주십시오."

"아니, 북한 최고의 실세인 통일전선부장이 어떻게 저 같은 노인네한테… 그러실 필요 없습니다."

"아닙니다. 선배님! 선배님이라 부를 테니 용서해 주십시오."

"정 그렇다면야…. 알겠소."

인사치례가 끝나고 잠시 정적이 흘렀다. 그러나 정적은 오래가지 않았다.

"이번에 오게 된 이유는 잘 아실 거라 생각하오. 일본의 움직임이 심상치 않소이다. 동북아 전체에 큰 위협으로 이미 자리 잡았소이다. 그래서 중국의 장 차장도 이런 일본에 대한 중국의 입장을 전달하기 위해 함께 오시게 되었소이다."

김양수가 말을 마치고 옆에 앉아있던 장 차장을 바라보았다. 장 차장은 입술을 다물고 김양수의 말을 듣고 있었다.

"우리 중국도 일본의 도발을 묵과할 수가 없습니다. 이미 1937년 난징대학살에서 무고한 우리 인민 삼십만 명을 도살했습니다. 그것도 모자라 이십만 명에 육박하는 어린 여성들을 일본군위안부로 강제 징집한 용서할 수 없는 죄를 저지른 국가입니다. 그리고 아직 사과조차 하지 않고 있습니다. 물론 한국이야 일본의 식민지로 있으면서 더한 고초를 겪은 사실 또한 잘 알고 있습니다."

"…"

진구는 대화를 듣고만 있었다. 이들이 원하는 바가 무엇인지를 확인하는 것이 중요했다.

"그럼 본론을 말하겠소."

김양수가 작심한 듯 말문을 열기 시작했다.

"이번에 일본은 독도를 어떤 방식으로든 침범할 것이 자명하오. 패전 70년이 주는 상징성과 더불어 일본 내부에서도 가시적인 결과를 원하는 움직임이 활발하오. 특히 국제사회의 여론을 조성해 어떻게든 독도에 들어가 NFP를 무력화시키려는 시도를 할 것이 분명하오."

"예, 그 점만은 확실합니다. 그런데 부장님, 북한에서 이렇게 발 벗고 나서는 근본적인 이유가 독도를 이용해서 전 방위적인 국면전환을 시도하고자 하는 것 아닙니까?"

준협이 김양수의 말을 가로막았다. 북한이 내심 바라는 무엇인가가 분명 있었다.

"북한의 전 방위적 국면전환이라… 허허… 국정원장이 너무 예민한 것 같소."

"알겠습니다. 이 이야기는 나중에 하도록 하죠."

"이야기가 본질에서 벗어난 것 같군. 계속 이야기하겠소. 누가 보더라도 이번에 일본은 국지적인 군사행동을 취할 것이 분명하오. 아니면 전면전 수준의 군사행동까지도 준비하고 있을 것이오. 과장된 행동으로 독도문제를 크게 부각시키는 것이 유리할 것 아니겠소. 만일 군사행동이 벌어진다면 남한에서도 대응을 하겠지만 만일 그 규모가 크게 발전된다면 어찌 될 것 같소?"

"……"

준협은 김양수를 바라보았다. 그의 말투에서는 자신감이 묻어져 나왔다. 북한의 최고위층에서 어떤 언질을 받고 온 것이든 아니든 확실한 신념을 보이고 있었다.

"물론 한국이 독자적으로 군사작전은 할 수 있겠지요. 하지만 규모가 커진다면 한국은 한미연합사─한미연합사령부─의 지휘를 받게 될 것이오. 그런데 과연 미국이 일본과의 군사적 충돌을 바랄까요? 특히 얼마 전에는 미일방위협력지침이라는 것까지 만들어 놓았소. 솔직히 묻겠소. 일본이 독도를 점령하기 위해 무력을 동원할 경우나 아니면 기습적으로 독도를 점령한 상황에서 과연 한국이 독자적으로 대규모 무력을 사용할 수 있을까요?"

"부장님, 너무 비약하시는 것 아닙니까? 그런 대규모 군사충돌은 일어날 수 없습니다."

"국정원장, 과연 내가 비약을 하는 걸까? 선배님은 어떻게 생각하십니까?"

이야기를 듣던 진구가 잠시 준협을 바라보았다.

"일본을 믿으면 안 된다오. 철저한 준비만이 필요한 것이오. 나는 지금껏 구십 평생 일본을 보아 왔소. 절대 믿으면 안 됩니다."

진구의 대답은 간단했다.

"선배님 말씀이 맞습니다. 그래서 우리 북한이 남한을 돕겠다는 거요, 국정원장. 만일 군사적 충돌이 벌어지게 되면 우리가 나서겠소. 우리는 더 이상 잃을 게 없소이다. 그리고 그것이 우리 동포를 위한 우리의 할 일 아니겠소."

"그렇다면 북한의 국방위원장도 내부적으로 보다 강력한 신임을 얻게 되겠죠. 일거양득이죠. 그렇지요, 부장님?"

"허허. 국정원장은 예나 지금이나 너무 날카로워. 또 그게 매력이고."

김양수는 항상 자신감이 있었다. 잠시 뒤 그는 자세를 다시 바로잡았다.

"군사적 충돌은 일어나면 안 되겠지요. 그러나 일본은 독도를 절대 포기하지 않을 거요. 왜냐 독도가 그들의 목숨줄을 쥐고 있지 않소? 가장 확실한 방어는 공격이라 하지 않습니까. 국정원장, 키13137을 사용해야 하오! 그것만이 유일한 방법이오! 그렇지 않으면 이 굴레에서 벗어나지 못한단 말이오."

갑자기 터져 나온 강한 주장이 섞인 목소리였다. 그 목소리는 준협을 잠시 움직이지 못하게 만들었다.

"부장님, 키13137의 사용이라는 말은 해서는 안 될 이야기입니다. 어떻게 그런 말씀을 쉽게 하십니까?"

진구는 움직임이 없었다.

"물론 해서는 안 될 행동이라는 것 잘 알고 있소. 하지만 그들이 움직임을 보이면 바로 사용해야 된단 말이오. 독도는 시작이 될 것이오. 그들의 침략야욕은 본격적으로 드러날 것이오. 쿠릴 열도, 센카쿠 열도 그리고 더 많은 지역에서 그들은 과거의 뉘우침 없이 침략을 시작할 것이오. 보시오, 그들의 후손들은 독도가 자기네 땅이라 교육을 받고 있고 일본군위안부는 일체 언급 없이 역사에서 사라져 가고 있소. 이것이 무서운 것이오. 그들은 더 큰 침략을 준비하고 있는 것이오."

"우리 중국도 북한과 의견이 같습니다. 일본은 침략야욕을 절대 버리지 못합니다. 우리가 직접적으로 한국을 지원할 수는 없습니다. 하지만 북한을 통해서 간접적으로 지원을 해 드릴 수 있습니다. 아울러 한 가지 더 말씀드리고 싶습니다. 만일 키13137이 사용되면 인도적 차원에서의 지원도 필요하다고 생각합니다. 물론 우리 중국도 지원을 하겠지만 일본은 동해를 사이에 두고 남한과 북한을 접하고 있습니다. 중국은 멀리 떨어져 있는 것이죠. 만일의 경우 일본에서 난민이 발생한다면 남한과 북한으로 올 것입니다. 이 경우 중국이 남한과 북한에 지원을 하겠습니다."

"잠깐만요, 두 분이 너무 앞서 가시는 것 같습니다. 우리 대한민국은 절대로 비인도적인 행위를 하지 않습니다. 의견은 고맙지만 당황스럽습니다."

준협은 당황스러웠다. 북한과 중국은 파동발생기의 사용을 기정사실화한 상황이었다.

"국정원장, 역시 자네는 합리적인 사람이라 생각하오. 하지만 이성이 감성을 억누르는 것도 한계가 있는 것이오. 물론 이성이 앞서야겠지만 그렇지 말아야 할 경우도 있는 것이고. 나도 북한도 합리적이고 이성적이오. 하지만 민족에 대한 도전은 용납할 수가 없소. 그래서 지금 이 자리에 있는 것이고…. 민족으로서 북한의 심정을 알아 주셨으면 하오. 다른 의도는 없소 그냥 우리 민족이 일본에게 농락당하는 것이 보기 싫었을 뿐이오."

"…"

진구는 준협의 얼굴을 바라보았다. 준협은 말이 없었다. 하지만 그는 김양수의 목소리에서 뿜어져 나오는 심장의 뜨거움을 느꼈다. 이십년 전 함께 느꼈던 사람만이 공유할 수 있는 뜨거운 심장의 울림이었다.

"의견 잘 알겠습니다. 그런데 두 분의 생각이 너무 앞서간다는 생각에는 변화가 없습니다. 선제공격은 있을 수 없다는 것이 우리 대한민국의 생각입니다. 물론 공격을 당하거나…."

준협은 말을 이어가지 못했다.

"국정원장, 알겠소이다. 오늘 처음 만나 이 정도만 이야기해도 충분한 것 같소. 조만간 또 볼 기회가 생기겠지요. 허허…."

김양수는 언제나 자신감이 넘쳐 보였다. 전혀 주눅 들지 않고 생각한 모든 일을 일사천리로 밀고 나가는 것이 마치 진구와 닮아있었다.

결론은 나오지 않았다. 하지만 이미 만들어져 있는 결론이었다.

11. 실패한 승리

　독도에 몸을 숨기고 있는 두 명의 사내가 독도 동도의 경비초소 앞에서 초조하게 서로의 얼굴을 바라보고 있었다.

　그들은 독도에 머물며 한국정부의 결정만을 기다리고 있었다. 한국정부는 국제적인 시선을 의식해 그들을 독도에 체류시키고 있었다. 독도에는 받아들였지만 한국 본토로 그들을 송환한다면 상황 자체가 일본에 유리해 질 수 있다는 판단으로 독도에 체류시키기로 결정이 내려졌다.

　"내일 새벽이다! 일출 전 우리가 독도경비대를 제압한다. 그러면 특수작전군 1개 소대가 즉시 잠입하여 작전을 완료할 것이다. 간단하나. 경비대장을 인질로 삼고 진체병력을 무력화시키면 된다. 준비하고 있어라!"

"예, 알겠습니다!"

한편 일본의 초계함 안에서는 중무장을 한 8명의 남자가 마주보며 서있었다. 대테러 게릴라 전문의 독립 편성된 방위청 장관 직할 부대인 특수작전군, SFG. 소속 대원들이었다.

한손에는 특수부대에서 사용하는 독일제 9밀리미터 MP5가 들려 있었고 허리춤에는 M9 베레타 권총이 숨겨져 있는 권총지갑이 눈에 띄었다. 그런데 특이하게 일본제 5.56밀리미터 89식 소총으로 무장한 대원들도 보였다.

9밀리미터 MP5의 경우 근접전에 유리하도록 작게 디자인된 몸체에 상대적으로 살상력이 약한 권총에 사용되는 9밀리미터 패러블럼탄을 사용하는 대테러전문 총기였다.

하지만 상륙을 시작하고 초소로 돌격하기 위해서 휴대는 힘들어도 살상력이 상대적으로 우수한 일본자위대의 제식 소총인 우리의 K2 소총과 비슷하게 생긴 89식 소총이 필요한 듯 보였다.

"내일 새벽 침투작전을 개시한다. 너무 걱정할 필요 없다. 독도에는 경무장한 독도경비대 1개 소대가 전부다. 그래서 우리도 잠임 저격분대인 1, 2분대만으로 독도를 접수한다. 이미 침투한 우리 팀원이 독도경비대를 무력화시킬 테니 염려할 필요는 없다. 그리고 우리 뒤에서 본 초계함이 필요 시 지원을 하게 될 것이다. 물론 지원이 필요하지도 않겠지만…."

그러나 대원들은 모두가 마른침을 삼키고 있었다. 창설된 지 얼마 되지 않아 실전 경험도 없는 상태에서 방위청 장관의 직접지시로 작전에 차출되었다.

물론 쉬워 보이는 작전이라 큰 긴장은 되지 않았지만 작전의 성격상 다른 어떤 작전보다도 신중해야 하는 작전이라는 것을 잘 알고 있었다.

"독도 동도에 상륙한다. 바위섬이라 접근할 수 있는 포인트는 동도 선착장 한곳밖에 없지만 우리 측 요원들이 미리 작전을 확보한 상태에서 접근하기 때문에 큰 무리수는 없다고 본다. 단 신속하게 동도에 위치한 경비초소 본부로 이동해야 한다. 서도에는 비어있는 어민숙소밖에 없다. 신경 쓸 필요는 없다. 질문사항 없나?"

"…"

"알겠다. 휴식을 취하고 내일 새벽 04시에 집결한다! 해산!"

초계함에는 전운이 감돌며 침묵으로 휩싸였다.

독도 경비초소는 계속되는 불안감에 긴장감이 극에 달해 있었다.

용의자 두 명을 받아들인 뒤 일본의 초계함 1척이 인근해역에 머무르고 있는 상황이 지속되고 있었다. 변화 없는 일상이 주는 공포감이 계속 증폭되고 있었다.

하지만 독도의 서도에 비밀리에 주둔 중인 특전사팀은 항상 준비되어 있었다.

새벽이 밝으려면 아직 한참을 기다려야 하는 시간이었다.

"작전개시!"

독도에 잠입한 한인으로 위장한 특수작전군의 귓속에 장착되어있는 수신기에서 소리가 들려왔다.

"야마다, 움직이자!"

"예, 알겠습니다!"

두 개의 그림자는 조용히 숙소 건물을 나와 독도경비대 경비초소 본부 건물로 발 빠르게 움직이기 시작했다. 동도 끝자락에 위치한 경비초소는 세 군데였다. 하지만 경계인원은 초소에만 배치하고 있을 뿐 본부 건물에 대한 경계는 근무자 두 명만이 있을 뿐이었다.

그들은 본부 건물에 도착하자 망설임 없이 조심스럽게 문을 열었다. 그리고 숨을 죽이고 발걸음을 옮겼다.

"윽!"

"뭐야?"

"으윽!"

특수작전군 요원들은 본부 건물에 있던 두 명의 근무자들의 목을 돌렸다. 근무자들은 맥없이 무너져 내렸다. 그들은 본부 건물에 비치되어 있던 근무자들의 K2 소총과 탄띠 그리고 그들의 허리춤에 있던 단검을 낚아챘다.

"경비초소로 간다!"

두 사내는 본부 건물을 나와 가장 가까운 제1초소로 다가갔다.

잠시 뒤 피 묻은 단검을 들고 두 사내가 제1초소를 나왔다. 그리고 머뭇거림 없이 제2, 제3초소로 재빠르게 몸을 옮겼다.

저항할 틈 없이 초소는 피로 물들었다.

단 두 명의 특수작전군이 신속하고도 정확하게 경비초소를 무력화시켰다.

"좋다. 마지막으로 막사로 간다! 경비대장을 인질로 삼는다! 그리고 나머지 인원은 모두 사살한다!"

"예, 알겠습니다!"

낮은 속삭임이지만 대화 속에서 살기가 묻어 나오고 있었다.

두 사내는 본부 건물 옆에 있던 막사로 발걸음을 죽이고 다가갔다. 조용히 막사 문을 열자 깊은 잠에 빠진 십여 명의 인원들이 눈에 들어왔다. 그리고 별도의 공간에서 경비대장인 김 경위 역시 깊은 잠에 빠져 있었다.

"야마다!"

선임이 야마다를 부르며 손가락으로 누워있는 경비대장을 가리켰다.

야마다는 고개를 끄덕였다. 그는 소리 없이 경비대장에게 다가갔다. 그리고 들고 있던 K2 소총으로 경비대장의 몸통을 건드리기 시작했다.

"뭐야?"

"윽!"

김 경위가 본능적으로 소리를 내며 눈을 떴다. 하지만 K2 소총의 개머리판이 김 경위의 뒷머리를 강타하자 곧바로 널브러지고 말았다.

'타타타타!'

'타타타타타!'

"윽… 으윽…"

순간 어둠속에서 총구의 화염이 보이더니 총성이 울리기 시작했다. 그리고 여기저기서 신음소리가 들리기 시작했다. 젊은 경비대원들이 소리도 내지 못하고 의식을 잃어갔다.

'타타타타타타…!'

"탄창 교환하고 계속 사격한다!"

"예, 알겠습니다!"

총성과 신음소리가 범벅이 되어 울리고 있었지만 그들은 침착했다.

'타타타타타…!'

'타타타타타타타타…!'

총성만이 울릴 뿐 신음소리도 들리지 않았다.

"이제 됐다. 사격중지! 야마다, 전등 켜!"

총성이 멈추며 날카로운 목소리가 울려왔다.

전등이 켜짐과 동시에 아비규환의 현장이 펼쳐져 보였다. 온몸에 피를 흘리며 움직임이 없는 대원들 사이로 부상을 입고 신음하는 다른 대원들의 모습이 보였다. 대부분 사망한 상태였다. 그리고 살아있는 나머지 대원들도 심각한 중상을 입은 참혹한 상태였다.

총성은 서도에 대기 중이던 특전사 팀에게도 울려왔다.

"동도에서 총성이잖아…! 긴급 상황이다! 최 중사! 빨리 상황 확인해! 빨리!"

"예, 알겠습니다! 박 하사, 빨리 움직이자!"

최 대위의 말이 떨어지기가 무섭게 최 중사와 박 하사는 동도에서 보이지 않는 서도의 반대편에서 몸을 바다에 던졌다. 그리고 채 일이 분의 시간밖에 흐르지 않았다.

그들은 서도를 마주보는 동도의 절벽에 도착했다. 그들은 숙달된 자세로 절벽을 기어오르기 시작했다.

"상황실! 동도에서 총성이 발생했다! 상황 파악하러 우리인원이 동도에 접근중이다!"

"뭐라고, 총성이라고? 알았다!"

특전사 최 대위의 급박한 목소리에 상황실 상황장교는 바삐 움직이기 시작했다.

"통신병, 바로 독도와 연락 취하고 상황파악해 봐! 빨리!"

상황장교는 지시를 내리고 급히 인터폰을 들었다.

"독도에서 총성이 발생했습니다! 심상치 않습니다. 서도 주둔 중인 특전사가 확인 중에 있습니다!"

"뭐라고? 그게 무슨 소리야? 다시 이야기해 봐! 빨리!"

"예, 동도에서 다수의 총성이 울렸다고 합니다. 그리고 근무자 막사에 불이 켜졌다고 합니다. 지금 특전사 요원이 접근하고 있습니다!"

"알았어! 현지 상황 빨리 파악하고 독도 주변에 정박 중인 일본 초계함 감시 강화하도록! 빨리 움직여야 한다!"

"예, 알겠습니다!"

작전사령관의 지시가 떨어지기가 무섭게 상황장교는 상황실 요원들에게 머뭇거림 없이 수신호를 보냈다. 상황실이 급박하게 움직이고 있었다.

"상황장교님! 독도와 통신이 연결되지 않습니다! 응답이 없습니다!"

"뭐라고?"

"통신은 살아있는데 응답이 없습니다! 기계적인 결함은 없습니다!"

"계속 시도해 봐! 이게 어떻게 된 거야…"

"팀장님! 최 중사입니다."

최 대위의 헤드셋에 최 중사의 목소리가 흘러나오기 시작했다.

"막사가 당했습니다. 사망자와 부상자가 방치되어 있습니다. 차마 눈 뜨고 볼 수 없습니다. 막사 안에는 움직일 수 있는 사람이 없습니다. 지금 바로 본부 건물로 이동하겠습니다. 이상!"

"그래 누가 총격을 가했는지 확인하고 절대 은엄폐 상태 유지해야 한다. 우리 정체는 아직 드러나면 안 된다. 이상!"

"예, 알겠습니다."

최 중사와 박 하사는 몸을 움츠리고 재빨리 본부 건물로 이동하기 시작했다.

"불이 켜졌다. 침투개시!"

특수작전군 요원들이 초계함에서 내려져 있던 소형 보트에 옮겨 탔다. 보트는 속도를 내어 독도를 향해 나아가기 시작했다.

"박 중사! 지금 즉시 서도 정상으로 이동해서 시야확보하고 대기한다! 실제 상황이다!"

"예, 알겠습니다!"

저격병인 박 중사는 800미터 유효사거리 내에서 91.4미터 거리의 지름 1센티미터의 원을 명중시킬 수 있는 국산 저격소총 K14를 들고 있었다. 그는 망설임 없이 서도의 정상을 오르기 시작했다.

서도의 최고높이는 168.5미터로 동도의 최고높이 98.6미터보다 높았고 경비초소의 고도 95미터보다 높아 저격에 유리한 조건을 품고 있었다.

"김 중사는 나와 지금 동도로 이동해서 최 중사와 박 하사를 지원한다. 그리고 서도에는 김 상사가 나머지 인원과 함께 측면지원을 준비한다. 만의 하나 일본 초계함에서 특수부대가 독도에 상륙을 감행할 수도 있다. 그리고 동도에서 총격을 가한 놈이 누구인지에 따라서 작전은 변경될 수 있다. 알겠나?"

"예, 알겠습니다!"

조용하지만 다부진 대답들이 새벽공기를 가르고 있었다.

"팀장님! 지금 본부 건물에서 독도에 입도한 폭동 용의자들이 경비대장을 포박해 놓고 어디론가 통신을 하고 있습니다."

'뭐라고? 그럼… 그놈들이 경비대원들을 사살하고 경비대장을 인질로 삼았다는 이야기인데…. 그렇다면 그놈들은… 한인으로 위장한 일본의 특수부대….'

최 대위는 본능적으로 상황을 파악했다.

"최 중사, 아직 움직이지 말고 대기하고 있어라!"

"최 대위! 긴급 상황이다. 일본 초계함에서 소형 보트가 독도로 이동하는 장면이 위성에 포착됐다. 특수부대가 움직이는 듯싶다. 빨리 움직여!"

최 대위의 헤드셋에서 상황장교의 다급한 목소리가 울렸다.

"역시…. 일본 특수부대가 움직인다. 용의자들이 동도를 점거하면 일본 특수부대가 움직이기로 계획된 작전이었다."

최 대위는 상황실의 연락을 받자 일본이 계획하고 있던 모든 것이 머릿속에 그려졌다. 실전에 투입되었던 수많은 경험이 본능적인 움직임을 만들어내고 있었다.

"동시에 잡는다! 일본 특수부대가 접근하기 전에 동도를 점거한 용의자들을 우리 동도 팀이 사살한다. 그리고 사살된 사실을 모르는 일본 특수부대가 동도 선착장에 도착하면 우리 동도 팀과 서도에 남아있는 김 상사 팀이 협공을 한다. 타이밍이 중요한 작전이다! 알았지?"

"예, 알겠습니다!"

"김 중사, 가자! 그리고 김 상사, 김 하사, 최 하사는 지시대로 서도에서 역할 잘하고. 파이팅!"

최 대위는 오른손 엄지를 치켜세웠다. 그리고 재빨리 김 중사와 바다에 몸을 던졌다.

"김 하사, 최 하사! 동도 선착장의 시야가 확보되는 위치로 이동한다. 은폐물을 찾아서 대기한다. 가자!"

김 상사의 지시가 떨어짐과 동시에 그들도 동도 선착장이 바로 보이는 서도의 끝자락에 몸을 숨겼다.

최 대위와 김 중사는 동도 절벽을 재빠르게 올라 경비본부 건물 주위에 숨어있던 최 중사, 박 하사와 합류했다.

"알았다! 특전사를 믿어야지. 그리고 다른 상황은?"

작전사령관이 상황실에서 작전을 지시하고 있었다.

"정말로 일본의 특수부대가 상륙하게 되면 특전사팀이 제거할 거라 확신합니다. 그러나 만일 특이상황이 발생할 것에 대비해서 해상에서는 인근해역에서 작전 중인 마산함을 배치했습니다. 그리고 만일의 상황에 대비해서 강릉비행장에 전개 중인 F-15K 전투비행대대가 비상출격 대기 중입니다."

"알았네. 그러나 섣불리 움직이면 일본의 역공을 당할 수 있으니 조심해서 움직이자고. 침착하게 움직여야 하네!"

상황장교에서 상황실장이 상황실의 지휘를 맡아 작전사령관의 지시를 즉시 이행하고 있었다.

"일본 초계함에서 출발한 보트가 독도 인근해역에 도착했습니다! 지금 빠른 속도로 동도를 향해 움직이고 있습니다!"

상황실 한쪽에서 레이더 관측병의 보고가 들려왔다.

독도 동도에 설치된 레이더는 작동하고 있었다. 독도를 점거한 용의자들이 레이더의 작동까지 제어하지는 못하는 상황이었다. 이미 몇 년 전부터 독도의 세 개 초소에는 레이더를 설치해서 운용 중이었다.

한편, 일본 방위청 상황실에 총리가 모습을 드러냈다. 이미 방위대신이 상황실을 지휘하고 있었다. 각료들도 이미 상황실에 도착하여 있었다.

"총리각하, 위장한 우리 요원들이 독도를 접수했습니다. 그리고 추가 작전이 시작되었습니다. 지금 특수작전군 소속 요원들이 독도를 향해 가고 있습니다. 이제 몇 분 만 지나면 독도는 완전히 우리 차지가 됩니다."

"그래, 수고했네! 아직 긴장 풀지 말고 후속 작전도 신속하게 처리하게. 그리고 외무성은 발표문 준비 완벽하게 해 놓았겠지?"

"예, 독도 점령 즉시 한국 외교통상부에 사실을 통보할 예정입니다. 그리고 UN에도 점령사실을 통보할 예정입니다."

"그래 준비 잘하고 있으리라 믿네. 그리고 독도에 파견할 전문가들은 어떻게 됐나?"

"점령 뒤 바로 이동할 수 있도록 초계함에 대기 중입니다."

외무대신과 문부과학대신이 결연한 모습을 보이고 있었다.

"총리각하, 작전 중 독도경비대원 대부분이 사살되거나 중상을 입었습니다."

"어쩔 수 없는 것 아닌가. 의료진을 보내면 될 것 아니오. 너무 신경 쓰지 마시오."

"예, 알겠습니다."

'마침내 우리의 목줄을 죄고 있던 독도를 찾는다. 이제 새로운 시작이다!'

총리는 가슴으로 외치고 있었다.

"예, 선배님. 하지만 쉽게 결정할 수 있는 문제가 아닙니다. 이미 대통령께서도 사실을 인지하셨습니다."

"국정원장, 어려운 부탁일 수도 있지만 자네가 함께 해 주었으면 하네. 억울하지 않은가? 모든 책임을 나에게 넘기게나. 하지만 나는 할 수 없고 자네만이 할 수 있는 일이 있지 않은가?"

"선배님, 잘 알고 있습니다. 하지만 그것만은 할 수 없습니다. 만일 파동발생기가 가동되게 되면 이는 한일만의 문제가 아니라 동북아시아 그리고 전 세계에 엄청난 충격을 일으키게 됩니다. 선배님, 죄송합니다. 제가 할 수 있는 일이 아닙니다."

"알았네…. 그런데 자네 지금 나한테 숨기는 사실이 있지? 일본이 움직이나? 일본은 어떻게든 독도를 반드시 삼켜야 하는 운명을 타고 났는데 지금껏 아무런 움직임이 없다는 것은 이해할 수가 없네. 있지도 않은 도쿄 한인폭동을 내세운 게 언젠가? 이미 지금쯤은 움직임이 있어야 하네."

준협은 당황하지 않을 수 없었다. 평생을 정보 분야에서 일해 온 진구의 본능적인 감각에 소름이 돋기까지 했다. 하지만 지금은 준협 자신이 진구를 이끌고 가야 하는 상황임을 잘 알고 있었다.

진구는 무서운 속도로 달려 나가고 있었다. 브레이크가 필요했다. 하지만 속도도 필요했다. 그러기 위해서는 방향을 바꿔야만 했다.

"선배님! 솔직히 말씀드리겠습니다. 어차피 아시게 될 일이라 생각되네요. 이미 선배님도 예상하고 계시지 않습니까?"

"무슨 일이 벌어지고 있는 게 사실이구먼."

"예, 선배님이 절묘한 타이밍에 연락을 주셨습니다. 조금 전 일본이 독도를 점거했습니다!"

"뭐라고! 지금 뭐라고 그랬나? 일본이 독도를 점거했다고?"

진구의 목소리가 떨리기 시작했다.

"예. 그러나 염려하실 필요는 없습니다. 한인으로 위장한 일본 특수부대가 도쿄 폭동 용의자로 위장하고 독도에 입도했던 것이었습니다. 그들이 독도경비대를 살해하고 독도를 점령했습니다. 다행히 미리 독도 서도에 대기하고 있던 우리 특전사가 지금 점령당한 독도 동도에 침투해서 상황을 주시하고 있습니다."

"그건 그렇다 치고, 분명히 일본이 다음 움직임을 보일 텐데…. 안 그런가?"

"맞습니다. 지금 일본 특수부대가 독도를 향하고 있습니다. 그들은 용의자를 검거한다는 명분으로 독도에 상륙할 겁니다. 물론 용의자들이 이미 독도를 점령한 상태에서 손쉽게 독도를 확실하게 점령할 수 있다고 생각하고 있습니다. 그런데 그들은 우리 특전사가 독도에 숨어있다는 사실을 모릅니다. 독도를 점령한 용의자들과 독도에 도착하는 일본 특수부대를 동시에 타격할 계획입니다."

진구는 당황스러웠다. 일본은 복잡하고 치밀한 계획을 준비하고 있었다. 우리 한국은 언제나 그렇게 집요한 일본에 당해왔다. 그러나 한국도 이제는 달랐다.

"국정원장, 내 다른 부탁을 하나 함세."

"예? 다른 부탁은 또 뭡니까?"

"지금 가장 힘든 게 누군가. 바로 대통령이 아닐까 싶네. 힘든 상황에 누군가의 도움이 절대적으로 필요할 걸세. 대통령과의 독대를 준비해 주게나!"

"예? 대통령과의 독대를요?"

"자네는 나설 필요가 없네. 괜히 다치기만 할 걸세. 부탁함세."

"선배님…."

준협은 진구의 집요함에 다시 한 번 놀라지 않을 수 없었다.

"또 연락하겠네…."

진구의 목소리가 사라졌다.

준협은 전화기를 조심스럽게 내려놓았다.

"팀장님! 적의 보트가 시야에 보이기 시작합니다!"

서도 정상 168.5미터 부근에 자리 잡은 박 중사의 목소리가 특전사

대원들의 헤드셋에 울려왔다. 이 목소리는 바로 국방부 상황실의 스피커에도 울리고 있었다.

"최 대위! 건투를 빈다!"

국방부 상황실의 작전사령관 목소리가 특전사 대원들의 헤드셋에 바로 들려왔다.

"최 중사와 박 하사는 적의 보트가 선착장에 도착하는 순간 경비본부에 있는 일본 놈들을 사살한다! 그리고 도착한 보트에 사격을 집중한다. 그러면 서도의 김 상사팀도 합세할 거다. 건투를 빈다!"

최 대위의 지시에 최 중사와 박 하사는 고개를 끄덕였다.

그들의 손에는 K1 소총과 비슷하지만 뭉툭한 파이프 모양의 소음기가 장착된 K7 소음기관단총이 들려있었다. 9밀리미터 패러블럼탄을 사용해 파괴력은 약했으나 소음정도가 111데시벨 수준의 세계 최고 수준의 은밀함을 보여주는 우리 특전사의 주요장비였다.

"김 상사! 적의 보트가 선착장에 도착해서 첫 번째 놈이 독도에 올라서는 순간 발포한다. 제일 먼저 내리는 놈이 팀장일 거다. 박 중사, 자네는 노리고 있다가 그놈이 독도에 올라서는 순간 그놈을 저격하고 바로 보트 최후미에 있는 놈을 저격한다. 그리고 김 상사, 누가 유탄발사기를 담당하지?"

"예, 김 하사입니다!"

"그래, 유탄을 원 없이 쏟아 붓는다. 놈들 흔적도 없이 싹 쓸어버린다! 어디 감히 대한민국 영토인 독도를 겁 없이 들어오는 거야. 모두들 소지한 실탄 아끼지 마라!"

"예, 알겠습니다!"

동도의 최 중사와 박 하사가 소리를 죽이고 경비본부로 다가갔다. 그리고 창가에 기대어 K7 소음기관단총 총구를 용의자들을 향해 지향했다.

잠시 뒤 아무것도 모르는 일본 특수작전군을 태운 보트가 독도 동도의 선착장에 도착했다. 그들은 형식적인 사주경계만을 한 채 상륙할 준비를 하며 움직임을 보이기 시작했다.

기다리던 순간이 왔다.

"최 중사, 지금이다!"

최 대위의 목소리가 헤드셋을 통해 전달되었다.

"예! 알겠습니다!"

'슈욱! 슈욱!'

두 번의 바람을 가르는 소리가 거의 동시에 들려왔다. 두 발의 총탄은 정확히 한인으로 위장한 용의자들의 머리에 박혔다. 머리 전체에 검붉은 피가 솟구쳐 오르며 그들은 바닥에 내동이 쳐졌다.

포박상태의 김 경위는 심한 충격에서 깨어나지 못하고 있었다.

"팀장님, 완료했습니다! 경비대장은 아직 정신을 차리지 못하고 있습니다. 경비대장을 놔둔 채 이동하겠습니다!"

"그래, 경비대장은 놓아두고 바로 이동해서 우리와 합류한다!"

"예, 알겠습니다!"

대화가 끝난 지 얼마 되지도 않아 가쁜 숨을 몰아치면 최 중사와 박 하사가 최 대위와 김 중사가 은폐하고 있던 바위 뒤로 달려왔다.

도착한 보트에서의 움직임이 훤히 보이고 있었다.

팀장인 듯한 선수에 있던 특수작전군이 제일 먼저 일어나 발을 선착장에 내딛고 있었다. 그리고 그의 두 발이 선착장에 닿는 순간이었다.

"지금이다. 박 중사!"

"예! 저격합니다!"

박 중사는 숨을 멈추고 방아쇠울에 있던 오른손 검지를 방아쇠로 옮겼다. 그리고 방아쇠 위에 놓인 검지에 지긋이 힘을 줬다.

'타앙!'

총성과 동시에 선착장의 특수작전군의 머리에서 검붉은 액체가 뿜어져 나왔다. 그러더니 그는 중심을 잃고 넘어졌다.

'타앙!'

그가 넘어짐과 동시에 다른 한 발의 총성이 이어져 나왔다. 그리고 마찬가지로 보트 후미에 있던 작전군의 쓰러지는 모습이 보였다.

"뭐야! 어디야? 저격지점 빨리 확인해! 빨리!"

"서도 쪽에서 총성이 들렸습니다! 매복입니다! 당장 피해야 합니다! 당장…!"

일본 특수작전군들은 혼비백산하여 소리치고 있었다. 전혀 예상하지 못했던 두 발의 총성은 그들에게 공포감을 주기에 충분했다.

보트 위의 특수작전군은 서로 앞 다투어 보트에서 내리려 하고 있었다.

'타타타타타타…!'

'쿠웅! 쿠웅! 쿵!'

연이은 총성과 둔탁한 폭음이 들려오며 보트 및 선착장 주변에 커다란 화염과 불빛들이 튕겨져 오르기 시작했다.

'타타타타타타…!'

'슈슈슈슉…!'

'타앙! 타앙!'

'쿠웅! 쿵!'

독도 동도의 정상 부근과 동도 선착장과 인접한 서도에서 새벽의 어둠을 뚫고 예광탄의 궤적이 동도의 선착장에 끊임없이 내리 꽂혔다. 또한 서도 정상에서도 예광탄의 궤적이 동도의 선착장에 정박한 보트 및 선착장 주변에 정확히 내리 꽂혔다.

"멈추지 마! 계속 쏴라!"

최 대위의 목소리가 총성을 뚫고 들려왔다.

'타타타타타타…!'

'타타타타타탕…!'

'쿠웅! 쿠웅!'

'타타타타타타…!'

십여 분 넘게 사격이 계속되었다.

보트와 그 주변에서는 아무런 움직임도 없었다. 보트 인근에서 발사된 총알의 궤적 또한 사격이 계속된 십여 분 동안 한 번도 볼 수 없었다.

"사격중지! 사격중지!"

최 대위의 목소리와 함께 총성이 멈췄다.

침묵만이 흘렀다.

"김 중사, 최 중사, 박 하사 선착장으로 내려간다! 가자!"

"예, 알겠습니다!"

네 명의 특전사 대원들이 조심스레 선착장으로 발걸음을 옮기기 시작했다.

서도에 위치한 김 상사, 김 하사, 최 하사는 신경을 곤두세우고 동도 선착장을 향해 총구를 조준하고 있었다. 서도 정상의 김 중사 역시 K14 저격용 소총의 조준경에서 눈을 떼지 못하고 선착장 인근을 노려보고 있었다.

최 대위를 포함한 네 명의 대원들이 선착장에 도착했다. 매캐한 화약 냄새만이 진동할 뿐 아무런 움직임이 보이지 않았다.

동해가 붉게 물들기 시작했다. 대한민국에서 가장 먼저 태양이 뜨는 독도였다. 태양이 서서히 모습을 드러내며 주변이 밝아오기 시작했다.

"팀장님! 깨끗합니다. 완전하게 제압했습니다."

"…"

최 대위는 잠시 주변을 둘러보았다. 형체를 알아볼 수 없을 정도로 훼손된 시신들이 주변에 흩어져 있었다. 그리고 그들이 타고 온 고무보트는 처참하게 찢어진 채 선착장 해안에서 파도에 휩쓸려 움직이고 있을 뿐이었다.

선착장은 피로 물들어 있었다. 그런 피로 물든 처참함이 붉게 물들며 밝아오는 동해의 빛깔과 묘한 대비를 이루고 있었다.

"상황실! 상황 종료 보고. 아군 피해 없음! 적군 전멸, 생존자 없음! 독도경비대 다수 사상자 발생! 의료진 긴급 투입 요망! 이상!"

12. 경악

이 상황은 특수작전군의 헤드셋을 통해 고스란히 일본 방위청 상황실에 전달되고 있었다.

"저, 전멸입니다…! 어, 억…!"

신음소리와 함께 마지막 음성이 전달되었다. 더 이상의 음성 없이 계속되는 총성만이 들려올 뿐이었다.

일본 방위청 상황실은 절대 침묵이 지배하고 있었다. 그 누구도 말을 꺼낼 수 없는 극도의 긴장감이 침묵을 휘감아 돌고 있었다.

"이 상황을 어떻게 설명해야 합니까…. 누가 설명 좀 해 봐요!"

총리는 극도로 흥분된 상태였다. 이성을 잃은 짐승의 울부짖음이었다.

"죄송합니다…. 우리보다 앞서 한국 특수부대가 매복을 했습니다.

언제부터인지는 모르겠지만 분명 매복을 하고 있었습니다…. 우리가 당했습니다…. 죄송합니다, 총리각하…."

방위대신은 몸 둘 바를 몰라 하며 이야기를 꺼냈다.

"…."

총리는 아무 말이 없었다. 그러나 잠시뿐이었다.

"알겠소. 지금부터 우리는 냉철해지지 않으면 안 됩니다. 하나씩 짚어 봅시다. 지금까지 독도에서 벌어진 상황을 아는 국가가 어디입니까?"

총리는 표정의 변화 없이 주제를 자연스럽게 독도 작전 참패에서 빠져 나오려 하고 있었다. 냉정하게 작전 참패를 인정하고 다음을 준비하고자 했다. 지금의 패배는 중요해 보이지 않았다.

"비밀리에 작전은 진행되었지만 미국은 알고 있습니다. 독도에 관해서는 우리 일본에 관대한 미국입니다. 개략적인 상황은 비공식 채널을 통해 통보해 놓았습니다. 독도에 대한 관여는 없다는 것이 미국의 생각입니다. 물론 자세한 작전 내용은 알지 못하고 있습니다."

"그래요…. 알겠습니다. 그렇다면 다른 국가는 어떻습니까? 아니지, 다른 국가가 알아도 그리 대단한 건 아니니 신경 쓰지는 맙시다."

계획이 한순간에 물거품으로 변했다. 그러나 일본은 다시 준비를 시작했다.

역사적으로 보아도 그들은 침략에 대한 방법을 알고 있는 민족이었다. 이기기 위해서 패배는 필요하고 이를 빌미로 더 큰 이득을 취할 수 있다는 사실을 알고 있었다.

일본은 실패를 해도 포기하지 않고 제2, 제3의 다른 침략을 준비하는 것이 몸에 배어 있었다.

"총리각하! 말씀드릴 것이 있습니다. 우선 해군전력만 말씀드려도 현재 독도 인근해역은 일본 서해안에 위치한 해상자위대 소속 제3호 위대군이 맡고 있습니다. 1만 7천 톤급 헬기항모와 이지스 구축함 2척이 포함된 7척의 구축함이 독도 인근해역에서 항시 작전을 펼치고 있습니다. 특히 헬기항모에 탑재된 8대의 해상작전용 헬기는 필요시 독도지역 타격에 바로 투입될 수 있습니다. 그리고 지금의 한국군은 수적으로도 질적으로도 절대열세입니다. 구축함, 호위함, 초계함 및 미사일 고속정 등이 항상 독도 인근해역을 정기적으로 순찰 중이지만 우리 일본 해상자위대의 상대는 되지 않습니다."

"그래서 어떻게 하자는 겁니까? 계획이 있나 본데… 어디 들어봅시다."

"총리각하! 잘 아시지 않습니까? 독도는 단순히 한국과의 문제만이 아닙니다. 독도를 시작으로 우리는 센카쿠 그리고 쿠릴 열도까지 상황을 반전시킬 수 있습니다. 특히 이번 벌어진 독도는 문제는 미묘합니다."

"방위대신이 고민을 많이 한 듯합니다. 그래, 계속해 보세요. 뭐가 미묘합니까?"

"예, 한일 양국만의 문제가 아닙니다. 양국 사이에는 미국이 있습니다. 미국은 둘 다 놓칠 수 없습니다. 한국과는 한미상호방위조약 그리고 일본과는 미일방위협력지침. 그런데 만일 한일이 어쩔 수 없는 상황에 군사적 충돌을 벌이게 된다면 미국은 어느 편에 서겠습니까?"

"허허… 글쎄요?"

총리의 표정은 전투에서 진 패장의 얼굴이 아니었다. 즐기고 있었다.

"오늘의 사태를 보시지 않았습니까? 미국이 움직였습니까? 아니면 우리에게 자신들의 의견을 보여 왔습니까? 아닙니다. 가만히 있습니다. 일본과 한국 사이에 끼어 들 수가 없는 겁니다. 그러나 반드시 편을 들어야 합니다. 그렇지 않는다면 미국은 일본과 한국을 모두 잃을 수가 있습니다."

방위대신의 열변에 총리는 잠시 그의 얼굴을 바라보았다. 즐기던 표정의 얼굴에 살기가 넘치는 눈매를 보이고 있었다.

"자신 있게 말씀 드릴 수 있습니다. 절대 한국은 아닙니다. 이 점만은 분명합니다."

"역시, 방위대신은 우리 일본을 잘 이해하고 있어요. 그리고 총리인 나도 잘 이해하고 있고요. 허허…. 그런데 이 사실은 우리 모두가 알고 있는 사실입니다. 굳이 설명하지 않아도 됩니다. 하지만 방위대신의 열정은 대단하십니다."

"감사합니다! 그리고 총리각하, 또 하나의 중요한 사실은 한국은 북한과 대치 중이라는 것입니다. 절대 대규모 전력이탈을 감행할 수 없는 딜레마에 빠져 있습니다. 한번 어렵게 온 기회를 놓치면 안 됩니다! 과감히 그리고 신속하게 밀어붙여야만 합니다!"

"저도 동감입니다! 총리각하, 밀고 나가서야 합니다!"

방위청 상황실에 있던 각료들이 방위대신을 지지하고 나섰다. 지지의 목소리에 총리의 얼굴에는 웃음이 묻어나오고 있었다.

"각료들의 의지는 충분히 알겠소, 물론 나도 동감합니다. 우선 한국의 움직임을 지켜본 뒤 결정하기로 합시다. 관방대신은 미국이 우리의 움직임에 당황하지 않도록 철저히 준비하기 바랍니다. 그리고 모두 신념을 갖고 독도탈환에 모든 걸 건다는 각오를 새기기 바랍니다. 오히려 이번 작전에 실패한 것이 잘됐습니다. 한국의 대응이 우리에게 명분을 만들어 줬네요, 허허…. 이번에 기회를 놓치면 다시는 기회가 오지 않을 수도 있습니다. 분명 한국이 눈치를 챌 겁니다. 국제사회는 크게 움직이지 못할 겁니다. 미국만 움직이지 못하게 하면 됩니다. 아니, 미국이 한국을 잠시만 막아주면 됩니다. 관방대신은 모든 역량을 동원해서 미국을 막든지 아니면 미국이 한국을 막도록 일련의 조치를 취하십시오!"

"예, 알겠습니다. 총리각하!"

이번에 실패한 특수작전군의 독도작전은 하나의 형식적인 구상이었을 뿐이었다. 불필요한 임시 독도점거가 아닌 영구적인 독도점령을 원하고 있었다. 명분을 내세워 대규모 군사작전을 펼쳐 독도를 차지하려는 속내였다.

70주년 광복절을 앞두고 일본군위안부역사관은 바삐 움직이고 있었다. 왜곡된 역사를 바로잡는 일은 쉽지 않았다.

"관장님! 중국에서 연락이 왔습니다. 전화 좀 받아 보시죠."

"그래, 알았어."

관장은 책상 위에 놓인 전화기를 서둘러 들었다.

"예, 역사관 관장입니다. 아니, 프로젝트로 바쁘실 텐데 전화까지 주시고… 이메일로 연락을 주시면 되는데…"

"허허…. 바쁘긴요. 중국하고 한국이 언젠가는 해야 하는 일 아닙니까. 잘 마무리 지어야죠. 그리고 자주 목소리를 들어야 정이 들죠. 허허…. 그런데 관장님에게 직접 통화를 해야 할 일인 것 같아 이렇게 전화를 드렸습니다. 다름이 아니라…"

전화기에서 들려오는 목소리가 심상치 않음을 관장은 느끼고 있었다.

"무슨 일인데 그러십니까? 편하게 말씀하세요. 괜히 저도 긴장하게 됩니다."

"예, 그러죠. 다름이 아니라 얼마 전 일본군위안부로 징집되었었다는 한 분을 만났습니다. 그런데 중국분이 아니셨습니다. 한국분이시더라고요."

"예? 한국분이시라고요? 정말입니까?"

"저도 놀랐습니다. 중국에 살아계신 한국 출신 일본군위안부 할머니가 세 분 살아 계시는 걸로 파악하고 있었습니다. 그런데 직접 찾아오셨더라고요. 저희가 파악하지 못한 분이셨습니다."

"그래요…?"

"예, 연세는 많으신데 너무나 정확하게 모든 사실을 기억하고 계시더라고요. 그리고 당신이 한국에서 태어난 곳, 자란 환경 등 너무 정확하게 말씀하셔서 저희도 당황했습니다."

관장은 이런 현실이 너무 싫었다. 죄를 지은 것도 아닌데 진실을 밝히기는커녕 죽을 때까지 숨겨야만 했던 그들의 아픔을 애써 외면하는 현실이 너무 싫었다.

"혹시 그러면 그분의 동영상자료도 있겠네요?"

"당연하죠. 그래서 연락드린 겁니다. 저희가 그분과 나눈 내용을 동영상자료로 남겼습니다. 방금 전 이메일로 관장님한테 발송했습니다. 아, 그리고 그분이 찾는 분이 계셨습니다. 그 말씀을 하시는 모습을 생각하면 너무 가슴이 아픕니다…. 제발 찾고자 하는 분을 꼭 만나셨으면 합니다."

"…"

관장은 그 어떤 말도 꺼낼 수 없었다.

"감사합니다…"

숙연해진 분위기로 통화는 끝났다. 관장은 서둘러 이메일을 확인했다. 동영상파일이 이미 도착해 있었다.

관장은 조심스럽게 파일을 열었다.

말쑥한 외모의 할머니 한 분이 화면에 나타났다. 그리고 조심스럽게 입을 열기 시작했다.

"제 이름은 최순영입니다. 고향은 대한민국 경북 울진입니다. 죽기 전에 진실은 알려야 한다는 생각에서 나왔습니다."

관장은 유심히 동영상을 보고 있었다. 그리고 그녀가 말하는 단어를 하나라도 놓칠까 봐 모든 신경을 집중하여 메모를 시작했다.

'경북 울진 그리고 끌려올 때 현장에서 어머니가 총에 맞으셨고…. 김진구…? 가만있자 김진구, 라고 하면…?'

관장은 온몸에 소름이 돋으며 전율이 느껴졌다. 그는 서둘러 전화기에 저장된 전화번호들을 확인하기 시작했다.

'아, 맞아! 매주 오시는 그분이야. 김진구…! 어떻게 이런 일이…'

관장의 머릿속이 새하얗게 변했다. 그렇지만 그는 서둘러 전화번호부에 있는 '김진구'라는 이름을 침착하게 눌렀다.

신호가 가기 시작했다. 그리고 잠시 뒤 목소리가 들려왔다.

"여보세요?"

"김진구 선생님이시죠, 저 역사관장입니다. 이곳으로 빨리 오셔야겠습니다."

"아니 왜요…? 아, 아닙니다. 바로 가겠습니다."

전화로 들려오는 진구의 목소리가 조금은 떨리고 있었다.

전화를 건 지 얼마 지나지 않은 듯했다.

"관장님…"

일본군위안부역사관 사무실에 진구가 나타났다.

"어떻게 벌써 오신 겁니까?"

"예. 다행히 역사관 근처에서 일을 보고 있었습니다. 그런데 관장님…. 급하게 찾으시는 이유가 혹시…?"

"선생님, 자리에 우선 앉으시죠."

관장은 진구의 흔들리는 모습을 처음 보았다. 항상 곧은 자세로 역사관을 찾을 때와는 다른 그저 평범한 노인으로 돌아와 있었다. 큰 충격이 다가올 것을 예견이나 한 듯 바로 기절할 것처럼 보여 안타까움이 느껴졌다.

"선생님, 우리 일본군위안부역사관이 광복 70주년을 맞이해서 중국정부와 함께 준비하는 사업이 있습니다. 일본군위안부 피해자를 위한 한국과 중국의 협력 프로젝트입니다. 간단히 말씀드리자면 한중 양국간에 일본군위안부 피해자에 대한 정보를 공유하고 전 세계를 대상으로 일본군위안부에 대한 진실을 알려 일본정부를 압박해서 정식 사과를 받아내고자 하는 프로젝트입니다."

"그, 그런데요? 빨리 말씀해 주십시오. 왜 저를 급하게 찾으셨는지…"

"예, 선생님. 조금 전 그 프로젝트를 진행하는 중국 담당자에게서 연락을 받았습니다. 일본군위안부로 끌려가셨던 어떤 분이 선생님을 찾고 계시다는…"

"뭐, 뭐라고요? 저, 정말 입니까…?"

"예, 사실입니다. 저도 놀랐습니다. 선생님의 진심을 하늘이 아셨나 봅니다…. 선생님을 찾고 계신 분 성함이 최순영이라고…"

"잠깐만요…! 최, 순… 영이라고 했습니까?"

진구의 심장이 급히 움직이기 시작했다. 정신도 혼미해졌다. 그러나 진구는 정신을 놓치지 않으려 그가 지닌 모든 힘을 집중했다.

"선생님, 진정하십시오! 예, 분명 최순영이라는 분입니다."

진구는 잠시 감정을 조절하는 듯 숨을 들이켰다. 그러나 감정은 조절될 수 없었다.

"최순영… 아아…! 아… 아…!"

조금 전까지 침착하려 애쓰던 모습의 진구가 갑자기 머리를 부여잡고 울부짖기 시작했다.

참아왔던 모든 것이 쏟아져 나왔다. 서러웠고 억울했다.

진구의 모습을 바라보던 일본군위안부역사관의 모두는 그 울음의 의미를 알고 있었다.

"선생님…"

관장은 더 이상 말을 잇지 못했다. 그리고 얼마의 시간이 흘렀다.

"선생님, 최순영이라는 분이 보내온 영상자료를 보실 수 있도록 별도의 방을 준비했습니다. 만나보셔야죠…"

진구는 정신을 차렸다. 그리고 관장을 따라 스크린이 준비된 자그마한 방으로 자리를 옮겼다. 관장은 곧이어 자리를 피하고 스크린에

영상이 투사되기 시작했다.

순영의 목소리가 힘없이 가늘게 스피커를 통해 흘러나오기 시작했다.

"제 이름은 최순영입니다. 고향은 대한민국 경북 울진입니다. 죽기전에 진실은 알려야 한다는 생각에서 나왔습니다. 저는 더 이상 잃을 것이 없는 보잘 것 없는 노인에 불과합니다. 하지만 이 모든 사실이 세상에 알려졌으면 합니다. 그리고 너무 보고 싶은 사람이 있는데 아직 살아있었으면 하는 바람뿐입니다.

진구야…! 성수야…! 보고 싶었어… 흐흑… 울지 않으려 했는데…울지 않으려 했는데…"

동영상 속의 순영은 울고 있었다.

"아… 아… 순영아! 순영아…! 왜 이제야…"

진구도 또 다시 흐느끼기 시작했다. 이제는 늙어 누구인지 쉽게 알아볼 수 없었지만 순영의 모습이 남아있었다. 가슴이 저려왔다. 아파왔다.

"진구야, 괜찮겠지? 나 때문에 쓰러지는 너를 보고 내가 얼마나 울었는데…. 엄마는…? 그때 어떻게 되셨는지 지금도 모르고 있는 내가 너무 밉다… 흑…"

순영도 밀려오는 서러움을 감당하지 못하고 있었다. 목이 메어 말을 잇지 못하는 순영의 모습이 흐르는 진구의 눈물을 더 굵게 만들고 있었다.

"진구야, 내가 어떻게 살았는지 차마 이야기할 수 없구나. 하지만 내딸이 이제는 떳떳하게 밝히자고 설득해서 이렇게 말하려고 해. 이해해 주겠지? 나도 이제는 구십 넘은 할망구라 언제 갈지 모르거든…"

진구와 순영의 눈물은 멈추지 않았다.

"진구야, 성수야. 너도 기억할 거야. 함께 온 정숙이하고 영숙이는 그때 저세상으로 갔어… 일본이 패망하던 그날 우리 모두를 몰살시켰어… 나만… 살아남았어… 흑흑…. 그 모습을 보고 나는 너무 억울하고 서러워서 끝까지 살아야겠다고 마음먹고 지금까지 살아왔어. 그리고 이제는 이야기할 수 있는 세상이 됐고… 꼭 원수를 갚고 싶다. 일본 놈들한테 원수를 꼭 갚고 싶다…."

순영의 눈에 눈물이 고이더니 그녀는 말을 이어 나가지 못했다.

진구는 잠시 영상을 정지시켰다. 모든 것이 혼란스러웠다. 잠시 아직 눈물이 고여 있는 눈을 감았다. 그리고 생각했다.

다시 동영상이 재생되기 시작했다.

"정숙이하고 영숙이하고 나중에 알게 되었지만 중국 동북지방에 있는 목단강에 끌려갔었어. 후회했지만 방법이 없었어. 그리고 그곳에서 우리가 당한 일… 억울하게 당한 일을 알리고 싶어… 너무 억울하고… 분하고…."

순영은 말을 잇지 못했다. 손수건을 꺼내 눈물을 훔치는 모습이 마치 죄인 같아 보였다.

"바보야, 네가 죄인이야? 너는 죄가 없잖아! 그놈들… 일본 새끼들이 죽일 놈들이지…!"

진구의 입에서 험한 욕이 뱉어졌다. 울분을 참기 힘들었다. 영상은 계속 재생되었다.

"우리가 한 일은… 그러니까… 아… 하루에… 다섯, 여섯 명… 많을 때는 열다섯 명의 군인을…. 기절했다 정신을 차리면 다시 군인들이

덮쳐왔고…. 그리고… 나도 모르는 사이에… 임신하게 되었고… 낙태시킬 겸 다시는 임신을 하지 못하도록… 애가 들어있는… 자궁을 들어냈어…. 그래서… 지금의 딸은 친딸이 아니라 내 수양딸이야… 그 뒤로 나는 임신을 할 수가 없었거든…. 그리고 내 온몸에 아이들 낙서처럼 문신을 새겨놓고는…. 영숙이하고 정숙이도 같은 처지였고…. 그런데 걔들은… 일본이 패망한 바로 그날 모두… 나만 살아남아서… 흑…."

진구의 몸에 소름이 돋아 올랐다. 말로만 듣던 인간의 탈을 쓴 짐승들이었다.

"힘이 들어…. 마지막으로 소원이 있어…. 내가 태어나서 자란 울진에 묻히고 싶어…. 너무 가보고 싶었는데… 차마 갈 수가 없었어…. 하지만 죽어서는 꼭 가고 싶어…. 진구야… 지금 나를 보고 있는 거 맞지…? 흐흑…! 울지 않으려 했는데…. 하지만 이제는… 웃을 수 있을 것 같아…. 우리… 꼭 만나자… 꼭… 만나자…!"

삶에 지치고 울어 지친 모습을 애써 웃음으로 가려 보려 했지만 숨길 수는 없었다. 하지만 순영은 웃음을 보이며 화면 속으로 사라졌다.

"순영아!"

진구의 정신은 혼미해졌고 온몸의 힘이 알지 못하는 사이에 사라져 버렸다. 오직 울분만이 남아있었다.

잠시 뒤 관장이 들어왔다. 진구의 눈은 부어있었고 얼굴은 상기되어 있었다.

"선생님… 힘드셨나 봅니다…. 지금 중국에 연락을 취해 놓았습니다. 가능한 빨리 최순영이라는 분이 한국에 올 수 있도록 조치해 놓겠습니다. 힘내십시오."

"고맙습니다. 꼭 부탁드리겠습니다. 제게 남은 마지막 희망입니다."

진구는 관장과 인사를 나누고 자리를 떠났다.

말로 표현할 수 없는 억울함과 울분만이 남았다. 진구의 표정은 예전과 달리 변해 있었다.

NSC가 청와대 지하벙커에서 열렸다.

"이번 사태는 분명히 우리 고유영토를 침범한 국제적 범법 행위입니다. 단호한 대처가 필요합니다!"

국방부 장관의 언성이 격앙되어 있었다. 일본이 군사적 행동을 벌인 초유의 사태를 어떻게 대응해야 할지 모두의 고민이 쌓여가고 있었다.

"외교적인 대응도 필요하겠지만 적극적인 대응이 필요합니다. 우리도 보복차원에서 군사작전을 벌여야 합니다. 그것이 우리가 해야 할 일입니다. 본토가 아니더라도 독도와 가장 가까운 오키 제도를 공습이라도 해서 우리의 의지를 보여야 합니다."

"…"

총리의 말이 틀린 말은 아니었다. 하지만 아무도 대꾸를 하지 못했다.

"총리의 의견도 일리가 있습니다. 우선, 일본은 지금 어떻습니까? 도발을 해 놓고 가만히 있다는 것이 도저히 이해가 가지 않는군요. 더군다나 사상자가 발생하지 않았습니까?"

많은 생각이 대통령을 혼란스럽게 만들고 있었다.

"예, 유감스럽지만 아직 아무런 반응이 없습니다. 조용히 넘기려는 계획인지 아니면 우리의 반응을 본 뒤에 대처를 할지 좀 더 지켜봐야 할 것 같습니다. 물론 다른 생각이 있을 수도 있습니다. 그들을 종잡을 수가 없습니다."

'다른 생각…'

대통령은 외교통상부 장관의 발언을 듣고 있었지만 짧은 순간 많은 생각이 떠올랐다 사라졌다.

"대통령님, 제2의 도발에 대한 준비를 해야 합니다. 일본은 어차피 일을 벌인 이상 멈추는 것이 오히려 역효과를 낸다는 사실을 잘 알고 있을 겁니다. 내부의 반발이 거세질 것입니다. 차라리 내친김에 보다 강력한 도발을 준비할 수도 있습니다. 어쩌면 강력한 도발을 위한 사전 단계로 이번 도발을 했을 수도 있습니다."

"그럴 수도 있지요. 우리가 판단을 잘해야 합니다. 우발적인 도발일 수도 있고 다른 계획을 실행하기 위한 기만전술일 수도 있습니다. 지금 일본의 군사적 동향은 어떻습니까?"

"예, 현재 독도 인근해역은 일본 서해안에 위치한 교토부의 마이즈루기지에 주둔한 해상자위대 소속 제3호위대군이 맡고 있습니다. 그런데 이상하리만큼 조용합니다. 전혀 움직임이 없습니다."

"그거야 어쩌면 당연할 수도 있습니다. 독도에서 일을 벌여 놓고 군사적인 움직임을 보인다면 우리가 가만히 있겠습니까? 누구나 예측 가능한 일입니다. 더군다나 섣부른 움직임은 아마추어적인 발상일 뿐입니다. 주도면밀하게 상황을 보아가며 전략적으로 움츠리고 있을 수도 있습니다. 동물적인 본능입니다."

대통령은 국방부 장관의 대답을 그저 듣고만 있었다. 상황파악이 중요했다.

대통령은 아무런 움직임이 없는 준협을 바라보았다.

준협은 일본을 알고 있었다. 절대 본색을 드러내지 않는 집요한 동물적 집단이었다.

"그렇다면 그 제3호위대군의 전력은 어떻습니까?"

"예, 1만 7천톤급 헬기항모와 이지스구축함 2척이 포함된 구축함 7척이 현재까지 드러난 전력입니다. 그리고 상시적으로 독도 인근해역에서 작전을 펼치고 있습니다. 이지스함도 문제지만 헬기항모에 탑재된 8대의 해상작전용 헬기도 간과할 수 없습니다. 헬기로 독도에 선제공격을 가하며 이지스함이 주축인 함대가 지원 작전을 펴게 되면 문제가 심각해집니다."

"아니 그렇다고 우리가 그저 보고만 있는 것도 아니지 않습니까? 독도 주변의 우리 해군전력과 비교하면 어떻습니까? 만약 무력충돌이 발생한다면 승산이 있습니까?"

대통령은 사태가 어떻게 발전할지 노심초사하고 있었다. 국군의 최고 통수권자이자 한 나라의 수장으로 가능한 모든 방법을 강구해야만 했다.

"우선 독도에서 한일 양국이 무력대결을 벌이게 된다면 우리 해군 1함대와 일본의 제3호위대군이 맞붙게 됩니다. 동해해군기지는 울릉도와 독도를 포함한 동해해역 방어를 담당하는 기지입니다. 주요전력으로 3,200톤급 구축함인 광개토대왕함이 기함입니다. 그리고 1,800톤급 마산함을 포함한 호위함 3척, 초계함 8척 그리고 윤영하급 고속정 3척이 있습니다."

"예, 알겠습니다. 그런데 중요한 건 일본의 제3호위대군과 맞붙게 된다면 어떻다는 건데요? 이길 수 있습니까?"

"죄송합니다. 절대 열세입니다. 말씀드렸다시피 단순비교로 일본은 구축함이 7척인 반면 우리는 1척입니다. 특히 제3호위대군은 이지스함을 2척이나 보유하고 있고 헬기항모까지도 보유하고 있습니다. 수적으로 질적으로 열세이면서 가장 중요한 사실은… 우리는 일본의 미사일 공격에 속수무책이라는 사실입니다."

"아니, 그건 또 무슨 말입니까? 미사일 공격에 속수무책이라뇨? 적의 공격에 대한 방어 채비는 당연한 거 아닙니까?"

"송구스럽습니다. 단지 광개토대왕함만 최대 4발의 적 미사일을 요격할 수 있습니다. 그리고 나머지 함정에는 방어 미사일이 없습니다…"

"뭐라고요? 방어 미사일이 없다고요…?"

대통령은 얼굴이 붉어졌다.

도저히 이해가 가지 않았다. 말로는 독도, 독도를 외치며 실상은 독도를 지키기 위한 조치가 너무 안일했다는 사실에 민망함마저 들었다.

"좋습니다. 어쩔 수 없지요… 그렇다면 우리가 먼저 쏜다면 승산은 있는 것 아닙니까? 방어가 아니라 선제공격을 생각하면 어떻습니까?"

"말씀드리기 송구스럽습니다만 우선, 일본 제3호위대군 소속 군함 모두는 최소 8발의 미사일을 발사할 수 있고 각각 6발의 미사일을 요격할 수 있는 방어 미사인을 갖추고 있습니다. 솔직히 우리가 먼저 쏘는 순간 우리 함정은 전멸할 수도 있습니다…"

"허…"

대통령의 입에서 긴 한숨이 흘러나왔다.

"안되면 추가 전력을 파견하면 되는 거 아닙니까?"

"예, 물론 가능합니다. 공군전력을 포함한 가용 전력을 파견하면 됩니다. 하지만 한계가 있습니다. 대북 억지전력까지 차출할 수는 없는 상황입니다. 거기다 미국의 관여가 있을 테고…"

국방부 장관의 현실적인 비교가 있자 지하벙커에는 침묵의 그림자가 짙게 드리우며 모두의 얼굴에 비치기 시작했다.

"맞습니다…. 일본과 무력분쟁이 벌어지면 우리는 북한과 미국이라는 큰 산을 넘어야 합니다. 우선 미국과는 한미상호방위조약이 있습니다. 우리가 공격을 당하면 미국이 도와줘야 한다는 좋은 취지의 조약입니다. 하지만 그 대상이 일본이라면 상황은 달라집니다. 일본과는 미일방위협력지침이 최근에 만들어졌습니다. 물론 일본이 무력공격을 받는 상황이라는 전제 아래 도서방위와 도서탈환작전을 명시한 지침입니다. 하지만 한국과 독도라는 도서를 문제로 상황이 전개되면 미국 입장이 난처해질 것이 불을 보듯 뻔합니다."

"…"

준협의 이야기에 그 누구도 반론을 제시할 수 없었다.

"미국은 우리와 일본이 분쟁을 벌이는 사실 자체에 관여하고 싶어하지 않는다는 것을 충분히 예측할 수 있습니다. 오히려 우리를 견제할 수도 있습니다. 우리보다 일본에 비중을 더 두고 있는 것이 사실 아닙니까. 일본도 아마 이를 잘 알고 있을 겁니다. 그래서 선제공격을 가한 것이라는 추측도 해 봅니다. 분명 미국은 일본이 이번에 독도를 침범한 사실 또한 미리 알고 있었을 겁니다. 더 이상 길게 이야기하지 않겠습니다. 그리고 또 한 가지, 우리가 벌이는 대규모 군사작전은 한미연합사의 지휘를 받아야 합니다. 이도 만일 일본과 독도에서의 분쟁이 발생하게 된다면 우리의 발목을 잡을 것이 분명합니다. 명분은 많습니다. 북한과 대치 중인 상황에서 군사력을 빼내어 일본과의 분쟁에 투입할 수 없다는 명분에는 우리도 어쩔 수가 없습니다. 전체적으로 일본에 유리한 상황입니다. 다시 말씀 드립니다. 분명한 사실은 일본과 무력분쟁이 벌어지면 우리는 북한과 미국을 넘어서지 않고서는 할 수 있는 일이 아무것도 없다는 사실입니다. 이것이 현실입니다…."

이야기를 마친 준협의 표정이 상기되어 있었다.

솔직히 해답이 없는 상황이었다.

군의 정신력을 운운하지만 사실 의미 없는 말장난일 뿐이었다. 독도에서 한일 양국 간 군사적 충돌이 발생한다면 우리의 젊은 청년들의 목숨만이 허무하게 사라질 것이 자명했다.

"비관적인 이야기만 나오니 씁쓸합니다. 하지만 최악의 상황을 염두에 둔다는 것이 나쁜 것은 아니라 생각합니다. 맞습니다. 우리가 약한 것이 절대 아니라고 생각합니다. 약해 보이는 것뿐입니다. 모두 고민해 봅시다!"

대통령은 지하벙커에서 나와 집무실로 발걸음을 옮겼다.

진구가 초조하게 누군가를 기다리고 있었다.

"따라오시죠."

청와대 접견실의 담당자가 진구에게 신호를 보내왔다. 진구는 무거운 발걸음을 옮기기 시작했다.

"오랜만입니다, 안기부장님."

"시간을 내어 주서서 감사합니다. 이제는 안기부장이 아니라 일개 노인일 뿐입니다."

"무슨 말씀을 그렇게 하십니까…. 안기부장님은 영원한 안기부장님 이십니다. 자리에 앉으시죠."

대통령과의 형식적인 인사를 마치고 진구는 집무실에 마련된 테이블에 자리를 잡았다.

"힘드실 줄 압니다. 저도 이야기는 들었습니다."

"원래 대통령이 힘든 자리 아니겠습니까? 건강해 보이시는데요."

"저야 이제 구십줄에 들어선 노인네입니다. 이제는 많이 쇠했지요. 누구보다 대통령님이 건강하셔야 합니다. 허허…"

진구는 청와대 집무실을 살펴보았다. 이십년 전과 크게 변한 것이 없었다. 바뀌었다면 자리에 앉아있는 사람만 바뀌었을 뿐이었다.

"대통령님, 거두절미하고 말씀드리겠습니다. 일본과 어떻게 대응하실 생각이십니까? 딱히 적절한 방법이 없으리라 생각됩니다만…"

"지금 그것 때문에 회의를 하다가 왔습니다. 솔직히 말씀드리지만 방법이 없는 것이 사실입니다. 답답하네요…"

"일본과의 관계는 항상 그래왔습니다. 방법이 있을 수가 없죠. 그리고 주변국 눈치도 봐야 하고…. 특히 미국 눈치죠."

"맞습니다. 저도 해 보고 싶지만 솔직히 방법이 없다는 것에 속이 터집니다. 그렇다고 앉아있을 수만도 없고… 참 답답합니다."

"대통령님!"

진구가 낮은 목소리를 내며 허리를 똑바로 세워 자세를 바로 잡았다.

"만천과해瞞天過海라는 글귀를 아십니까?"

"예? 만천과해라고 하셨습니까? 그건 혹시 손자병법에 나오는 고사성어 아닙니까?"

"예, 맞습니다. 손자병법 36계 중 제일 첫 번째인 1계입니다. 아군의 형세가 충분히 승리할 수 있는 조건을 갖추고 있을 때 말을 타고 적을 압도하는 승전계勝戰計 중에서도 제일 첫 번째 계책입니다."

"갑자기 손자병법이 나오니 당황스럽습니다. 무슨 말씀을 하고 싶으신 겁니까?"

"예. 적과 전쟁을 할 때 열세에 처하면 지도자는 쉽게 결정을 내릴 수 있습니다. 살기 위해 택할 수 있는 선택의 여지가 많지 않기 때문입니다. 방법이 없기 때문입니다. 그렇다면 우세에 있을 때 과연 쉽게 결정을 내릴 수 있을까요?"

"…"

대통령은 잠시 진구의 눈을 바라보았다. 흔들림 없는 눈이었다.

"결정이 쉽지 않을 겁니다. 제가 말씀드리는 의도를 아실 겁니다. 우리는 지금 절대 우위에 놓여 있습니다. 하지만 말씀대로 결정을 못 하시는 겁니다. 절대 우위가 만드는 일종의 두려움 때문이죠. 너무 우세하니까 많은 생각이 떠오르시는 겁니다.

그리고 양심이라는 존재가 결정을 가로막는 가장 큰 역할을 하고 있습니다. 양심은 강해지는 데 걸림돌입니다. 양심은 상황에 따라 변하는 가치이지 기준입니다. 변하지 않는 기준을 가진 절대적인 양심은 없습니다!"

"안기부장님, 말씀이 지나치신 것 같습니다. 그리고 혹시 키13137을 사용해야 된다는 이야기를 하고 싶으신 것 아닙니까?"

"돌려서 답하지 않겠습니다. 맞습니다. 판도라 상자를 열 수 있는 열쇠입니다. 왜 억지로 외면하며 그 열쇠를 사용하지 않으시려 합니까? 물론 여러 이유가 있겠지요. 양심에 반하는 비신사적 행위다, 또 선의의 피해자가 발생한다 등등…"

"맞습니다. 거두절미하고 이건 해서는 안 되는 일입니다. 세상에는 절대로 해서는 안 되는 일이 있습니다. 이게 바로 그런 일입니다. 너무 많은 선의의 피해자가 발생합니다."

"절대로 해서는 안 되는 일…? 그렇다면 일본은 어떻습니까? 우리에게 그런 잔인한 만행을 벌였고 지금까지 아무런 도의적인 행동조차 보이지 않고 있지 않습니까? 또한 우리의 젊은이들이 지금 영문도 모른 채 의미 없는 죽음을 당하고 있지 않습니까? 그렇다면 그 젊은이들은 선의의 피해자가 아닙니까? 저들만이 선의의 피해자이고 우리는 아니라는 이야기입니까?

저는 대통령님이 그렇게 생각하지 않으실 줄 믿습니다. 그리고 한 가지 더, 두려워했던 판도라 상자가 열리자 희망이라는 소중한 보물이 나왔다는 사실 또한 알아주십시오."

"안기부장님! 다시 말씀드리지만 너무 심하신 이야기라 생각됩니다. 자제해 주셨으면 합니다."

대통령의 목소리도 함께 커져 있었다. 하지만 진구는 조금의 변화도 없었다.

"죄송합니다. 언성을 높인 점은 사과드립니다. 나이든 노인네의 행동을 이해해 주십시오. 그래서 제가 만천과해를 말씀드린 겁니다.

'하늘을 가리고 바다를 건넌다.', 즉 다시 말해서 '각종 기묘한 방법으로 황제의 보고 듣는 것을 막아서, 물을 두려워하는 황제로 하여금 배에 올라가게 하여, 그가 알지 못하는 사이에 큰 부대를 따라서 안전하게 바다를 건너는 것을 말하는 손자병법의 첫 번째 계책입니다."

"안기부장님! 설마…"

"예, 맞습니다! 제가 대통령님의 눈을 가리겠습니다. 단지 눈만 감고 계시면 됩니다. 그리고 후에 저를 원망하시기만 하면 됩니다."

대통령의 머릿속에 전광석화와 같이 생각이 스쳐 지나갔다.

"…"

대통령은 침묵했다.

진구는 잠시 고개를 돌려 집무실 벽면에 걸려 있는 대한민국 지도를 바라보았다. 독도가 선명하게 우리 한국과 일본사이 동해에 표시되어 있었다.

"대통령님, 다시 한 번 말씀드립니다. 제가 대통령님의 눈을 가리겠습니다. 그리고 바다를 건너게 해 드리겠습니다. 그러니 한 가지만 해주십시오. 우리 모두를 위한 일입니다."

"…"

대통령은 말이 없었다. 진구도 말이 없었다. 침묵의 시간이 흐르고 있었다.

진구가 침묵을 깨고 입을 열었다.

"대통령님, 아주 오래전에 제가 젊었을 때 제가 유일하게 사랑했던 여자 친구가 일본군위안부로 끌려갔습니다."

"예에…? 정말이십니까?"

진구에 대한 미안함에 대통령의 목소리는 작게 울리고 있었다.

"예…. 그런데 얼마 전 그 친구가… 살아있다는 소식을 들었습니다. 그리고 저에게 자신이 처절하게 그리고 억울하게 살아온 이야기를 동영상으로 보내왔습니다…."

진구는 윗옷 주머니에서 조그만 USB 메모리를 꺼냈다. 그리고 조심스럽게 대통령에게 건넸다.

"꼭 보아 주십시오."

"…"

"그리고 만나주셔서 정말 감사합니다."

말을 끝내고 진구는 조용히 자리를 떠났다.

대통령은 진구가 말한 만천과해를 가슴으로 이해할 수 있을 듯싶었다.

그리고 그의 손에는 진구가 건넨 USB 메모리가 꼭 쥐어져 있었다.

13. 결심

낯선 분위기에 준협이 모습을 드러냈다.

"국정원장, 다시 뵙네요. 오시느라 수고하셨습니다."

"그러게 말입니다, 부장님. 언제부터 우리가 친해졌는지 모르겠습니다. 허허…"

평양에 도착한 준협과 북한 노동당 통일전선부장 김양수가 배석자 없이 함께 테이블에 자리하고 있었다.

"힘드시죠? 일본 애들이 피곤하게 할 겁니다. 저도 잘 알지요. 그나저나 남조선 대통령이 많이 힘드신 것 같습니다. 잘 보좌하셔야죠. 허허…"

"부장님이 어떨 때는 부럽습니다. 말씀하실 때 두려움이 없이 보입니다…. 솔직히 쉽지는 않습니다. 조금 힘이 듭니다. 같은 동양인인데

도 너무나 틀립니다. 동아시아에 속한 나라 같지가 않습니다.

부장님, 시간도 별로 없으니 거두절미하고 만나자고 하신 이유가 뭡니까?"

"급하시긴…. 알겠습니다. 말씀드리죠."

김양수는 잠시 숨을 고르더니 차분히 말을 꺼내기 시작했다.

"이야기 들었습니다. 독도에서 일본과 총격전이 있었다면서요? 남조선의 피해가 있었다지요. 그런데 또 남조선이 그놈들 뒤통수를 쳤다면서요. 일본 놈들 치밀한 놈들입니다. 그런 준비를 하다니요. 하지만 남조선도 대단합니다. 그런 놈들 뒤통수를 치다니."

"발 없는 말이 천리 간다더니 벌써 소식을 들으셨네요. 세상 좁습니다. 예, 사실입니다. 총격전이 있었고 지금은 조용한 상태입니다. 그런데 뭐가 궁금하신 겁니까? 이야기 돌리지 말고 바로 본론으로 들어가죠."

"역시 국정원장답소이다. 좋소. 내 한 가지 물어봅시다. 일본이 이번에는 졌소. 그렇다면 다음이 무엇일 것 같소이까?"

"아니 갑자기 그런 질문을 하십니까? 의도가 궁금합니다."

"에이, 너무 예민하게 생각하진 말고 내 국정원장 생각을 듣고 싶어서 그렇소이다. 혹시 아오? 우리 북조선이 해 줄 일이 있을지…"

김양수 역시 집요했다. 하지만 그가 준협을 불렀다는 것은 북에서 모종의 결론이 이미 있었음을 준협 역시 알고 있었다.

"예, 제가 어떻게 부장님의 생각을 좇아가겠습니까. 알겠습니다. 일본이 준비하는 다음이 무엇일 것 같으냐고 그러셨죠? 솔직히 말씀드리죠. 모릅니다. 여기서 끝낼지 아니면 끝까지 덤빌지 예측을 할 수 없습니다."

"솔직하셔서 좋아요. 국정원장 이야기처럼 모르는 게 정답이오. 일본은 태생 자체가 호전적인 민족이외다. 그들은 사면이 바다에 둘러싸인 섬이라는 특수한 곳에 살고 있소. 섬에서 탈출하고 싶은 본능과 함께 섬을 지켜야 한다는 본능이 항상 상존하는 민족들이지. 그런데 거기다 자신들과 앙숙이라 생각하는 옆 나라 한국에서 자신들의 목줄을 죄는 독도를 좌지우지 하고 있으니 오죽 환장하겠소이까."

"허허… 그렇지요. 그런데 부장님, 서론이 너무 깁니다. 속 시원하게 하고 싶으신 말씀 좀 해보세요."

준협은 몸을 의자 등받이 깊숙이 파묻었다. 김양수는 자세의 변화가 없었다.

"좋소이다. 우리 북조선도 일본 덕 좀 봅시다!"

"예에…? 갑자기 일본 덕을 보다니요? 우리 남한 덕을 보는 게 아닙니까? 서운합니다."

"잘 알면서 모르는 척하지 맙시다. 결국엔 남조선도 자기들이 멍청한 줄도 모르고 미쳐 날뛰는 일본 덕을 보는 거 아니겠소?"

"부장님! 말씀이 지나치십니다. 덕을 보다니요."

준협이 주머니에서 담배를 꺼냈다. 그러나 김양수는 얼굴에 미소를 보인 채 다시 말을 이어갔다.

"너무 예민하게 반응하지 말고 우리 솔직하게 이야기합시다. 국정원장은 아니라고 하지만 분명히 남조선 정부도 일본이 다시 공격해 올 거라는 사실을 이미 알고 있을 거요. 그런데 독도 주변의 해군력은 일본에 절대 열세에 있는 것 또한 사실 아니오. 설상가상 우리 북조선과 대치하고 있으니 내규모 전력의 이탈은 불가능한 현실이 발목을 잡고 있지 않소이까?"

"…"

"우선 단도직입적으로 우리 북조선의 입장을 말씀드리겠소이다. 우리 북조선은 일본을 이용하고 싶소. 물론 그들을 용서할 수 없소이다. 그리고 지금 상황에서 남조선이 이러지도 저러지도 못하는 상황을 잘 알고 있소. 그래서 우리 북조선 동해함대를 당분간 전방에서 철수시키기로 결정했소이다. 아니 철수가 아니라 동해함대를 남조선에 지원까지도 할 수 있소."

"예? 무슨 말씀이십니까, 부장님? 장난하시는 겁니까? 동해함대를 우리 남한에 지원하겠다고요?"

"예, 분명히 맞소이다. 우리 북조선 동해함대를 남조선에 지원하겠소. 물론 전체 전력이 아니라 우리의 잠수함 일부를 보내겠소. 1,500톤 내외의 로미오급으로 최소 5척은 가능하오. 필요하다면 더 보낼 수도 있소이다. 일본은 절대 모를 거요. 이번에는 일본이 북조선에 뒤통수를 맞을 거외다."

준협은 피우던 담배를 재떨이에 비벼 껐다. 그리고 몸을 앞으로 숙이며 얼굴을 김양수에게 가까이 가져갔다.

"의도가 뭡니까?"

"의도요? 알겠소이다. 차근히 말씀드리지요. 잠수함 전력은 눈에 보이지 않는 최후의 방법이 될 것이오. 남조선이 요청하면 잠수함에서 미사일 발사도 가능하오. 하지만 잠수함 전력이 사용된다면 이는 한일 양국의 전면전이 발생한다는 의미요. 공격당한 일본이 가만히 있겠소이까? 물론 그렇게 까지는 되지 않을 거라 생각하오. 그래서 만약 일본이 다시 공격해 올 움직임을 보인다면 또 다른 방법으로 측면 지원을 하겠소이다. 알겠지만 1993년에 일본 혼슈를 넘어 동해로 발사한 화성 7호 미사일을 아실 거요. 아! 남조선에서는 노동 1호라고 부르지요. 아무튼 일본열도 전체와 오키나와까지 사정권에 두고 있소이다. 무수단리나 마양도에서 발사준비에 들어갈 수 있소. 1993년 그때도 일본 애들 무지 놀라지 않았소이까? 참 마양도에서는 대함미사일도 준비할 수 있소이다. 일본에 충분히 겁을 줄 수 있는 방법이 될 것이오."

"아니, 부장님…. 우리를 핑계로 일본과 전면전을 벌일 생각입니까? 말도 안 되는 소리입니다. 절대 용납할 수 없습니다. 그렇게 된다면 미국을 포함한 전 세계가 긴장하게 됩니다. 남북한 모두 공멸합니다."

"국정원장, 내 이야기가 아직 끝나지 않았소. 차근히 생각해 봅시다. 일본이 다시 움직이더라도 한국은 한미연합사의 통제를 받아야 하오. 독자적으로 못 움직이지 않소이까. 우리 북조선과의 전쟁이라면 남조선의 모든 전력을 쉽게 사용할 수 있지만 그 상대가 일본이라면 과연 어떻겠소? 미국은 장담하건대 아마 일본 편에 서겠죠. 한미연합사에서 병력의 이동을 막을 거요. 그렇게 된다면 한국은 가용할 전력이 없을 것이오.

그러나 우리 북조선이 움직인다면 미국과 일본은 당황할 거요. 우리 북조선이 움직인다는 사실 하나만으로도 긴장은 최고조로 달하고 일본은 움직일 수 없을 거요. 미국이 일본을 막든지 상황은 최악으로 가지는 않을 거요."

"부장님 혼자 그림을 많이 그리셨군요. 황당한 이야기입니다."

"허허, 과연 그럴까요. 가장 가려운 곳을 긁어준 것 같은데…. 그러나 지금까지 이야기는 최악을 가정한 이야기였소이다. 단언하지만 일본의 남조선에 대한 대규모 군사적 행동은 일어나지 않소이다. 아니

못 일어납니다!"

김양수의 목소리에 힘이 들어갔다. 준협도 순간 당황하지 않을 수 없었다.

"무슨 근거로 일본이 군사행동을 못 일으킨다고 확신하십니까?"

"허허… 곧 알게 될 것이오. 군사행동을 못 일으킨다는 것은 남조선이 용납할 수 없는 군사행동을 못 일으킨다는 의미요. 절대 그런 군사행동을 일으킬 수 없소이다. 단지 소규모 군사행동으로 무모한 시도를 하게 될 거고 마침내 그로 인해 일본은 처절하게 무너질 거요. 국정원장도 잘 아겠지만 그게 일본 본성이거든요."

"부장님, 설마…. 그걸 기대하는 건 아니지요?"

"국정원장이 나보다 그 선배님을 더 잘 알지 않소?"

준협은 잠시 김양수를 쳐다보았다. 눈동자의 흔들림조차 없이 냉정함을 유지하고 있었다.

"아무튼 이제 왜 일본 덕 좀 보자는지 말씀드리겠소. 남조선은 반드시 일본을 침몰 시킬 거요. 그렇지 않는다면 남조선이 침몰하든지 아니면 나락으로 떨어지게 된다는 사실을 남조선 정부는 분명히 알고 있소이다. 그러니 분명히 일본을 침몰시킬 거요."

준협은 당황스러웠다. 늙은 여우는 이미 명분이 선 논리로 무장하고 있었다. 그리고 이미 우리의 의중을 꿰뚫고 있었다.

"단언하지만 일본 난민이 발생하던지 일본 역사상 최대의 재난이 발생할 거요. 북조선은 일본을 돕기 위해 두 팔 걷어붙이고 나설 것이외다. 인도적 차원에서의 난민 구조 및 재난구조에 적극적으로 나설 거요. 물론 중국의 지원이 힘이 될 것이고. 중국도 그런 일이 발생하길

학수고대하고 있다는 사실 또한 잘 아실 거외다. 북조선은 국제사회에 강렬하게 바뀐 이미지를 선보일 수 있을 거요. 국정원장도 그것만이 우리 북조선이 살아갈 수 있는 유일한 방법이란 것 잘 알지 않소?"

"아! 그랬군요. 국제사회에서 추락한 이미지를 한 번에 만회하고 내부적으로는 결속을 다질 수 있는 하늘이 내린 절호의 기회를 놓치지 않겠다는 거군요. 특히 일본을 우리와 마찬가지로 뼛속부터 증오하면서 동아시아 아니 전 세계 경제패권을 놓고 치열한 경쟁관계에 있는 중국은 북한에 알게 모르고 막대한 지원을 보장할 테고…. 역시…"

"바로 그거요. 우리 내부적으로는 우리 지도자가 일본을 무너뜨리는 기적을 만들었다. 그리고 힘들어 하는 그 일본인들에게 따뜻한 손길을 베푸는 아름다운 마음을 보이셨다. 어떻소이까?"

"허허… 모르겠습니다. 재미있는 이야기군요. 특히 북한이 일본을 무너뜨렸다…. 그거 좋군요. 허허…"

"그렇지요. 정리하겠소. 내가 국정원장을 보자고 한 이유는 단순하오. 첫째, 우리 북조선도 한 민족임을 잊지 말아 달라. 특히 일본에게는 힘을 합쳐 응징하고자 한다. 그리고 둘째, 기회가 된다면 망설이지 말고 일본을 반드시 침몰시켜야 한다. 그것만이 남조선도 살고 북조선도 사는 길이다."

"부장님…"

준협은 북한의 의도를 충분히 알 수 있었다. 그리고 앞으로 어떤 일이 벌어질지 충분히 예감할 수 있었다.

검은 승용차 몇 대가 일본군위안부역사관에 도착했다.

승용차에서 준협과 중국의 장 차장이 내렸다. 그리고 다른 승용차에서 60대 여성이 내렸다.

"선생님, 손님들이 도착했습니다. 준비하시죠."

"예, 알겠습니다⋯. 정확히 시간 맞춰 도착했군요⋯."

먼저 도착해서 사무실에서 기다리던 진구는 자리에서 일어섰다. 그리고 관장이 안내하는 장소로 발걸음을 옮겼다.

발걸음을 옮기는 진구의 표정이 평소와 달리 붉게 상기되어 있었다.

"선배님!"

회의실에 앉아있던 준협이 진구를 반갑게 맞이했다.

"안기부장님!"

또 다른 낯익은 목소리가 들렸다. 중국 국가안전부의 장 차장 목소리였다.

"아니, 장 차장이 여길 어떻게?"

"인연이 되려면 이렇게 되나 봅니다. 우리 중국 국가안전부에서 비밀리에 일본군위안부 프로젝트를 한국의 일본군위안부역사관과 추진하고 있었습니다. 한국은 일부러 정부가 나서지 않고 민간단체가 공동으로 추진을 해왔습니다."

"그러게요. 인연이 깊습니다. 그런데⋯."

진구는 움직임 없이 자리에 앉아있던 여성을 바라보았다. 그러나 순영이 아니었다. 진구는 상황을 파악하려 바삐 생각을 정리하려 노력하고 있었다.

"소개드리죠. 여기 앉아계신 분은 최순영 여사님의 수양딸 되시는 분이십니다."

"에에? 그럼 순영이는…?"

진구의 얼굴이 일그러졌다. 70년을 기다려온 순간이었다. 그러나 나타나리라 기대했던 순영의 모습은 보이지 않았다.

앉아있던 여성이 조금씩 움직임을 보이기 시작했다.

"죄송합니다…. 어머니 대신 왔습니다…."

"예? 무슨 말씀이십니까? 그러면 어머니는…?"

"죄송합니다…. 며칠 전에… 돌아가셨습니다…."

"뭐라고요! 도, 돌아가셨다고요? 설마… 아니야! 아니야…!"

진구는 할 말을 잃었다. 기다리고 기다리던 만남이 이렇게 물거품으로 사라질 줄은 꿈에도 몰랐다. 진구는 흐려지는 정신을 가다듬었다.

"아니… 아닙니다. 어떻게… 말도 안 됩니다…."

진구의 눈에 눈물이 고였다. 아무런 생각이 떠오르지 않았다.

"사… 사실입니다. 어머니께서 한국에 가게 되신 걸 너무 좋아하셨습니다. 그런데 이미 기력이 쇠할 대로 쇠하신 상태라 마지막은 한국에서 죽을 각오로 버티셨는데…."

말을 잇지 못하던 수양딸은 주머니에서 손수건으로 싼 조그만 뭉치를 꺼냈다.

"그리고 돌아가시면서… 마지막 소원으로 이것만큼은 한국에 묻어달라고 말씀을 남기셨습니다…. 어머님의 머리카락입니다…."

수양딸이 손수건으로 싸어진 뭉치를 진구에게 조심스럽게 건넸다.

"어머니는 어렵게 중국에 정착하셨습니다. 한국에 가고 싶어도 당신 스스로가 거부하셨던 겁니다. 그리고 중국에서 죽을 각오로 돈을 벌어서 학교에 진학하셨습니다. 그리고 학교선생으로 근무하셨습니다. 평생 결혼은 안 하셨고요, 아니, 결혼이라는 단어는 이미 어머니 머리에서 사라져버린 단어였습니다…"

진구는 받아든 손수건을 펼쳤다. 가지런히 놓인 한 무더기의 머리카락이 놓여있었다. 순간 진구의 눈에 다시금 눈물이 모이기 시작했다.

진구는 억지로 눈물을 참고 있었다.

"그리고 제가 고아로 친척의 도움으로 학교에 다닌다는 사실을 아시고 저를 수양딸로 삼아 주셨습니다…"

수양딸의 눈에도 눈물이 비치기 시작했다. 그녀는 말을 잇지 못했다.

"안기부장님, 저희가 죄송합니다. 하지만 최순영 여사님은 저희 중국정부에서 잘 모셨습니다. 중국에도 여사님처럼 일본군위안부로 고통을 받다 돌아가신 분들이 많습니다. 그래서 그분들을 추모하는 국가차원의 공원을 조성했는데 그곳에 모셨습니다. 물론 추모공원 조성은 이번 한국과의 프로젝트의 일환입니다."

장 차장이 정중하게 진구에게 말을 건넸다.

진구는 순영을 만나면 하고 싶었던 이야기가 너무 많았다. 그러나 이제는 마음속에 묻어둘 수밖에 없었다.

"고맙소이다…. 그래도 저는 행복한 편입니다. 하지만 저처럼 행운을 만나게 되는 경우는 거의 없을 겁니다. 일본군위안부로 끌려간 본인도 그렇지만 그 가족들의 아픔 또한 어떻게도 치유되지 않습니다…. 많은 시간이 흘렀습니다. 억울하게 끌려가신 분들과 그를 기다리던 가족 분들도 대부분 세상을 떠나셨습니다…. 그런데… 이 억울하고 분한 마음을 누구한테 하소연해야 합니까! 누구한테…!"

"선배님…!"

진구의 목소리가 커지자 준협이 진구를 진정시키려 했다.

"안기부장님… 우리 중국도 최순영 여사님처럼 많은 분들이 평생을 고통 속에 사시다 조용히 세상을 떠나셨습니다. 그 원흉들을 용서할 수 없습니다. 그런데 방법이 많지가 않습니다. 한국과의 공조로 국제사회에 알리는 것 외에는 방법이 없습니다. 우리도 분한 마음을 참을 수 없습니다."

"선배님… 드릴 말씀이 없습니다…. 하지만 선배님, 저도 선배님의 아픔을 이제는 이해할 것 같습니다. 그리고 선배님, 무너지시면 안 됩니다! 절대 무너지시면 안 됩니다!"

"고맙네…. 그리고 미안하네. 내가 마음을 다스리지 못하고 소리 질러서…. 그리고 장 차장도 고맙소이다. 그리고 장 차장에게 내 한 가지 부탁이 있소."

"말씀하십시오. 안기부장님 부탁이라면 뭐든지 처리하겠습니다."

"고맙소. 별 건 아니고…. 순영이가 이 세상에서는 힘들었지만 저세상에서는 편할 수 있도록 예를 갖추어 가는 길을 만들어 주었으면 하오…. 그리고 수양따님도 잘 부탁드리고요…"

"예, 알겠습니다. 걱정하지 마십시오."

순영의 존재는 지금까지 진구가 버텨올 수 있었던 희망이기도 했고 한편으론 짐이었다. 진구는 희망과 짐을 동시에 내려놓았다.

대통령은 책상 위에 놓인 컴퓨터를 유심히 바라보고 있었다.

"제 이름은 최영숙입니다. 고향은 대한민국 경북 울진입니다. 죽기 전에 진실은 알려야 한다는 생각에서 나왔습니다. 저는 더 이상 잃을 것이 없는 보잘 것 없는 노인에 불과합니다. 하지만 이 모든 사실이 세상에 알려졌으면 합니다. 그리고 너무 보고 싶은 사람이 있는데 아직 살아있었으면 하는 바람뿐입니다…."

동영상을 보는 대통령의 얼굴이 점점 굳어갔다.

"국정원장 연결해 줘요."

대통령이 전화기를 들었다.

"나 대통령이오. 그래 일본군위안부역사관에 간 일은 어떻게 됐습니까?"

"예, 대통령님, 아시겠지만 전 안기부장이 상당히 충격을 받은 듯 보입니다. 중국 국가안전부 장 차장이 오히려 몸 둘 바를 몰라 할 정도였습니다."

"그렇겠지요…. 70년을 기다렸는데 단 며칠을 참지 못하고 돌아가셨으니…."

"예, 그리고 중국에서는 이미 일본군위안부 프로젝트를 많이 진행시키고 있는 듯 보입니다. 우리도 속도를 내야 할 듯싶습니다."

"예, 그렇게 해야지요. 고생 많았습니다."

대통령은 전화기를 내려놓았다. 그리고는 한참 동안 움직임을 보이지 않았다.

마침내 대통령이 움직임을 보이더니 인터폰을 들었다.

"다시 국정원장에 연락해서 지금 당장 들어오라고 하십시오!"

만천과해瞞天過海

대통령의 머릿속에 떠오르는 진구의 말이었다.

14. 깨어난 망혼

일본의 독도에 대한 발언수위가 점점 높아만 갔다. 한국도 공격적으로 국제사회에 독도에 대한 영유권이 한국에 있음을 알리며 강경대응하고 있었다.

하지만 이것은 눈가림에 불과했다. 뒤에 숨겨진 거대한 음모를 감추기 위한 일본의 수작일 뿐이었다.

"8월 15일 일출은 독도에서 맞이하여야 합니다! 우리 대일본제국의 명운이 걸려있는 중요한 작전입니다."

"예, 총리각하! 대일본제국의 명운을 걸고 목숨을 바쳐 독도를 찾아오겠습니다. 저희 함대의 주축인 이지스구축함 1척 외에 구축함 2척과 호위함 등으로 선난을 구성했습니다. 나머지 이지스구축함과 구축함들은 기지방어 및 기존의 임무를 수행하게 됩니다. 이 정도 전력만으로도 한국 함대는 비교 자체가 안 됩니다. 반드시 승리로 보답하겠습니다! 총리각하!"

"좋소! 그럼 바로 출동하시오!"

"예, 감사합니다. 총리각하! 함대 출동하라!"

총리의 지시에 방위대신의 출동명령이 떨어졌다.

마이즈루기지에 주둔 중이던 제3호위대군의 함선들이 움직이기 시작했다. 모든 함선에는 욱일승천기가 게양되었다.

"처음이자 마지막 작전이라는 각오로 임해 주기 바란다. 우리 다케시마를 반드시 찾아야 한다. 우리는 반드시 승리하며 우리 대일본제국은 다시 전 세계에 욱일승천기를 휘날리게 될 것이다! 천황폐하 만세!"

전 함선에 총리를 목소리가 스피커를 통해 흘러 나왔다.

"전 함선은 사격통제레이더를 가동하고 실탄을 장전한다!"

함대사령관의 지시와 함께 노래가 흘러나왔다.

천황의 세상이

천 대에

팔천 대에

작은 조약돌이

큰 바위가 되어

이끼가 낄 때까지

기미가요가 전 함선에 울려 퍼지며 일본은 마지막 도전을 위한 출발을 선택했다.

"긴급 상황 발생! 긴급 상황 발생! 전 상황실 요원 위치사수!"

국방부 상황실에 긴급을 알리는 방송이 퍼져 나왔다.

"뭐야? 무슨 상황이야?"

"예, 일본 마이즈루기지의 제3호위대군이 움직입니다! 정박 중이던 함선 중 일부가 기동하기 시작했습니다! 전단을 구성하고 북서쪽으로 항로를 설정했습니다. 목표는 독도로 예상됩니다!"

"뭐라고? 당장 1함대 출동명령 하달하고 비상 작전매뉴얼에 따라 움직인다. 빨리!"

상황실장은 비상 인터폰을 집어 들었다. 얼굴에는 당황한 기색이 역력했지만 비상 매뉴얼에 따라 지휘라인에 상황을 전파하기 시작했다.

"정말이야…? 알았다. 매뉴얼에 따라 대응하고 전군에 비상 걸어! 전투준비태세 데프콘3을 발령한다!"

"예, 알겠습니다!"

비상 통신망을 통해 국방부 장관의 지시가 떨어졌다.

전군에 준전시상태를 알리는 데프콘3이 발령됐다. 즉 적의 개입이 우려되는 상황이라는 판단이었다.

아직 한국에서 이 단계까지 격상된 것은 1976년 8·18 도끼만행사건과 1983년 아웅산 묘소 폭탄테러, 단 두 번뿐이었다. 1999년 6월 15일 남북 간 서해교전이 있었을 때 이에 준하는 전투준비태세 강화가 발령된 적이 있을 뿐이었다.

데프콘3 발령, 지금 이 시간부로 전군의 출타는 금지된다.
영내의 모든 물자를 적재, 방치, 파기품으로 분류하며 당장이
라도 막사 뺄 준비를 하고 대기한다. 이상!

비상 전문이 전군에 내려졌다.

"상황 설명해 봐!"

상황실에 도착한 국방장관이 숨 돌릴 틈도 없이 상황을 파악하기 시작했다. 예견되었던 상황이었지만 설마 일본이 이렇게 쉽게 움직일 줄은 몰랐다.

"예. 방금 전 일본 마이즈루해군기지에 정박 중이던 일부 함선들이 북서쪽으로 전단을 구성해 이동하기 시작했습니다. 목적지는 독도로 예상됩니다. 그리고 이동 중인 함선들은 전투태세를 유지한 채 기동하고 있습니다."

"일본 놈들이 미쳐서 날뛰기 시작했구먼. 미쳐 있는 게 확실해. 이동 중인 전단 구성은?"

"예, 최신 아타고플러스급 이지스구축함 1척과 기존 구축함 2척이 움직이고 있습니다. 그리고 다수의 호위함과 초계함도 전단에 포함되어 있습니다. 다행히 헬기항모와 나머지 이지스함 그리고 구축함은 기지방어 및 다른 지역에서 작전 중이라 참여하지 않았습니다. 그래도 우리보다 절대적으로 우세한 전력입니다."

"미친놈들…. 최소한의 전력만 남겨두고 가용한 전력을 모두 사용하는군. 개새끼들…. 확실히 독도를 향하는 거야? 다른 곳일 수도 있잖아?"

"독도를 타격하기 위한 기동이 확실합니다. 목적지는 100프로 독도입니다. 북서쪽으로 이 정도 규모의 함대가 이동한 경우도 없었고 이동할 이유도 없습니다. 그리고 독도로 향하는 최단항로로 접어들었습니다. 다행히 제3호위대군 외에 다른 움직임은 파악되지 않고 있습니다. 바로 동해 제1함대에 출동명령에 하달됐고 데프콘3으로 전투준비태세를 격상시켰습니다."

국방부 장관은 상황실장에게 보고를 받고 있었지만 믿을 수가 없었다. 일어나서는 안 되는 일이었다.

"독도에 도착예정시간은?"

"독도까지의 거리가 300킬로미터가 조금 넘습니다. 최고속도 30노트로 접근 시 5시간 30분 후면 독도에 도착합니다."

"5시간 30분이라…. 좋아, 해 보자…."

상기된 얼굴로 대통령이 국방부 상황실에 모습을 드러냈다.

"국방부 장관이 와 있었군요. 정말 벌어져서는 안 되는 일인데…. 상황 보고해 보십시오!"

대통령이 자리에 앉자 국방부 장관이 보고를 시작했다. 짧은 보고였지만 보고를 듣는 대통령의 얼굴은 붉게 변했다.

"독도 도착까지 예상시간이 5시간 30분이라고 했습니까?"

"예, 5시간 30분이면 독도에 도착합니다. 그런데 대통령님, 문제가 있습니다."

"문제요? 이 상황에 무슨 문제입니까?"

"예. 데프콘3으로 전투준비태세가 격상되면서 작전권이 한미연합사로 이양되었습니다. 우리가 통제할 수 없습니다. 동해기지의 제1함대는 출동시켰지만 이 역시 문제의 소지가 있습니다."

"…"

국방부 장관의 말이 틀린 것은 아니었다. 아직 전시 작전권이 한미연합사에 있었다. 더 이상 우리 군을 우리가 지휘할 수 없는 어처구니없는 상황이 벌어졌다.

작전사령관이 황급히 다가왔다. 그리고 국방부 장관에게 귓속말을 나누었다.

"뭐라고? 그게 말이 돼? 1함대 사령관은 뭐라고 그러는데?"

"예, 한미연합사에서 광개토대왕함과 호위함 3척만을 이동을 허가했다고 합니다. 북한도 아니고 일본의 움직임에 전 함대를 이동할 수는 없다고 합니다. 특히 일본의 기동훈련일 수도 있는데 우리가 너무 민감하게 반응한다는 표현도 썼답니다. 그래서 1함대 사령관이 지금 헬기를 타고 한미연합사로 이동 중입니다. 연합사령관과 단판을 짓겠다고 지금 막 기지를 출발했다고 합니다."

"할 말이 없군… 데프콘3이 되니까 한미연합사가 작전권을 이양받은 것 아닙니까. 다시 평시상태로 낮추는 게 오히려 낫지 않겠습니까?"

국방부 장관이 대통령을 바라보며 의견을 제시했다.

"이미 예상했던 일 아닙니까. 안 됩니다! 우리 의지를 분명히 보여줘야 합니다. 일본과의 기 싸움입니다. 일본이 던진 승부수에 우리도 강하게 나가는 모습을 분명히 보여줘야 합니다. 솔직히 데프콘3이나 데프콘4나 의미가 없습니다. 미국은 무조건 우리를 막을 것입니다. 또 그것이 그들 입장에서는 정답이고요. 안타깝게도 말도 안 되는 상황이 벌어졌지만 우리가 이미 예상한 상황 아닙니까. 너무 자책할 필요는 없습니다."

대통령은 참담한 현실이 서글프다는 생각뿐이었다. 우리의 필요에 의해 만들어진 한미연합사가 오히려 발목을 잡는 상황이 벌어지고 있다는 것에 오히려 헛웃음만이 나올 뿐이었다.

"전화기 좀 가져오세요."

비서실장이 투박하게 생긴 위성 전화기를 대통령에게 건넸다.

"일본이 드디어 움직였습니다. 독도 도착까지 5시간 30분 남았습니다. 시간은 충분합니까?"

"…"

전화기속에서 소음과 함께 목소리가 실려 왔다.

"현지 인원들에게 지시하면 되는 일인데 군이 직접 가신다고 하니… 최선을 다해 주십시오."

국방부 장관이 통화를 마친 대통령에게 다가왔다.

"대통령님, 혹시 누구와 통화하신 건지 여쭈어 봐도 괜찮겠습니까? 위성전화까지 사용하시고… 혹시 미리 준비하신 다른 방법이라도 있는 건지 궁금합니다. 국방부 장관인 저는 알아야 하지 않겠습니까."

"맞습니다. 말씀드리지요. 국방부 장관도 아시다시피 일본은 이번을 기회로 분명히 독도를 점령하려 할 겁니다. 이를 위해 가상의 도쿄 폭동이라는 무리수까지 두며 준비했습니다. NFP가 존재하는 한 일본은 독도를 지속적으로 침범할 것이고 이번을 기회로 확실하게 독도를 점령하려 할 것입니다."

"예, 이미 알고 있습니다. 독도에 NFP가 존재하는 사실을 알던 일본이 이를 겁내서…"

이야기를 이어가던 국방부 장관이 말을 잠시 중단했다. 하나의 생각이 빠르게 그의 머리를 스쳐 지나갔다. 불과 몇 초의 짧은 침묵의 시간이었지만 그의 얼굴이 빠르게 굳어갔다.

"대통령님, 혹시… NFP… 그리고 지난번 국정원장이 말했던 키 13137…."

"…."

대통령은 아무런 말이 없었다. 물론 그의 표정에도 변화가 없었다.

"대통령님…."

국방부 장관의 짧은 신음 섞인 목소리가 들려왔다.

국정원에서 출발한 헬기가 원주 상공을 통과하고 있었다. 서울에서 438킬로미터 떨어진 제주도보다 가까운 거리에 있는 독도를 향하고 있었다.

"원장님, 서울서 독도까지 1시간 30분이 소요됩니다. 기상상황은 양호해서 독도까지 비행에 문제는 없을 듯합니다. 도착 후 독도 헬리포트에서 대기하겠습니다!"

헬기기장의 목소리가 준협의 헤드셋을 통해 들려왔다.

'서울에서 독도까지 지금 탑승한 UH60으로 1시간 30분 정도가 소요된다. 2시간 30분 안에 위치를 찾아 일을 마무리지어야 하고 국방부 상황실로 돌아와야 한다. 그러나 장담할 수 없다. 그 시간 안에 찾지 못한다면 아무리 늦어도 4시간 안에 위치를 찾아야 한다.'

"기장, 괜찮네. 나를 내려놓고 바로 서울로 복귀하게. 시간을 맞추기가 쉽지 않을 거야. 그리고 다음 상황도 예측할 수 없고. 알겠나?"

"원장님, 그래도 대기하겠습니다. 원장님이 복귀할 방법이 없습니다."

"괜찮다고 그러지 않나! 나 내려놓고 바로 서울로 복귀해!"

"예, 알겠습니다."

원주 상공의 UH60이 속도를 내기 시작했다.

그런데 국방부 상황실에 예상하지 못한 신호가 들어오기 시작했다. 헤드셋을 낀 신호 탐지요원의 얼굴이 굳어졌다.

"이상합니다. 비상주파수로 신호가 잡힙니다. 한미연합사 주파수가 아닌 국방부 비상주파수입니다! 그런데… 어… 이건… 북한 잠수함입니다! 북한 잠수함에서 신호가 들어옵니다!"

"뭐라고? 북한 잠수함이라고?"

국방부 상황실은 아연 질색하지 않을 수 없었다. 엎친 데 덮친 격으로 북한 잠수함이 나타날 줄은 몰랐다.

"이 새끼들이 미쳤나. 같은 민족끼리 꼭 이럴 때 훼방을 놓으면 어쩌라고…! 작전사령관!"

"국방부 장관! 잠시 진정하세요. 이번에는 우리를 도우러 온 겁니다. 놀라실 필요 없습니다."

"예? 아니 그게 무슨… 말씀입니까?"

대통령이 가볍게 고개를 아래위로 움직여 국방부 장관에게 신호를 보냈다.

국방부 장관은 모든 것이 혼란스러웠다. 하지만 대통령의 치밀함에 놀라지 않을 수 없었다.

"모두 침착하시고 음성신호가 잡히면 스피커폰 연결하세요!"

대통령의 지시에 상황실 모두의 얼굴이 사색이 되었다. 그러나 대통령의 표정에는 아무런 변화가 없었다.

"음성 신호가 잡힙니다. 지금 바로 스피커폰으로 연결합니다!"

신호 탐지요원의 소리와 함께 그가 손을 들어 허공에 원을 그렸다. 그리고 소음과 함께 스피커에서 목소리가 들려오기 시작했다.

"여기는 아리랑 13137, 여기는 아리랑 13137⋯. 조선민주주의 인민 공화국 해군입니다! 남조선 응답 바랍니다. 남조선 응답 바랍니다!"

"대통령님⋯."

"알겠습니다. 마이크 좀 주십시오."

국방부 장관이 대통령에게 마이크를 건넸다. 대통령이 잠시 생각에 잠겼다.

"반갑습니다. 대한민국 대통령입니다."

"아, 대통령님, 안녕하십니까. 조선민주주의 인민공화국 인민무력부 장 김영식입니다. 영광입니다!"

"인민무력부장께서 직접 내려오시는군요. 이번을 기회로 남과 북이 좀 더 가까워지는 기회가 되었으면 합니다. 힘을 합쳐 일을 만들어 봅시다!"

"예, 알겠습니다. 당의 지시를 받고 남조선과 함께 우리 민족의 철천지원수 일본을 까부수기 위해 내려가고 있습니다. 우리 북조선과 남조선이 힘을 합쳐 일본을 까부순다니 꿈만 같습니다."

"예, 좋은 결과가 나왔으면 합니다. 필요한 조치는 취해놓았으니 작전에만 전념해 주십시오."

"걱정하지 마십시오. 지금 로미오급 5척이 남쪽 한계선 근방에 도착했습니다. 조금 뒤 남조선 영해에 들어가게 됩니다. 일본보다 먼저 독도 해역에 도착합니다. 그리고 필요하다면 추가 잠수함과 우리 동해함대의 호위함도 지원하도록 하겠습니다."

"예, 그러나 그럴 필요까지는 없을 듯싶군요. 지금부터 우리 지휘를 따라 주십시오."

"알겠습니다. 조국을 위한 일입니다. 일본을 까부수는 데 참여할 수 있게 된 것이 오히려 영광입니다. 죽을 각오로 싸우겠습니다!"

"그럼 건투를 빌겠습니다."

대통령이 마이크를 내려놓았다. 하지만 북한 인민무력부장과의 대화에 모두를 당황해 하고 있었다.

"미처 말씀 못 드렸는데 극비리에 북한이 군사적 지원을 하기로 했습니다. 일본이 설마 재차 공격해 올 줄은 솔직히 예상하지 못했습니다. 그래도 만일을 위해 북측에서 지원을 하겠다는 제안을 받고 고민하다 얼마 전 승인을 했습니다. 지금까지 아무도 모르고 있습니다. 이곳의 우리만 알고 있습니다. 일부러 한미연합사와의 작전문제로 충돌을 피하기 위한 고육지책이었습니다. 그러니까 한미연합사와의 충돌은 가급적 피해 주십시오. 국방부 장관은 북한 잠수함을 잘 활용하시기 바랍니다."

"그렇지만 대통령님…."

"무슨 말씀하실지 잘 압니다. 하지만 우리는 같은 민족입니다. 한 번쯤은 우리끼리 힘을 합쳐야 하지 않겠습니까?"

"맞는 말씀입니다만… 그런데 만일 북한이 일본을 공격하게 된다면

이는 엄청난 파장을 불러 옵니다. 우리 한국뿐 아니라 동아시아나 그리고 나아가 전 세계에 큰 문제를 일으키게 됩니다. 물론 북한의 존재 자체도 장담할 수 없게 됩니다. 북한과의 합동작전은 절대 안 됩니다."

"저도 잘 알고 있습니다. 하지만 걱정하지 마십시오. 우리도 북한도 절대 일본을 군사적으로 공격하지 않을 겁니다."

국방부 장관은 대통령의 의중을 알 듯 싶었다. 누구도 생각하지 못한 엄청난 일이 벌어질 거란 사실이 오히려 두려울 뿐이었다.

"아니 그것도 말이 안 되지 않습니까? 일본이 독도에 공격을 가하면 우리도 공격해야 하는 것 아닙니까? 그리고 북한과의 협조도 국방부 장관의 의견처럼 찬성할 수 없습니다."

안보실장이 대화에 끼어들었다.

"여러분들의 걱정은 누구보다 제가 잘 알고 있습니다. 대통령으로서 말씀드립니다. 일본과의 군사적 충돌은 절대 벌어지지 않을 겁니다. 걱정하지 마십시오!"

"아니, 대통령님. 어떻게 그렇게 장담을 하십니까? 솔직히 걱정됩니다."

안보실장은 대통령의 대처에 의심이 가지 않을 수 없었다. 너무 쉽게 북한을 끌어들인 것 자체가 불안했다. 그리고 대통령은 너무 자신하고 있었다.

"곧 알게 되실 겁니다. 그리고 잠시 뒤에는 북한 무수단리에서 미사일 발사 움직임이 잡힐 겁니다. 이것 또한 우리와의 합의에 의한 작전입니다. 염려하실 필요 없습니다."

"…"

모두 할 말을 잃었다.

대통령은 치밀하게 준비하고 있었다는 사실과 그의 단호한 말투에서 묻어나오는 자신감에 대통령을 믿을 수밖에 없었다.

일본도 급박하게 움직이고 있었다. 그러나 그들은 한국과는 다른 여유롭게 급박함을 즐기는 듯 보였다.

"총리각하! 예상대로 한국군의 움직임이 거의 없습니다. 데프콘3이 발령되면서 한미연합사로 작전권이 이양되었습니다. 한국은 오히려 발목이 잡혔습니다. 한국의 1함대도 제대로 움직이지 못하고 있습니다. 미국 측에서 함대출동에 제동을 걸었습니다. 한국은 이러지도 저러지도 못하고 있습니다. 총리각하께서 계획하신 대로 진행되고 있습니다."

"허허… 그렇지요. 한국은 못 움직입니다. 미국은 한국보다 우리 편입니다. 믿으십시오."

방위청 상황실의 분위기는 마치 벌써 작전이 성공이나 한 듯 들떠 있었다. 한국이 할 수 있는 것이라고는 구축함 1척을 보내는 것이 전부라는 사실을 이미 예상하고 있었다.

"어… 이상합니다! 북한이 뭔가를 준비하고 있습니다!"

"뭐라고? 자세히 설명해 봐!"

위성을 감사하던 감시 장교가 무엇인가를 발견했다.

"무수단리에서 미사일 발사 움직임이 보입니다. 1993년 일본열도를 넘겨 태평양으로 노동 1호를 발사했던 발사장입니다."

전화벨이 울려대고 있었다. 전화를 받는 방위청 요원의 얼굴이 굳어졌다. 그리고 그는 방위대신에게 다가갔다.

"미국에서도 무수단리에서의 미사일 발사 움직임이 확인됐다고 합니다."

"…"

총리는 잠시 생각에 잠겼다. 그러나 그의 얼굴에서 웃음은 사라지지 않았다.

"별 일 아닙니다. 우리한테는 못 쏩니다. 쏘게 되면 북한은 사라집니다. 허허… 한국이 발등에 불이 떨어지니 별 짓을 다한다고 생각하십시오. 오죽 답답하겠습니까. 한미연합사가 오히려 발목을 잡고 있으니 북한에 도움을 청해서 우리를 겁주려고 하는 겁니다. 북한은 걱정하지 마십시오. 우리 일에나 집중하면 됩니다. 언제쯤 우리 해군이 독도해역에 도착합니까?"

"예, 총리각하 말씀이 맞습니다. 우리 함대는 3시간 후면 독도에 도착합니다. 필요시 추가 전력을 투입할 수 있는 준비도 이미 마쳤습니다."

"그래요? 방위대신이 고생이 많네요."

"감사합니다! 총리각하!"

준협은 독도의 바위절벽을 기어 내려가고 있었다. 독도 동도의 가장 오른쪽에 위치한 독립문 바위는 험준한 절벽을 이루고 있었다. 이십년 전 파동발생기를 설치할 당시에는 힘들이지 않고 내려가던 절벽이 지금은 한 발자국 옮기는 것도 힘에 버거웠다.

그의 귀에 차고 있던 헤드셋에서 낯익은 목소리가 들려왔다.

대통령이었다.

"어느 정도 진행되고 있습니까?"

"예, 지금 막 설치장소에 도착했습니다. 시간이 흘러서 지형이 변했습니다. 하지만 걱정하지 마십시오. 해낼 수 있습니다."

"국정원장… 무리하지는 마십시오. 다른 방법을 찾아도 됩니다."

"아닙니다. 제가 설치했고 그리고 다른 누구도 이 사실을 알면 안됩니다. 제가 마무리 지을 수 있습니다."

로프를 매고 절벽에 가까스로 몸을 의지한 채 준협은 통화하고 있었다. 전투복을 입고 허리벨트에는 공구들이 가지런히 준비되어 있었다.

"잠시 뒤에 연락드리겠습니다. 지금부터 작업에 들어가야 합니다. 완료되면 보고드리겠습니다."

준협은 헤드셋의 스위치를 내렸다. 그리고 이십년 전 기억을 되살리며 몸을 기댄 절벽 주위를 둘러보았다.

'아니, 이상하다. 왜 안 보이지? 분명히 여긴데…. 그때 표식을 해 놓았었는데….'

파동발생기는 독도의 암반을 뚫고 지하 깊숙이 설치되었다. 일반 토질이 아닌 암반으로 구성된 독도의 특성상 쉽지 않은 작업이었다. 그리고 주전원 스위치를 건물이 아닌 눈에 띄지 않는 독도 암반에 직접 설치했다.

극비의 작업이었으므로 스위치조차 외부에 노출되는 일이 없도록 하기 위한 안전장치였다.

'분명히 여기였는데…. 조그만 바위 조각들로 막아놓고 시멘트로 덧칠했었는데….'

준협은 초조해지기 시작했다.

키13137을 종료하면서 전원스위치를 봉하는 작업 또한 준협이 직접 작업을 했었다. 하지만 이십여 년이 흐른 지금 그 위치를 정확히 찾아내기란 쉬운 일이 아니었다.

준협이 시계를 바라보았다. 서울 국정원에서 출발한 지 벌써 3시간이 넘어서고 있었다. 일본의 함대는 2시간 후면 이곳 독도에 도착할 예정이었다. 서둘러 스위치를 찾아 전원을 올려야만 했다.

준협이 로프에 몸을 의지한 채 옆쪽으로 몸을 움직였다. 그리고 주변을 다시 살피기 시작했다. 준협이 허리춤에서 작은 망치를 꺼내 바위들을 두드리기 시작했다.

진구도 초초해지기 시작했다. 일본의 함대가 접근하고 있는데 스위치 콘솔의 파동발생기 전원 표시등은 아직도 그대로였다.

'정말, 파동발생기를 사용하지 않을 생각인가⋯. 아닌데 분명히 대통령은 의지가 있었는데⋯.'

스위치 콘솔에는 아무런 신호도 표시되지 않았다.

파동발생기를 설치하면서 작동은 오로지 스위치 콘솔로만 하도록 설계가 되었다. 혹시나 모를 오작동이나 불순한 세력에 의해 작동되는 불상사를 막기 위해서 별도의 작동 스위치를 설치하지 않았다.

그리고 계획상 하나의 스위치 콘솔을 제작하기로 되어있었으나 당시 진구는 별도의 스위치 콘솔을 제작하였다. 반드시 필요할 것이라는 확실한 신념이 있었다.

주여,

나를 평화의 도구로 써 주소서

미움이 있는 곳에 사랑을

불의가 있는 곳에 용서를

분열이 있는 곳에 일치를

의심이 있는 곳에 믿음을 심게 하소서

오류가 있는 곳에 진리를

절망이 있는 곳에 희망을

어둠이 있는 곳에 광명을

슬픔이 있는 곳에 기쁨을 심게 하소서

위로받기보다는 위로하며

이해받기보다는 이해하며

사랑받기보다는 사랑하며

자기를 온전히 줌으로써 영원한 생명 얻으리니

주여,

나를 평화의 도구로 써주소서

책상 위에 놓인 작은 액자의 성 프란시스코의 「평화의 기도」가 눈에
들어왔다.

일본을 떠나올 때 시미즈가 건넨 작은 선물이었다. 한국과 일본에서 서로의 평화를 기원하자는 의미의 선물이라는 이야기도 함께 해준 기억이 떠올랐다.

진구는 잠시 평화의 기도를 읽어내려갔다.

'저도 주님이 원하시는 평화를 갈망합니다. 그러나 저는 불의가 있는 곳에 용서를 줄 수가 없습니다. 불의는 반드시 대가를 치루고 정의가 무엇인지를 배워야만 합니다. 그리고 주님… 저를 용서하지 마십시오!'

진구는 조용히 눈을 감았다.

'제발…'

'제발…'

국방부 상황실의 대통령도 눈을 감고 가슴속으로 소리치고 있었다.

"대통령님, 일본함대가 계속 다가오고 있습니다. 이러다가는 정말 큰일납니다. 일본이 독도 근해에 도착하면 북한에서 공격을 감행할 것은 자명한 일입니다. 그렇다고 일본이 독도에 들어오는 것을 보고만 있을 수도 없습니다. 일본정부에 강력히 경고해야 합니다."

국방부 장관은 초조했다. 한일은 양국의 사활을 걸고 최고의 속도로 머뭇거림도 없이 정면충돌로 향하고 있었다.

"일본은 포기하고 일본으로 돌아가지 않을 것입니다. 하지만 하늘은 우리를 도울 겁니다. 믿으십시오."

대통령은 자신 있게 말을 뱉어냈지만 그 자신도 확신할 수 없었다. 물론 대통령의 발언을 정상적으로 받아들이는 사람은 국방부 상황실에 아무도 없었다.

"외교통상부에서는 지금 즉시 발표문을 준비해 주십시오. 내용은 미리 보내놓은 그대로 작성하시면 됩니다. 간단하게 작성하십시오. 구차한 내용은 필요 없습니다."

"예, 알겠습니다. 작성해서 바로 일본정부에 발송하겠습니다."

외교통상부 장관이 대답을 하고 서둘러 전화기를 들었다.

"그래. 준비해 놓은 공문 작성해서 일본정부에 바로 발송하도록 하십시오!"

결연한 목소리였다. 외교통상부 장관의 목소리에는 이것이 지금 할 수 있는 마지막 방법이라는 절박함이 녹아있었다.

모든 것이 변해 있었다. 시간이 흐르며 바닷바람에 독도의 바위들이 20년 전의 모습을 잃고 있었다. 전원 스위치를 덮은 작은 바윗덩어리를 봉합한 시멘트는 이미 해풍에 자취를 감추었다.

'분명히 이곳이었는데 시멘트를 둘레를 봉합한 바윗덩어리가 안 보여… 해풍에 바위들이 깎여 나갔어.'

준협은 이미 지쳐가고 있었다.

'제발, 도와주십시오! 시간이 없습니다. 정녕 이것이 신의 뜻이랍니까? 신은 불의를 용서하지 않습니다. 반드시 불의는 사라져야 합니다. 제발…!'

준협은 마음속으로 절대자인 신에게 울부짖기 시작했다.

일본함대가 도착하기까지 채 한 시간도 남아있지 않았다.

"아악!"

준협이 의지하고 있던 로프가 조금 풀리며 준협이 힘없이 아래쪽으로 미끄러져 내렸다. 다행히 1미터 정도만 미끄러졌지만 오른쪽 정강이에서 피가 흐르며 참기 힘든 고통이 찾아왔다.

"으으…."

신음소리만이 나올 뿐 아무런 생각이 떠오르지 않았다. 피가 나는 정강이 옆으로 조그만 바위가 돌출되어 있었다.

'이게 뭐야? 바위가 튀어나왔잖아…. 하필이면 지금…. 잠깐! 가만 있자… 그때도….'

생각을 이어가던 순간 고통으로 눈물이 고여 있던 준협의 눈이 강렬한 빛을 뱉어내기 시작했다.

'맞다! 특별히 튀어나온 바위 모양이 특이했어. 호랑이가 입을 벌린 모양이었어. 방향은 일본을 향해 정동쪽으로 나 있었고. 그리고 호랑이 입가에서 내 손으로 한 뼘이었어. 맞아! 분명히 맞아…! 고맙습니다…!'

준협은 누군가에게 고맙다는 말을 던지고 정강이에 부딪쳐 고통을 안겨준 그 바위를 유심히 바라보았다.

그런데 바위 모양이 마치 호랑이 머리처럼 보였다.

준협의 심장이 요동치기 시작했다. 분명 호랑이가 입을 벌리고 있는 모습의 바위였다.

준협의 헤드셋의 송신기를 서둘러 켰다.

"찾았습니다! 20분 후면 작업이 완료됩니다!"

"저, 정말입니까? 정말 수고하셨습니다! 그런데 국정원장, 너무 위험합니다. 빨리 마무리하고 돌아오셔야 합니다."

"감사합니다. 그런데 대통령님, 시간이 부족합니다. 작업을 마치면 이곳에서 장병들과 함께 있겠습니다. 그들을 두고 떠나는 것도 그들 사기에 좋지 않습니다. 저도 남아 미력하지만 도움을 주고 싶습니다."

"아니 국정원장… 그러지 마십시오. 이곳에서도 할 일이 많습니다."

"대통령님의 뜻은 잘 알겠습니다. 그런데 이미 헬기도 돌려보냈습니다. 돌아갈 방법이 없습니다. 제 뜻을 이해해 주십시오. 부탁드립니다."

"알겠습니다…. 국정원장, 고맙소이다…."

대통령도 할 말이 없었다. 그는 고개를 들고 잠시 눈을 감았다.

준협은 헤드셋을 통해 통화를 마치고 손에 들고 있던 망치를 힘차게 내리치기 시작했다.

15. 망혼의 외침

마지막으로 경고한다!

일본정부는 유례없이 진행되고 있는 독도침략행위를 지금 즉시 중단하라!

이 경고를 무시하지 마라!

경고를 무시하게 된다면, 우리 대한민국을 포함한 전 세계 여성들에게 씻을 수 없는 피해와 신의 내려주신 인간의 기본적인 권리마저 유린한 천인공노할 일본군위안부 문제를 포함한 과거 일본의 행태에 대한 반성이 없는 오늘의 일본은 아직도 그 아픔을 씻지 못하는 그들의 혼에 의해 침몰할 것이다!

마지막 경고다!

"한국이 이제는 완전히 미쳤구먼. 말도 안 되는 헛소리를 외교공문으로 보내다니…."

"맞습니다. 총리각하. 한국은 이미 이성을 잃었습니다. 할 수 있는 일이 없다는 사실을 깨닫고 혼을 운운하며 제정신이 아닙니다. 혼란스러워 하고 있다는 증거입니다."

"외무대신은 이 말도 안 되는 외교공문에 답할 필요도 없소이다. 알겠지요?"

"예, 알겠습니다."

"방위대신은 독도 입도시간을 정확히 맞추셔야 합니다. 정확히 201×년 8월 15일 00시 00분 00초입니다. 8월 15일로 날이 바뀌는 동시에 독도를 점령해야 합니다. 천황폐하께서도 그 시간에 맞추어 야스쿠니 신사를 참배하실 겁니다."

"예, 알겠습니다. 정확히 그 시간에 독도에 일장기가 계양될 것입니다. 한국은 아무런 준비도 못하고 있습니다. 걱정하지 마십시오. 운항 중인 제3호위대군 전단이 독도해역에 접근하면 구축함대는 그 지역에 포진하고 500톤급 초계함이 바로 독도로 향하게 됩니다. 독도 선착장에는 최대 500톤급 선박만이 접안이 가능합니다."

"함포 지원은 없습니까? 무작정 입도하기에는 한국군의 저항이 있을 텐데요?"

"물론 구축함의 5인치 함포가 지원사격을 하게 됩니다. 하지만 총리각하의 지시처럼 독도를 직접 타격하지는 않을 겁니다. 위협사격 정도로 이루어질 계획입니다. 그 틈을 노려 바로 초계함의 특수작전군이 독도를 접수하게 될 것입니다. 속전속결로 작전을 마무리하고 201

×년 8월 15일 00시 00분 00초에 독도에 일장기가 계양될 것입니다."

"허허. 좋습니다, 미국은 아무런 반응이 없죠?"

"예, 일본과 한국이 알아서 처리하기를 바라는 눈치입니다. 괜히 관여했다가는 입장만 난처해진다는 사실을 잘 알고 있습니다. 독도는 미국의 관심 밖입니다."

외무대신의 얼굴에 웃음이 비쳤다. 방위청 상황실에 자리한 모두의 얼굴에는 웃음기가 배어있었다.

"국방부 장관! 지금 즉시 독도에 배치된 전 병력을 인근해역에 대기 중인 광개토대왕함으로 철수시키십시오!"

"예? 무슨 말씀이십니까? 병력을 철수시키다니요? 끝까지 싸워야 합니다. 그게 우리 군이 존재하는 이유입니다. 우리는 그렇게 싸워오며 지금껏 조국 대한민국을 지켜왔습니다."

"장관의 의지는 충분히 이해하고 있습니다. 기회는 언제든지 있습니다. 지금 남아있게 된다면 모두 죽습니다. 하늘을 믿어봅시다. 우선 생명은 살려야 합니다."

"대통령님…!"

"국군통수권자로서의 명령입니다! 시간이 없습니다. 빨리 철수명령을 내리세요. 그리고 북한 잠수함도 독도 동쪽이 아니라 서쪽에서 대기하도록 지시하십시오! 이유는 묻지 말고 지시를 따라주세요! 빨리 움직이십시오!"

"알겠습니다…."

"장관님 그건 안 됩니다. 끝까지 싸우겠습니다. 자신 있습니다!"

"자네와 모든 장병들의 의지는 잘 아네. 하지만 지금은 아니야. 개죽음밖에 안 되는 거야. 대기 중인 초계함으로 지금 즉시 광개토대왕함으로 철수한다! 시간이 없어, 빨리 움직여!"

"장관님… 한번만 더 고민해 주십시오. 명예에 죽고 사는 우리 '1공수여단'입니다. 후퇴는 없습니다. 여단장으로서 후퇴명령을 내릴 수는 없습니다."

"이보게…"

독도에 주둔 중이던 1공수여단장은 도저히 납득할 수 없는 명령을 따를 수가 없었다. 조국을 위해 준비된 1공수여단이었다.

"여단장… 괜찮다네. 명령을 따르게. 다른 방법이 있을 걸세."

다리에 부목을 대고 여단장 옆에 힘들게 서있던 준협이 여단장에게 다가왔다.

"자네가 모르는 다른 방법이 있을 수가 있어. 명예가 중요한 건 아네. 하지만 할 일 많은 우리 젊은 장병들을 개죽음 당하게 할 수는 없는 걸세. 우리는 절대 지지 않을 걸세. 나를 믿고 장관님의 지시를 따르게."

1공수여단장은 이런 상황에 자신감 있게 말을 건네는 국정원장을 이해할 수 없었다. 죽을 수밖에 없는 상황이란 사실 또한 잘 알고 있었다. 하지만 군인으로 명예롭게 죽고 싶었다. 그러나 군인이었다. 명령을 어길 수는 없었다.

"…"

1공수여단장은 잠시 숨을 골랐다.

"장관님! 지금 바로 철수작전에 돌입합니다. 이상!"

"철수다! 지금 즉시 대기 중인 초계함에 승선한다!"

여단장의 명령이 독도에 주둔한 1공수여단 병력에 내려졌다.

"여단장님! 철수라뇨, 말이 안 됩니다. 싸워야 합니다!"

"심정 이해한다. 하지만 이보 전진을 위한 일보 후퇴다. 빨리 움직여! 빨리!"

특전사 대원들은 더 이상의 말이 없었다. 명령에 따라 발 빠르게 초계함에 승선하기 시작했다. 그 틈에 준협의 모습도 보였다.

"선배님!"

준협이 외치고 있었다.

"여기는 아리랑13137. 무슨 이야기입니까? 독도 서쪽으로 이동하라는 겁니까?"

"예, 서쪽에 대기하고 계십시오."

"아니 우리가 일본 애새끼들을 까부수러 왔지 숨어있으려고 온 게 아닙니다. 고려해 보십시오."

"다 이유가 있습니다. 잠시만 서쪽에 머무르고 계시면 됩니다. 속 시원히 일본을 까부술 시간은 충분히 있습니다. 지시를 따라 주세요."

"에이… 알갔습네다!"

북한의 로미오급 잠수함 5척이 독도 서쪽 해저로 이동을 시작했다.

오랜만에 독도는 깊은 침묵에 잠들었다.

그리고 울진 앞 바다에는 어둠이 내리고 있었다.

진구는 70년 전 구로다를 던져 버린 방파제 앞에 걸음을 멈추어 섰다. 그의 손에 들고 있는 은색 가방이 시선을 사로잡고 있었다.

"선배님. 전원이 올려졌습니다. 대통령의 지시였습니다."

"알고 있네. 고생 많았네 그려."

"그런데 선배님, 정말…"

"…"

진구는 말을 이어가지 못했다. 침묵 외에는 별 다른 방법이 없었다.

"내가 다시 연락함세."

"예, 선배님…"

진구는 전화를 다시 들었다. 그리고 저장된 전화번호를 찾았다. 조그맣게 신호음이 들려왔다.

"성수! 몸이 안 좋다는 이야기 들었네. 어떤가?"

"허허… 오래 살았지, 너무 오래 살았지…. 어떤가? 상황이 안 좋은 것 같던데 뉴스에서는 아무런 이야기도 없네. 궁금하네."

"좋지만은 않네. 힘든 상황이 벌어지고 있어. 지금 울진 앞바다에 나와 있네. 기억나나? 구로다를 던져 넣은 그 방파제… 지금 그 앞이네…"

"순영이가 끌려가고 자네와 함께 구로다를 없앴지. 참 어이없이 벌인 일이었지. 그런데 순영이는 우리 마음도 모르고…"

진구의 목소리에서 기운이 사라졌다.

"진구, 이제는 그만 순영이 생각을 내려놓게나. 너무 오래 생각을 잡고 있었어. 아마 순영이도 자네가 생각을 놓기를 기다릴 걸세. 너무 힘들게 버텨왔네…"

"…"

"내 말 듣고 있나, 진구?"

"듣고 있네. 참 오랜 시간 가슴에 품었었는데 그걸 쉽게 내려놓을 수 있겠나? 아마 내가 죽을 때까지 못 내려놓을 걸세. 그게 순영이에 대한 나의 마음이고…"

"일본은 용서받지 못할 걸세. 그러나 진구… 무서운 생각은 하지 않았으면 하네. 다른 피해가 생기면 안 되지 않나?"

"그렇지… 내가 지쳤나 보네. 그냥 친구인 자네 목소리가 듣고 싶었네. 몸조리 잘하고 나중에 이곳 울진에서 잔이나 기울이세나."

진구는 방파제 앞에 놓인 파라솔 아래 자리를 잡았다. 멀리 오징어잡이 배들이 뿜어대는 불빛만이 보일 뿐 바다는 이미 어두움에 묻혀 있었다.

진구는 은색 가방을 테이블 위에 올려놓았다. 그리고 조심스럽게 가방을 열었다.

조금 전까지 죽은 것처럼 보이던 각종 표시등들이 붉은 빛을 내며 살아있음을 알려오고 있었다.

파동발생기의 강도를 조절하는 레벨지시기는 0에 맞추어져 있었다. 진구는 원형의 레벨지시기를 0에서 최고 단계인 9까지 움직여 보았다.

레벨지시기의 강도를 지정하고 암호를 입력한 후에 옆에 있는 덮개를 열고 작동단추를 누르면 모든 것이 끝나게 된다. 아니면 타이머를 맞추어 놓아도 된다.

진구는 스위치 콘솔이 담긴 가방의 뚜껑을 조심스럽게 다시 닫았다.

어두워진 바다에 비친 오징어잡이배의 불빛만이 그곳이 바다임을 알려 주고 있을 뿐 주변은 어둠에 갇혀 버렸다.

"일본함정들이 독도 동방 5마일 해상까지 접근했습니다!"

"다들 긴장하자! 일본이 공격해 오지 않고 물러설 수도 있다! 상황 예의 주시해라!"

작전사령관이 상황실장에게 지시를 내렸다. 국방부 상황실은 긴장감이 극에 달했지만 대통령의 표정에는 아무런 변화가 없었다. 아무런 일도 없기를 바라는 모두의 기대가 현실로 나타나길 바랄 뿐이었다.

"구축함 전단이 독도 동방 5마일 해상에 진입했습니다. 다음 단계로 진행하겠습니다!"

방위대신이 총리에게 상황을 전달했다. 총리는 말 대신 고개를 끄덕였다.

"2단계 개시!"

"제3호위대군 사령관 해장보—우리의 소장—기무라입니다! 2단계 진행하겠습니다!"

방위대신과 통화를 마친 사령관이 인터폰을 들었다.

"사격개시!"

'쿠웅! 쿠웅…!'

'쿠쿠쿠쿵…!'

마침내 이지스함을 제외한 2척의 구축함과 호위함에서 5인치 함포가 일제히 발사되었다.

"아니… 적의 함정에서 함포가 발사되었습니다! 실전 상황입니다! 실전 상황이 발생했습니다!"

국방부 상황실에 메아리가 울려 퍼졌다. 대통령을 포함한 모두의 얼굴이 일그러지기 시작했다.

"이놈들이 정말…! 대통령님!"

대통령이 전화를 집어 들었다.

"국정원장, 아시겠지만 함포가 발사되었습니다."

대통령은 간단한 메시지만을 남기고 전화를 내려놓았다.

"아… 그런데 함포가 독도 동도나 서도를 향하는 것이 아니라 독도 앞바다에만 떨어지고 있습니다. 조준을 잘못한 것도 아닐 테고…. 그리고… 초계함 1척이 독도로 접근 중입니다."

"뭐라고? 함포가 독도를 피해서 떨어진다고? 그리고 초계함 1척이 접근한다고?"

상황실 요원의 보고에 국방부 장관 및 모두는 놀라지 않을 수 없었다. 왜 독도를 직접 타격하지 않는지 이유를 알 수가 없었다. 초계함은 상륙 특수부대를 태운 것임에는 의심할 여지조차 없었다.

'영리한 놈들…. NFP를 감안해서 독도에 직접 포격을 않다니…. 혹시 NFP가 포격에 충격을 받으면 혹시나 하는 걱정을 하고 있었구나…'

"광개토대왕함은 대응준비를 하되 절대 사격은 하지 마라! 다시 말한다. 절대 사격은 하지 마라!"

"아리랑13137도 위치만 고수하고 있어라! 절대 공격하지 마라! 절대 공격하지 마라!"

작전사령관의 지시가 계속되고 있었다.

제3호위대군의 전단을 지휘하는 기함인 이지스함의 사령실에 이상한 기류가 나타나고 있었다.

"사령관 기무라입니다. 이상합니다. 한국의 대응이 없습니다. 너무 조용합니다!"

"뭐라고? 정말 아무런 대응이 없는 거야?"

"예, 그저 조용할 뿐입니다. 소름이 돋을 정도로 조용합니다."

방위대신의 얼굴이 일그러졌다. 악몽이 떠올랐다. 지난번에 당한 것처럼 매복을 하고 움직임을 보이지 않을지도 모른다는 불길한 예감이 스쳐 지나갔다.

"사격중지하고 대기해라! 초계함도 대기시키고."

"예, 알겠습니다."

"총리각하! 결단이 필요합니다. 한국 놈들이 무슨 생각을 갖고 있는지 예측할 수가 없습니다. 결단을 내려주십시오!"

"잠깐만…"

총리는 잠시 생각에 잠겼다. 많은 생각이 떠올랐다.

"지금 시간이 어떻게 되지?"

"예, 22시 10분입니다."

"…"

"총리각하!"

"23시에 재공격이다. 무조건 독도에 상륙한다. 정확히 24시를 알림과 동시에 일장기가 독도에 계양되어야 한다. 그리고 바로 기술진을 투입해서 NFP를 확인한다!"

"예, 알겠습니다!"

바다를 바라보던 진구에서 전화가 걸려왔다.

"선배님, 일본이 포격을 가하며 독도에 진입을 시도하다 잠시 멈췄습니다. 전단에서 이탈한 초계함도 독도 바로 앞에서 멈춰 섰습니다. 우리 측 대응이 없으니까 잠시 당황한 듯싶습니다."

"그래, 아마 그럴 거야. 조만간 다시 진입을 시도할 걸세. 연락 고맙네."

"잠깐만요, 선배님! 어찌 하시려고요?"

"그동안 고마웠네…. 신이 대한민국은 버리지 않을 것이라는 믿음만 있으면 되네…."

진구는 전화를 끊고는 전화기를 바다에 던졌다. 작은 소리와 함께 전화기는 흔적을 감추었다.

진구는 손목에 차고 있던 시계를 바라보았다.

201×년 8월 14일 22시 50분을 가리키고 있었다.

진구는 옆에 놓여있던 검은색 비닐봉투를 뒤지기 시작했다. 녹색의 소주병이 테이블 위에 올려졌다. 진구는 소주 뚜껑을 힘겹게 땄다. 온몸에 힘이 없었다. 그리고 투명한 병 속의 액체를 입 속에 쏟아 부었다.

'단지 소주 한 모금인데 마음이 편해져. 그 누군가는 아마 평생을 이런 가벼운 편안함마저 못 느끼며 살았을 거야. 항상 주변을 둘러싸고 있는 가시덤불 속에서 뒹구는 그런 삶이었을 거야. 미안하다….'

진구는 테이블 위에 있던 스위치 콘솔이 든 가방을 다시 열었다.

"포격이 다시 시작되었습니다. 초계함도 독도 선착장으로 향하고 있습니다!"

'올 것이 오는구나….'

작전사령관은 마이크를 집어 들었다.

"절대 대응하지 마라! 절대 대응하지 마라! 기다리면 승리한다!"

지시를 내렸지만 작전사령관은 마음을 놓을 수가 없었다. 실상은 아무런 방법이 없었다. 단지 대통령의 지시를 전달할 뿐이었다.

"선배님…! 선배님!"

준협은 진구에게 전화를 수십 차례 걸었지만 연결이 되지 않았다. 초조했다. 진구가 스위치를 눌러도 문제지만 전화를 받지 않는 것에 초조함이 더 해지고 있었다.

'선배님, 제발 전화 좀 받으세요… 제발….'

"대통령님, 선배가 전화를 받지 않습니다. 조금 전 통화를 했었는데 지금은 통화가 안 되고 있습니다."

"어쩔 수 없지요…. 그동안 수고하셨습니다. 이제 기다리는 수밖에 없습니다. 일본이 자진해서 물러나던지 아니면 안기부장이 이야기하던 대로 일이 일어나던지…."

"특수작전군 1진입니다! 지금 독도에 접안했습니다. 바로 상륙하겠습니다!"

"그래, 건투를 빈다! 지난번처럼 무모하게 당하지 않도록 각별히 주의해야 한다!"

"예, 서도에도 이미 2진이 접근을 완료했습니다. 그러나 그곳에서도 별다른 징후를 발견하지 못했습니다. 앞으로 진격만이 있을 뿐입니다. 천황폐하 만세!"

독도 선착장에 도착한 초계함에서 제3호위대군 사령관인 기무라에게 연락이 왔다.

마침내 그들은 독도에 발을 내딛었다.

특수작전군 1진은 동도에 2진은 서도에 도착하자 수십 명의 특수작전군이 초계함에서 내렸다.

"사주경계 확실히 하면서 진격한다!"

"예, 알겠습니다!"

독도는 침묵하고 있었다.

"이상한데…. 한국이 독도에서 철수한 건가? 이해할 수가 없어. 방위대신!"

"예, 독도가 비어있는 것이 확실합니다. 저도 이해할 수가 없지만 분명합니다. 혹시 다른 생각을 하는 게 아닌지 걱정이 됩니다."

"다른 생각이라니?"

"독도를 파괴할 수도 있지 않습니까?"

"독도를 파괴한다…."

총리는 방위대신의 독도파괴라는 생각에 집중하지 않을 수 없었다. 만일 한국이 이번에는 매복이 아니라 우리를 독도에 상륙을 감행하면 마지막 수단으로 독도를 파괴할 수도 있다는 생각이 들었다.

하지만 미국의 영향력 때문에 독도를 포기할 수도 있다는 생각이 앞서 자리를 잡았다. 그는 한국이 미국의 영향력에 벗어날 수가 없다는 사실은 누구보다 잘 알고 있었다.

"허허…. 걱정할 필요 없습니다. 한국은 정치적으로 결단을 내린 겁니다. 그냥 밀고 올라가세요."

"예, 알겠습니다."

'정말 이상해, 독도를 포기한다. 아니면 폭파한다… 그러면 한국 내에서 엄청난 일이 벌어질 텐데… 정권퇴진은 물론 국가 기강 자체가 흔들릴 수도 있는데… 그렇다면 북한인가… 북한을 이용하고 뒤로 빠지려는 속셈인가… 북한이 독도를 공격한다, 아니면 일본 본토를 공격한다…? 아니야…'

총리는 이상했지만 더 이상의 생각은 하지 않기로 했다. 서둘러 독도에 상륙하는 것만이 지금 집중해야 하는 유일한 일임을 알고 있었다.

"총리각하! 궁내청에서 연락이 왔습니다."

관방대신은 긴장해 있었다.

궁내청은 일본천황의 국사행위를 담당하는 기관이었다. 특히 일본정부의 옥새와 국새의 보관도 궁내청에서 담당하고 있었다.

"궁내청이라고? 그러면 벌써…"

"예, 맞습니다. 천황폐하께서 지금 야스쿠니 신사에 도착하셨답니다. 형식상 종전을 기리는 의미이지만 실제적으로는 독도를 찾아오게 돼서 감사하다는 참배를 하시는 겁니다."

"알고 있네! 방위대신, 빨리 서둘러! 독도에 아무도 없다면서."

특수작전군 1진은 이미 독도 동도의 경비초소에 다다르고 있었다.

"팀장님! 깨끗합니다. 소름끼칠 정도로 조용합니다."

"상관없다! 다시 한 번 확인해 봐!"

팀장의 지시가 떨어지자 특수작전군은 동도와 서도를 다시 한 번 샅샅이 뒤지기 시작했다. 그리고 얼마의 시간이 흘렀다.

"사령관님! 독도를 접수했습니다. 대일본제국의 영광입니다! 천황폐하 만세!"

독도 동도에 상륙한 특수작전군으로부터의 흥분된 목소리가 일본 방위청 상황실에 울리고 있었다.

국방부 상황실에서도 일본의 독도상륙이 확인되었다.

"대통령님, 일본이… 독도를 점령했습니다…. 어떤 조치가 있어야 하지 않습니까?"

"…"

대통령은 침묵만을 이어가고 있었다.

"상황을 광개토대왕함과 잠수함에 알리십시오. 그리고 일체의 공격은 안 된다는 사실 또한 재확인시키십시오."

"그렇지만…. 알겠습니다."

16. 공격

"뭐라고? 일본 새끼들이 독도에 올라섰다고? 개새끼들… 남조선은
지금 뭐하고 있는 거야? 통신병, 남조선 본부에 다시 연락 넣어! 빨리!"

국방부 상황실에 북한 잠수함으로부터 긴급 신호가 들어오고 있
었다.

"나 인민무력부장이요. 아니 어찌 된 겁니까? 눈 뜨고 독도를 내준
겁니까?"

"아니오. 잠시 대기 중인 겁니다. 조금만 기다리십시오. 바로 연락드
릴 테니 잠시민 기다리십시오!"

"아니, 남조선은 항상 기다리기만 하는 거요? 뭐 이런 게 다 있습니
까? 덤벼들면 싸워야지요."

작전사령관은 북한 인민무력부장의 입장을 이해할 수 있었다. 하지

만 지금은 그 어떤 움직임도 보여서는 안 되는 긴박한 상황이었다.

대통령은 작전사령관과 인민무력부장의 통신내용을 듣고만 있었다.

"알겠소이다."

잠수함에서의 음성이 사라졌다.

"야, 모든 함에 어뢰 준비시켜!"

"예…? 무력부장님, 그건 안 됩니다. 모두 죽습니다. 기다리셔야 합니다."

지휘함인 5번 함의 함장이 반대의견을 제시했다.

"야! 너 지금 나한테 대드는 거야? 죽고 싶지 않으면 잠자코 시키는 대로 해! 알았어?"

"예, 알겠습니다."

인민무력부장은 이미 결심을 한 듯 보였다.

"우리 어뢰로 일본 이지스함을 잡을 수 있나?"

"예? 이지스함이요? 불가능합니다. 이지스함으로 어뢰가 발사되는 순간 우리 위치는 노출됩니다. 그리고 방어 시스템에 의해 어뢰는 요격되고 역으로 우리 쪽으로 대량의 공격어뢰가 발사됩니다. 사실상 자살 행위입니다."

"그렇겠지…. 나머지 구축함은 어때? 잡을 수 있겠나?"

"솔직히 가능성은 있습니다. 물론 호위함과 이지스함에서 우리가 발사한 어뢰를 탐지할 수는 있겠지만 우리가 동시에 다량의 어뢰를 발사하면 기존의 구축함은 가능합니다. 그런데…."

"그런데 뭐? 또 뭐가 문제인데? 말 돌리지 말고 빨리 말해!"

"예, 우리가 어뢰를 발사하는 순간 우리 위치는 노출됩니다. 무슨 의미인 줄 아실 겁니다."

"음…."

인민무력부장은 고민에 빠졌다. 그렇지만 그 고민은 오래 지속되지 않았다.

"1번 함은 이지스함에 어뢰를 발사해서 혼선을 준다. 그리고 나머지 2, 3번 함은 가장 가까운 구축함 한 놈을 맡는다. 그리고 4번 함과 우리 5번 함은 나머지 놈들을 맡는다. 2번하고 3번은 무조건 가까운 구축함을 잡아야 한다. 그리고 난 뒤에 나머지 놈들을 같이 싹쓸이 하는 거다. 1차 목표는 집중해서 가장 가까운 놈을 확실히 잡는 거다. 그놈만 잡아도 성공하는 거다. 있는 어뢰를 모두 다 쏟아 붓는다!"

"예에? 무력부장님, 그건…."

"함장! 왜 이리 말이 많아. 빨리 지시내려! 이건 우리 당의 지시야, 알았어?"

"예… 알겠습니다. 그렇다면 한 가지만 말씀드리겠습니다."

"그래, 빨리 말해! 시간이 없어!"

"예, 어뢰는 독도 서도로 향하면서 발사하도록 하겠습니다. 섬 뒤에 숨는다면 일본 놈들의 대응어뢰도 우리를 쉽게 잡지는 못합니다. 수심이 낮고 암초가 많지만 그래도 가능성이 높습니다."

"음… 알았다. 그럼 그렇게 해! 빨리 지시내리고 서도로 기동을 시작해! 빨리!"

상황은 예상하지 못한 방향으로 흘러갔다. 5척의 잠수함이 독도의 서도 쪽으로 긴급 기동을 시작했다.

기동을 하는 잠수함의 어뢰발사관이 일제히 개방되었다. 그리고 짧은 명령이 전 잠수함에 전달되었다.

"전 잠수함, 어뢰 발사!"

마침내 발사명령이 내려졌다.

그리고 잠시 뒤 일본 이지스함의 레이더에 작은 물체가 잡히기 시작했다.

"비상사태 발생! 비상사태 발생! 어뢰로 추정되는 물체가 고속으로 접근 중입니다. 발사지점은 독도 서도 서쪽 해저입니다!"

"뭐라고! 빨리 확인해!"

사령관은 당황했다. 예상하지 못한 잠수함이 매복하고 있었다는 사실에 당황하지 않을 수 없었다. 한국 해군은 움직일 상황이 아니었기에 더더욱 당황하고 있었다.

"예, 독도 서도 서쪽 5마일 해저에서 5개의 발사지점에서 다수의 어뢰가 접근 중입니다. 시간이 없습니다!"

"기만어뢰 발사하고 대응어뢰 발사해! 미친놈들…. 한국 놈들이야?"

"확인이 안 됩니다. 기만어뢰, 대응어뢰 발사합니다."

'슈슈슉!'

'슈슉!'

이지스함과 호위함에서 어뢰가 발사되었다.

"어… 잠수함에서 발사된 어뢰 대부분이 우리 이지스함과 2번 구축함에 집중되어 접근 중입니다…. 아, 아닙니다. 3번 구축함과 호위함으로도 향합니다. 어뢰가 너무 많고 가까운 거리여서 시스템에 부하가 걸립니다."

"뭐라고? 이 새끼들이…. 함대에 연락해서 자기 함으로 향하는 어뢰는 각자 맡아서 해결하라고 해! 빨리 대응하라고! 어뢰하고 미사일 쏟아 부으라고! 빨리!"

엄청난 굉음과 함께 대함, 대잠미사일 및 어뢰가 잠수함을 향해 발사되었다.

하지만 잠수함들은 이미 독도 서도 뒤편에 도착해 숨기 시작했다. 가장 효과적인 대잠 미사일과 어뢰가 제기능을 발휘할 수가 없었다.

"어뢰가 너무 많습니다! 그리고 너무 가깝습니다…! 우리 이지스함은 괜찮은데…"

"뭐야? 빨리 조치해! 빨리!"

"어…어… 구축함 2번이…!"

'쿠앙! 쿠앙!'

말이 끝나기도 전에 연이은 폭발음이 들려왔다. 그리고 검은 연기와 함께 2번 구축함이 순식간에 기울어지기 시작했다.

"사령관님…! 2번이 당했습니다! 2번이… 침몰합니다…!"

"뭐라고…? 한국 개새끼들. 어떻게 숨어있었던 거야. 움직일 수가 없다면서! 빨리 상황 파악해! 빨리!"

무거운 적막감의 국방부 상황실이 급박하게 움직이기 시작했다.

"북한 잠수함에서 어뢰가 발사되었습니다!"

"뭐야? 다시 확인해 봐! 빨리!"

"맞습니다. 방금 전 5척 모두에서 어뢰가 발사되었습니다! 그리고…"

"뭐야? 빨리 보고해! 빨리!"

"일본 구축함 중 1척이 당한 듯싶습니다. 위성에서 검은 연기가 보이고 있습니다. 그리고 나머지 함선들도 타격을 입은 것 같습니다."

작전사령관은 보고에 놀라지 않을 수 없었다.

"미친놈들, 그렇게 기다리라고 했건만…. 그리고 결국 일본을…."

많은 생각이 그의 머리에 떠올랐다.

"대통령님, 드디어 일이 벌어졌습니다. 북측 잠수함들이 어뢰를 발사해서 일본 구축함 하나를 침몰시켰습니다. 그리고 나머지 함선에도 피해를 입혔습니다. 상황이 복잡해 졌습니다. 긴급 상황입니다."

"작전사령관, 이게 무슨 긴급 상황입니까? 남의 집에 쳐들어왔으니 얻어맞는 게 당연한 거 아닙니까. 침착하세요. 도둑놈 하나를 잡은 겁니다."

"아니, 대통령님. 어떻게 그런 말씀을 하십니까?"

국방부 장관이 대통령의 담담한 이야기에 놀라며 대통령을 바라보았다.

"이미 사건은 벌어졌습니다. 벌어지기 전에야 조심했어야 하지만, 일은 이미 벌어졌습니다. 선택의 여지가 없습니다."

"대통령님…."

"모두 침착하세요. 일본이 당하고 가만있지는 않을 겁니다. 이미 잠수함에 대응어뢰를 발사하지 않았습니까? 다른 보복도 있을 수 있습니다. 하지만 우리가 그전에…."

"예, 그 말씀은…."

"잠깐, 북한 잠수함은 어떻습니까? 살아있습니까?"

"예, 어뢰를 발사하고 독도 서도 쪽으로 긴급 기동 중입니다. 우선

서도 뒤에 숨을 생각인 듯합니다. 그래야 생존할 수 있는 가능성이 조금이라도 높아진다는 그들의 판단인 듯싶습니다. 그런데 어뢰가 발사된 순간 위치가 노출되었습니다. 그리고 일본에서 대응어뢰도 발사됐습니다. 북한 잠수함들이 아무리 기만어뢰를 발사하고 서도로 회피기동을 한다고 해도 얼마 견디지 못합니다."

"그러면 안 되는데…"

대통령의 작은 목소리가 흘러나왔다. 동시에 국방부 장관과 눈이 마주쳤다.

"일본은 201×년 8월 15일 00시 00분 00초에 의미를 두고 있는 것이 확실합니다. 저는 대한민국 대통령입니다. 국가의 안위를 위해 남의 눈치를 볼 수는 없습니다."

"…"

또 다시 침묵이 흘렀다.

"선수를 칩시다!"

"예에? 선제공격을 하자는 겁니까?"

"예, 선제공격을 하는 겁니다."

"대통령님, 그러나 운용 가능한 전력이 없습니다. 한미연합사에서 승인을 거부하고 있습니다. 현실적으로 전력을 빼내올 방법이 없습니다."

"예, 압니다. 하지만 지금 작전 중인 광개토대왕함과 호위함은 가능하지 않습니까? 그리고 독도에 빠르게 전개해서 일본함대를 지명적으로 타격할 수 있는 전력이 있지 않습니까?"

"예? 무슨 말씀인지… 혹시…?"

국방부 장관은 대통령이 말하는 의도를 이해할 수는 있었지만 절차에 문제가 있다는 것 또한 알고 있었다.

"장관, 생각을 자유롭게 해 봅시다. 일상적으로 북에서 이상한 움직임이 보이면 우리 군은 초기대응을 어떻게 합니까?"

"예, 공군 전투기를 긴급 발진시킵니다."

"예, 바로 그겁니다. 북에서 이상 징후가 보이지 않습니까? 무수단리에서 미사일 발사 움직임이 보이지 않습니까? 물론 우리와 함께 벌인 작전이지만요. 아시겠습니까? 북한을 핑계로 투입시키면 되지 않습니까? 대구기지에서 전개된 F-15K 전투 비행대대가 강릉기지에 대기 중이라면서요."

"예, 알겠습니다! 바로 준비시키겠습니다."

"장관, 아시죠. 확실하게 맛을 보여줘야 합니다. 전면전까지 일어나는 한이 있어도 과감하게 강력하게 맛을 보여줘야 합니다. 그리고… 믿어 봅시다…."

"예, 걱정하지 마십시오. 이런 날이 오길 기다리고 있었습니다. 비록 열세이지만 전투에는 보이는 전력 외에 보이지 않는 전력이 있습니다. 승리한다는 믿음입니다. 그리고 대통령님이 믿고 계시는 그 믿음도 반드시 이루어질 거라 저 또한 믿습니다."

지금껏 전무했던 대한민국의 일본에 대한 군사적 선제공격이 결정되었다. 그리고 또 다른 믿음이 남아있었다.

방위청 상황실이 발칵 뒤집혔다.

"이번에는 또 무슨 일입니까? 또 당한 겁니까? 또…!"

"총리각하, 이번에는 잠수함의 매복이 있었던 것 같습니다. 도저히 이해할 수가 없습니다. 한국 잠수함은 전혀 기동할 수가 없는 상황이었습니다."

"그래서요? 아무튼 또 당했잖아요? 변명은 그만 합시다!"

총리의 표정이 일그러지며 방위대신을 노려보았다.

방위대신은 고개도 들지 못하며 몸은 심하게 떨리고 있었다.

"방위대신, 대응은 어떻게 할 겁니까? 우리 구축함이 당했습니다. 당했다고요…."

"저, 정말 죄송하고 송구스럽습니다. 이미 공격한 잠수함에 대한 대응 어뢰가 발사 되었습니다. 조금 뒤면 결과가 나타날 겁니다. 그리고 함대에 이동을 명령했습니다. 4면에서 독도를 포위하도록 조치했습니다…."

"그게 전부입니까? 공격을 당했으면 보복을 해야지요, 보복을요. 당장 한국에 보복공격을 준비하십시오!"

"총리각하! 먼저 잠수함의 실체가 확인된 후 결정해야 합니다. 잘못했다가는 정말 되돌릴 수 없는 상황이 벌어집니다. 만의 하나 잠수함이 한국 잠수함이면 명분이 서지만 만일 북한의 잠수함이나 중국의 잠수함이라면…."

"뭐요?"

방위청 상황실에 냉기가 돌기 시작했다. 총리는 이미 이성을 잃고 있었다.

"총리각하! 오히려 잘된 일일 수도 있습니다. 공격을 당한 것이 오히려 명분이 섭니다. 그리고 잠수함의 국적이 밝혀지면 더더욱 유리합니다. 더 큰 명분을 얻을 수 있습니다. 절대 한국은 아닙니다. 그렇다면 북한이나 중국입니다. 다 싸잡아서 매장을 시키면 됩니다."

"음… 잠시 고민해 봅시다…"

총리는 관방대신의 제안을 받아들이는 눈치였다.

"제일 우선은 잠수함을 잡는 겁니다. 그래야 우리의 명분을 대내외에 알릴 수 있습니다."

"알겠소. 우선 잠수함을 찾아 없애버리시오! 당장! 그리고 내가 잠시 이성을 잃었소. 피해는 있었지만 우리는 독도를 차지했소. 우리가이긴 것이오."

"예, 맞습니다. 총리각하!"

방위대신이 말을 마치자마자 마이크를 들었다. 그리고 제3호위대군 사령관인 기무라에 지시를 내리기 시작했다.

잠시 후 피해를 입지 않은 제3호위대군의 이지스함 및 나머지 함선들이 독도를 에워싸며 잠수함을 찾기 위해 기동하기 시작했다.

국방부 상황실은 무거운 적막감에 묻혀 있었다.

시계는 201×년 8월 14일 23시 55분을 가리키고 있었다.

침묵 속에 스위치 콘솔에 장착된 시계는 계속 흐르고 있었다.

조심스럽게 진구의 손이 움직이기 시작했다.

그리고….

레벨지시기의 강도가 세팅되었다.

레벨9

시간이 세팅되었다.

201×년 8월 15일 00시 00분 00초

암호가 입력되었다.

13137

마지막으로 작동 스위치를 감싸고 있던 보호덮개가 열려졌다.

진구는 잠시 알몸을 드러낸 작동 스위치를 바라보았다. 똑딱 스위치로 불리는 작은 토글 스위치였다.
'신이시여, 저를 용서하지 마십시오…! 저를 용서하지 마십시오…!'
진구가 움직이지 않을 것만 같아 보이던 스위치에 오른손 검지를 올려놓았다. 그리고 눈을 감고 스위치에 놓인 검지에 힘을 주었다.
'툭!'
스위치의 위치가 바뀌는 느낌이 전해졌다.
'삐삐삐!'
짧고 간결한 소리가 간격을 두고 울리기 시작했다.
그리고 스위치 옆에 있던 표시능에 불이 들어오며 세팅해 놓은 시간이 점멸되기 시작했다.
진구는 남아있던 소주를 숨도 쉬지 않고 단숨에 마셨다.
'신은 저를 용서하지 않을 줄 압니다…. 그러나 저는 해야만 했습

니다…'

"지금 시간은?"

"8월 14일 23시 58분입니다. 총리각하!"

"좋소. 독도 국기게양대에 정확히 8월 15일 00시 00분 00초에 일장기 게양을 시작합니다! 그리고 계속해서 잠수함을 찾아야 합니다!"

"예, 지시대로 따르겠습니다!"

방위대신이 절도 있게 경례를 하자 재빨리 관방대신이 전화기를 들고 나타났다. 그리고 전화기를 총리에게 건넸다.

"예, 천황폐하! 201×년 8월 15일 00시 00분 00초에 독도에 대일본제국의 일장기가 게양됩니다! 모두 다 천황폐하의 은덕입니다."

총리는 전화를 내려놓고 감격에 겨워 눈가에 물기마저 비치고 있었다.

천황은 야스쿠니 신사에서 독도 점령을 감사하는 제례를 올리기 시작했다.

마침내 한국의 국방부 상황실의 시계가 201×년 8월 15일 00시 00분 00초를 가리켰다.

"대함미사일 발사!"

국방부 상황실에서 광개토대왕함에 명령이 떨어졌다.

독도 주변을 맴돌던 일본의 제3호위대군을 향해 광개토대왕함이 적재한 대함 유도미사일 하푼이 불꽃 기둥을 내며 연이어 발사되기 시작했다. 호위함에서도 일제히 유도 미사일과 함포사격이 시작되었다.

"이륙을 허가한다! 건투를 빈다!"

강릉비행장의 관제탑의 신호가 떨어졌다.

대구비행장에서 전개되어 날개를 움츠리고 날아오르기만을 기다리던 F-15K가 일제히 활주로를 박차고 이륙하기 시작했다.

스위치 콘솔의 시계도 201×년 8월 15일 00시 00분 00초를 가리켰다.

'삐!'

스위치 콘솔에서 파동발생기의 작동음이 울리기 시작했다.

'우-우-웅!'

잠시 뒤 독도의 NFP에 설치된 파동발생기가 작동을 알리는 작은 울림이 퍼지기 시작했다. 처음의 시작은 작은 파동이라 독도에서는 감지가 되지 않았다. 물론 소리도 들리지 않았다.

하지만 일본열도에 도착하기까지 그 작은 파동은 지속적인 증폭을 일으키게 된다.

단 2분 후에 일본열도에 어떤 일이 벌어질지 전혀 모르는 일본이었다. 그들은 단지 독도에 일장기가 게양되는 순간 그들만의 행복에 젖어있을 뿐이었다.

"사령관님! 대함미사일이 접근합니다! 비상상황입니다!"

"뭐라고? 어디서 발사된 거야? 빨리 확인해!"

"에, 아니… 독도해역에 있던 한국 구축함과 호위함입니다! 기만탄 발사하고 근접방어무기체계 가동합니다!"

"빨리 움직여! 한국 개새끼들이 결국…"

"그런데 사령관님! 지금 이상한 진동이 감지되었습니다. 이상합니다…!"

"또 뭐야? 무슨 진동인데?"

"정확히 모르겠습니다. 아주 약한 진동이 계속되고 있습니다."

"어디에서 발생한 건데?"

"발생지가 확인이 안 됩니다. 너무 신호가 약합니다."

"그럼 무시해! 대함미사일부터 잡아야 한다!"

"예, 알겠습니다. 문제없습니다!"

상황통제 장교는 정신이 없었다. 그런데 그의 눈에 믿지 못할 일이 또 벌어졌다.

"아니… 이럴 수가…!"

"또 뭐야? 미치겠네…!"

"한국 동해안에서 F-15K 편대가 접근 중입니다. 그리고… 대함미사일이 수 기가 발사되었습니다… 아니, 계속 발사되고 있습니다. 아, 대응하기에… 역부족입니다…!"

"뭐라고 전투기가 출격했고… 그리고 거기서도 대함미사일이 발사됐다고…? 그리고…!"

표정이 사라진 사령관이 마이크를 들었다.

'이해할 수가 없다. 독도에 일장기가 게양되는 대도 아무런 반응이 없다니…. 우리가 또 당하는 건 아니겠지….'

총리는 왠지 모를 불안감에 사로잡혔다. 너무 예상 밖의 상황이 벌어지고 있었다.

"총리각하! 독도함대에서 연락이 왔습니다. 스피커폰으로 연결하겠습니다."

바삐 움직이던 방위청 상황실에 스피커가 울리기 시작했다.

"제3호위대군 사령관 기무라입니다. 한국 구축함에서 대함미사일이 발사되었습니다. 그리고 한국 동해안에서 F-15K로 추정되는 전투기 편대가 출격했습니다. 그리고 공대함미사일이 발사되었습니다."

"뭐라고? 한국이 공격을 해온다고? 그럴 리가 없어. 다시 확인해 봐!"

"총리각하! 사실입니다. 미사일 공격과 함께 F-15K 편대가 이미 접근했습니다. 더 이상 방어할 여력이 없습니다."

"뭐야? 방어할 여력이 없다니? 지금 잠꼬대 하는 거야?"

"각하! 이미 잠수함에서 발사된 어뢰와 구축함에서 발사된 미사일 방어에 화력 대부분을 소진했습니다. 지금 전투기에서 발사된 대함미사일을 방어할 수 없습니다. 그리고 전투기 편대가 이미 접근… 어, 어…!"

그러나 짧은 신음소리와 함께 통신은 두절되었다.

'뭐야? 설마…!'

"총리각하…! 지휘함인 이지스함이 당했습니다! 그리고 함대 대부분이 전투 불능상태입니다."

"뭐라고? 한국 개새끼들…! 방위대신, 전군 비상대기 시켜! 빨리! 한국 본토를 공격한다!"

"예? 총리각하! 그건 안 됩니다. 절대 안 됩니다! 고정하십시오. 제발…"

관방대신이 총리에게 매달리다시피 사정하고 있었다. 그러나 총리는 이미 이성을 잃었다.

한국의 공격은 작은 시작에 불과했다.

"천황의 세상이 천 대에…"

201×년 8월 15일 00시 00분 00초. 일장기가 게양되며 기미가요가 독도에 울리기 시작했다.

"어, 어…! 팀장님! 한국군의 공격입니다! 그리고… 우리 함대가…!"

"그래, 나도 보고 있다…"

올라가던 일장기 아래에서 기미가요를 부르던 특수작전군들의 시선이 그들이 떠나온 제3호위대군 함대에 집중했다.

게양되던 일장기는 그 자리에 멈추었고 제창되던 기미가요는 끊겼다.

독도 주변에 흩어져 잠수함 수색에만 몰두하던 함선들이 연기로 휩싸였다. 차마 눈 뜨고 볼 수 없는 상황이 벌어지고 있었다.

17. 영원한 침묵

독도에서 시작된 아주 작고 미미한 움직임이었다.

그러나 처음에 미미했던 파동은 진행되어 가며 일본과 이어진 해저 지각을 서서히 흔들기 시작했다. 그러면서 공명현상에 의한 증폭이 계속 이루어지며 흔들리는 해저지각의 진동 폭은 계속 증가하고 있었다.

일본은 다가오는 운명을 거역할 수 없었다.

'우우우웅!'

사라져 간 영혼들의 억울함을 호소하는 울음과도 같은 괴이한 소리가 들리더니 사방이 흔들리기 시작했다.

"이, 이게 뭐야? 뭐야?"

"총리각하! 지진입니다! 엎드리십시오! 빨리 엎드리십시오!"

방위청 상황실은 아비규환으로 변했다. 각종 장비들이 쏟아져 내리고 상황실 전체가 전후좌우 가리지 않고 통째로 흔들렸다.

"모두 엎드려! 엎드려!"

"아악!"

"천… 천황폐하…!"

"으윽!"

지옥이 따로 없었다. 총리는 몸을 엎드린 채 고개를 양팔 사이에 묻었다. 그리고 눈을 질끈 감았다.

견고하게 지어진 방위청 상황실이 이 정도 피해를 입었다면 이는 상상할 수 없는 상황이라는 것을 직감할 수 있었다. 흔들림은 한동안 계속되었다. 상황실의 모든 것이 쏟아져 내렸다. 그리고 흔들림이 멈추는가 싶었다.

'우우우웅!'

그런데 또 다시 소름 돋는 소리가 상황실 전체를 휘어 감았다. 그리고 또 다시 엄청난 흔들림이 시작되었다.

"총리각하! 총리각하! 괜찮으십니까?"

"총리각하!"

표현할 수 없는 공포감을 가져온 흔들림 속에 총리를 찾는 목소리들이 계속해 들려왔다.

"나, 나는 괜찮다! 괜찮아!"

총리의 떨리는 목소리가 들려왔다. 총리는 얼굴을 파묻은 채 대답했다.

"아악!"

"억!"

사방에서 비명이 들려왔다. 지옥과 같은 상황이 펼쳐지고 있었다. 십여 분이 지났다. 사라질 것 같지 않던 지옥 같은 상황이 잠잠해졌다. 그리고 마침내 고요함이 찾아왔다.

"…"

아무런 인기척이 느껴지지 않았다. 모두가 숨을 죽이고 엎드린 채 움직임은 고사하고 목소리조차 낼 수 없었다.

"총리각하! 총리각하!"

먼지를 뒤집어 쓴 관방대신이 일어서 총리를 찾고 있었다.

"여기 있네…"

역시 먼지를 뒤집어 쓴 총리가 먼지를 털며 일어섰다.

"이게 무슨 일이야? 지진이 발생한 건가?"

"예, 맞습니다. 지진이 발생했습니다. 그런데… 규모가… 어마어마한 피해가 발생 했을 겁니다. 진도10에 견디게 설계된 여기 방위청 상황실이 이 정도였다면 아마 외부의 피해는…"

관방대신은 말을 잇지 못했다.

"빨리 궁내청에 연락해! 천황폐하의 안위부터 확인해야 한다. 빨리 확인해! 빨리!"

제정신이 돌아왔는지 총리가 소리치기 시작했다. 총리의 소리에 관방대신이 어디론가 뛰어갔다.

관방대신이 사라시는 보습을 보고 총리가 상황실을 둘러보았다.

제자리에 있는 것이 아무것도 없었다. 정렬되어있던 모든 것들이 쏟아져 내리고 넘어지고 거대한 힘이 쓸고 지나간 처참함만이 남아있었다.

십여 분 뒤 관방대신이 나타났다.

"총리각하, 모든 통신이 엉망입니다. 어렵게 궁내청과 통화했습니다. 그런데…"

"뜸 들이지 말고 빨리 보고하란 말이야! 빨리!"

"저… 야스쿠니 신사가 무너졌다고 합니다…"

"뭐라고? 야스쿠니 신사가 무너져? 그럼 그 안에 있던 천황폐하는?"

"지금 확인 중에 있답니다. 수행했던 수행원 중 그 누구와도 연락이 안 된다고 합니다. 지금 구조대가 급파되었다고 합니다."

"아…!"

총리의 비명 같은 한숨이 들려왔다.

"하필 왜 지금이야. 왜 하필…"

총리의 울음 섞인 목소리가 상황실에 메아리쳤다.

잠시 뒤 상황실에 비상 전원이 들어왔다. 부상을 입지 않은 요원들은 우선 통신라인을 확보하기 위하여 안간힘을 썼다.

부상자들의 신음소리는 계속 들려오고 있었다.

CNN 뉴스특보입니다!

조금 전 일본 역사상 유래를 찾아볼 수 없는 일본열도 전체에 동시지진이 발생했습니다. 열도 전체에 발생한 지진은 일본 서부 해안 지역에 진도10 그리고 동부에 위치한 도쿄에도 진도9를 기록한 역사상 최대의 지진으로 관측되고 있습니다.

지금도 여진이 계속되고 있으며 피해를 가름할 수조차 없는 최악의 자연재해로 기록될 전망입니다. 일본 지진관측센터

에서 원인 및 피해를 조사하고 있으면 잠시 뒤 이번 지진에 대

한 공식 발표가 있을 예정입니다.

이상 도쿄에서 CNN 이즈미였습니다.

국방부 상황실 모니터에 CNN의 뉴스속보가 들려오고 있었다.

"대통령님, 어떻게 이런 일이 발생할 수 있습니까? 도저히 인간의 머

리로는 이해할 수가 없습니다!"

"…"

국무총리의 반응은 당연했다.

대통령은 아무런 움직임도 보이지 않았다. 넋이 나간 모습을 보일

뿐이었다.

"망혼亡魂이라고 들어 보셨습니까? 억울하게 생을 마감한 넋들에 대

한 위로도 없이 오히려 그들을 매도하는 일본이었습니다. 그 넋들이

일본을 용서하지 않은 겁니다. 그들의 망혼이 나타난 겁니다."

"예…? 무슨 말씀인지…"

국방부 상황실의 그 누구도 대통령이 말하는 의도를 알지 못했다.

"국방부 장관은 지금 즉시 독도 해역에 있던 우리 병력을 동해기지

로 복귀시키십시오. 그리고 북측 잠수함에도 상황이 종료되었다고 알

려 주시고 복귀하도록 하십시오. 물론 고마웠다는 인사는 잊지 말아

주십시오."

"예, 알겠습니다. 그런데 독도에 침범한 일본 병력들은 제거해야 되

지 않습니까?"

"그러실 필요 없습니다. 그들의 사령부가 있던 제3호위대군의 마이

즈루기지도 이미 폐허로 변했을 겁니다. 오히려 우리한테 도와달라고 요청이 올 겁니다. 그냥 놓아 두셔도 됩니다."

"예, 알겠습니다."

대통령은 잠시 생각에 잠기는 듯싶었다.

"국무총리는 지금 즉시 일본 피해지역에 파견할 인력 및 장비를 해당 부처 장관들과 협의해서 준비하도록 하십시오. 그리고 일본 난민을 받아들이기 위한 절차에도 착수해 주시기 바랍니다. 일본 저들은 이제 못 일어섭니다. 어쩌면 열도 전체가 사라질 수도 있습니다."

"예, 바로 움직이겠습니다!"

국방부 상황실은 다시 움직이기 시작했다.

201×년 8월 15일 이른 새벽 일본은 당황했다.

일본 전역에 진도9 이상의 지진이 동시에 발생했다. 피해상황은 파악조차 할 수 없었다. 기상청의 지진관측센터는 혼비백산할 수밖에 없었다.

일본은 지진관측 및 예상에서 최고 수준을 자랑하고 있었지만 이번처럼 일본열도 전역에서 동시에 진도9 이상의 강진이 관측된 사례는 찾아볼 수 없었다.

지진관측센터장이 긴급회의를 소집했다.

"모니터한 결과를 말씀해 보십시오."

"예, 금일 00시 02분을 전후해서 십여 분간 일본 전역에 평균 진도9 수준의 강진이 발생했습니다."

관측팀장이 잠시 테이블 위의 자료를 살펴보며 보고를 계속 진행했다.

"일반적인 지진의 경우 특정진원에서 지진파가 발생하게 됩니다. 물론 그 진원과 바로위의 지표상 진앙지는 바로 확인이 됩니다. 그리고 확인된 진원지에 출발한 지진파가 파동형태로 제한된 일정지점에 도착해 지진을 일으키게 되는 겁니다."

관측팀장이 잠시 말을 잠시 끊었다.

"예, 그런 사실은 이곳 지진관측센터의 모든 인원들이 이미 잘 알고 있습니다. 요지만 말씀해 주십시오. 어떻게, 왜 발생했는지가 필요합니다."

센터장이 다급하게 관측팀장을 재촉했다.

"예, 알겠습니다. 이번 지진은 이해할 수 없는 몇 가지 사실이 있습니다. 첫째, 진원 및 진앙이 파악되지 않고 있습니다. 그래서 지진의 규모조차 확인할 수 없습니다. 단지 일본 서해상 어딘가에 진원지가 있을 것이라는 사실밖에 확인이 안 됩니다. 그래서 지진규모를 확인할 수 없었고 일본 전역에 설치된 관측소에서 확인한 진도만을 알 수 있었습니다. 두 번째는… 더 이상한 사실입니다. 보통 지진은 해저 수십 킬로미터에 위치한 진원에서 발생한 중심파인 P파와 S파가 탐지됩니다. 그런데 이번 지진은 P파와 S파보다 강력한 에너지를 포함한 표면파인 L파가 두드러졌습니다. 즉 일반적인 수십 킬로미터 해저의 진원에서 발생한 지진이 아닐 수도 있다는 사실입니다. 그래서 쓰나미도 발생하지 않은 듯싶습니다.

그리고 특이할 만한 사항은 지진파가 진행을 하면서 에너지가 줄어든 것이 아니라 오히려 증가하며 일본열도 전역이 영향권 안에 들었다는 사실입니다. 그리고 세 번째는 일반적인 지진일 경우 수초에서 수십 초간 발생합니다. 그런데 이번 지진은 무려 10분 넘게 지속되었습니다. L파의 발생과 함께 긴 시간 지속된 이번 지진은 경험해 보지 못한 지진이었습니다.

모든 것이 이상한 지진입니다…. 귀신이 만든 지진이랄까…."

"아니 관측팀장님, 무슨 말씀을 그렇게 하십니까? 당신과 우리 모두 과학자입니다. 그런 과학자 입에서 귀신이라니요? 말을 가려서 하십시오!"

지진관측센터장은 소리를 지르면 자신감을 보이려 애썼으나 이미 그의 얼굴은 공포에 사로잡혀 있었다. 어쩌면 귀신에 의한 지진이 맞을 수도 있다는 엉뚱한 생각이 그의 뇌리를 스쳐갔다.

"그리고 센터장님…"

"예? 더 보고할 사항이 있나요?"

"저도 이런 보고를 하게 될 줄은 몰랐습니다…"

순간 지진관측센터장의 얼굴이 하얗게 변했다. 혹시나 하는 일이 벌어진 것이 아니길 바랄뿐이었다.

"혹시… 열도가…"

"마, 맞습니다…"

"뭐라고요?"

회의실에 경험해 보지 못한 극도의 긴장감이 내려앉았다.

"말씀드리겠습니다. 이번 지진은 몇 초간 이루어진 것이 아니라 진도9에서 진도10의 강진이 거의 10분간 지속되었습니다. 동부지역에서는 진도9가 기록되었습니다. 그것도 10분 이상 말입니다."

"그렇다면 2011년 발생한 동일본대지진처럼 태평양판과 북미판이 접한 경계면에 충분한 충격을 주었을 수도 있다는 이야기를 하시려는 겁니까?"

"맞습니다. 그런데 그 당시는 태평양판과 북미판 그리고 유라시아 판이 접해있는 열도의 북동지점에서 지진이 발생해 큰 피해를 줬습니다. 이번에는 태평양판과 필리핀판 그리고 유라시아판이 접해있는 지바현과 시네마현이 있는 일본열도 남동지역이 이상합니다."

"이상하다고요? 그, 그래서요…?"

"이번은 2011년 동일본대지진과 틀립니다. 그 당시는 그 지점에서 지진이 발생했지만 이번에는 일본열도 서쪽으로부터 발생한 강력한 지진이 열도를 통과해 일본 남동지역의 판 경계면에 영향을 준 듯싶습니다."

"아니… 그게 무슨 말입니까?"

센터장은 제발 자신의 예상이 빗나가길 바라고 있었다. 그러나 예상은 빗나가지 않았다.

"이번 지진의 영향으로 2차 피해가 예상됩니다. 지금 지바현과 시네마현이 가라앉고 있습니다…"

"뭐라고요? 가라앉다니요? 그, 그게 말이 됩니까?"

"사실입니다…. 지진 전보다 그 지역 지표면이 2센티미터 낮아졌습니다…. 그리고 침하가 계속 진행 중입니다…."

"그렇다면 일본열도가…?"

"단정지을 수는 없습니다. 그러나 한 지역이 침몰을 시작한다면 연쇄적으로 주변에 영향을 주게 되고 결국에는…."

이야기가 끝나기도 전에 지진관측센터장이 아무런 말도 없이 급하게 자리를 떠났다.

"천황폐하 생사를 확인할 수 없다고?"

"예. 야스쿠니 신사가 형체를 알아볼 수 없을 정도로 완전히 붕괴되었고 그 시간에 천황폐하께서는 신사 안에서 참배를 하고 계셨다고 합니다. 지금으로서는 생사를 확인할 방법이 없다고 합니다."

"어떻게 이런 일이… 지진관측센터장은 어떻게 된 거야?"

"예, 지금 도착해서 총리각하를 기다리고 있습니다."

"알았어. 빨리 상황실 내 방으로 오라고 해!"

"예, 알겠습니다."

관방대신이 급하게 자리를 떠났다.

'분명히 독도야. 한국 놈들이 도대체 무슨 일을 벌인 거야… 내 가만있지 않으마…!'

지진관측센터장이 사색이 된 얼굴로 나타났다. 그의 얼굴에는 어떤 희망의 빛도 보이지 않았다. 단지 넋이 나간 상태의 빈껍데기만 걸어오는 듯싶었다.

지진관측센터장이 총리 앞에 앉았다.

"얼굴이 왜 그런 거요? 물론 지진이 발생해서 조사하느라 그렇겠지만 보기에 너무 안 좋습니다."

"송구스럽습니다. 총리각하! 보고드리겠습니다."

방위청 상황실에 마련된 총리 집무실에 들어선 센터장이 목소리를 가다듬었다.

"말씀해 보세요!"

"이번 지진은 예사롭지 않은 지진으로 파악되고 있습니다. 우선 진원지가 확인되지 않고 있습니다. 단지 일본의 서쪽에서 지각 표면을 타고 전달되어 왔다는 사실만 확인되고 있습니다. 그리고 지진파를 분석해 본 결과 지표면 아래에서 발생한 지진이란 명확한 증거가 없습니다. 보이지 않는 지진이라는 표현이 어울릴 듯합니다."

"뭐라고? 진원도 모르고 지표면 아래에서 발생하지 않았을 수도 있다… 보이지 않는 지진이라… 이게 무슨 말입니까?"

총리의 날카로운 목소리가 터져 나왔다.

"죄송합니다. 너무 강하고 빠르게 접근해서 확인할 시간적 여유가 없었습니다."

"그래, 계속 해 봐요!"

"총리각하! 일본열도 전체에 그것도 동시에 우리가 겪어보지 못한 가장 강력한 지진이 발생한 겁니다. 서부지역에서는 진도10이 감지되었고 동부지역에서는 진도9가 감지되었습니다. 열도 전체를 흔들어 놓았습니다. 그리고…"

지진관측센터장이 잠시 심호흡을 하며 고개를 숙였다.

"왜 그러는 겁니까? 빨리 말을 해 봐요, 빨리!"

총리는 불안해지기 시작했다. 일본이 태생적으로 갖고 있던 근본적인 약점을 그도 잘 알고 있었다.

"일본열도가… 가, 가라앉고 있습니다…!"

"뭐… 뭐라고? 다시 말해 봐요! 다시!"

총리는 인정할 수 없었다. 아니 인정하고 싶지 않았다.

"이번 지진파가 열도를 관통해서 일본 남동부 쪽의 판 경계면에 치명적인 충격을 줬습니다. 그래서 태평양판과 필리핀판 그리고 유라시아판이 접해있는 지바현과 시네마현이 있는 지역이 지진 전보다 2센티미터 이상 침하했고 지금도 침하가 진행 중입니다…"

"뭐라고? 저, 정말 사실이란 말입니까?"

"총리각하! 해당지역의 주민들을 빨리 대피 시켜야 합니다. 침하가 이루어지면 지진피해에 이은 2차, 3차의 피해가 예상됩니다."

"아, 알겠소. 그런데 침하는 그 지역만 되는 거요? 아니면…"

"지금으로서는 알 수 없습니다. 침하가 멈출 수도 있고 아니면 침하가 지속되어 그 지역이 완전히 사라질 수도 있습니다. 그리고 만약 지바현과 시네마현이 계속 침하를 일으키게 되면 주변지역도 연쇄적으로 침하가 이루어집니다. 그러면 일본열도는…"

"…"

총리는 아무생각이 떠오르지 않았다. 그러나 일본이 침몰한다는 다가올 현실과 그리고 독도라는 뼈에 사무치는 단어는 지울 수가 없었다.

'독도… 독도… 독도…!'

"총리각하! 괜찮으십니까? 천운을 기대해 봐야 하지 않겠습니까?"

넋이 나가 멍하니 천장만을 바라보는 총리를 향해 센터장이 마지막 말을 남기고 자리를 떠났다. 그러나 아무런 소리도 총리의 귀에는 들리지 않고 있었다.

메아리만이 귓가에 울리고 있었다.

마지막으로 경고한다!

일본정부는 유례없이 진행되고 있는 독도침략행위를 지금 즉시 중단하라!

이 경고를 무시하지 마라!

경고를 무시하게 된다면, 우리 대한민국을 포함한 전 세계 여성들에게 씻을 수 없는 피해와 신이 내려주신 인간의 기본적인 권리마저 유린한 천인공노할 일본군위안부 문제를 포함한 과거 일본의 행태에 대한 반성이 없는 오늘의 일본은 아직도 그 아픔을 씻지 못하는 그들의 혼에 의해 침몰할 것이다!

이것은 마지막 경고다!

"총리각하! 천황폐하께서…"

관방대신의 목소리가 귓가에 들려왔다.

그러나 총리는 반응이 없었다. 그를 지탱하는 모든 것이 사라지고 껍데기만 남아있었다.

총리는 차분하게 집무실의 캐비닛을 열었다. 깨끗하게 손질된 38구경 리볼버 권총이 눈에 들어왔다. 그는 무의식적으로 권총을 집어 들었다. 그리고 천천히 눈을 감았다.

총리의 머릿속은 이미 백지로 변해 있었다. 오로지 뇌에 박혀버린 단어만 본능적으로 입에서 토해내고 있었다.

"독도…! 독도…!"

그런데 울려대던 소리가 갑자기 멈추며 잠시 정적이 흐르는가 싶었다.

'타앙!'

한 발의 총성이 울렸다.

"총리각하!"

관방대신이 급하게 집무실문을 열고 들어왔다. 그러나 총리는 미동도 없이 책상위에 놓인 무엇인가를 읽고 있었다.

"나가 있으세요! 답답해서 왔습니다."

"예 알겠습니다. 그런데 총리각하… 처, 천황폐하께서…."

"알았다니까요! 나가 계세요!"

총리의 날카로운 목소리에 당황한 관방대신이 고개를 숙여 인사를 했다. 그리고 서둘러 집무실을 빠져 나갔다. 이미 이성을 잃은 총리는 오로지 책상 위에 놓인 무엇인가만을 계속 읽고 있었다.

N.F.P. 확인을 위한 조선 령嶺 독도에 대한 지질 탐사 보고서를 제출하며 탐사대장인 본인 사또는 개인적인 의견을 피력하고자 한다. 본 탐사로 우리는 의도한대로 NFP를 확인했다. 그리고 탐사과정 중 독도에 남겨져 있던 역사적으로 중요한 많은 자료들을 확보하게 되었다. 특히 조선이 일본의 어미국가였음을 확인해 주는 중요한 사실 또한 확인하게 되었다. NFP의 존재는 언젠가는 조선이 알게 될 것이 자명하다. 그러기에 우리 일본은 어미의 나라인 조선을 예우하고 그들과 함께 나아가는 방법을 찾아야만 하지 그렇지 않을 경우 거대한 도전에 직면하며 자멸의 길을 걸을 수도 있다는 사실을 마지막으로 남기고 싶다.

찢겨져 있던 「N.F.P. 확인을 위한 조선 령嶺 독도에 대한 지질 탐사 보고서」의 마지막 페이지였다.

　총리는 가만히 눈을 감았다. 그리고 얼마의 시간이 흘렀다.

'타앙!'

또다시 총성이 울렸다.

"초, 총리각하…!"

　황급히 집무실에 들어온 관방대신의 신음 섞인 목소리가 울렸다.

총성은 그들의 마지막 그리고 새로운 시작을 알리는 신호였다.

18. 잠든 혼

"어머니! 저 진구 왔습니다…"

진구가 순영이 엄마의 산소 앞에 엎드려 큰절을 올렸다. 그리고 검은 비닐봉투에서 소주를 꺼내 산소 주변에 뿌렸다.

"어머니, 오랜만에 찾아뵙네요…. 그동안 참 힘들었습니다… 정말 힘들었습니다…"

진구는 말을 잇지 못했다. 서러움과 억울함이 교차하며 그의 모든 세포는 기능을 잠시 멈추어 선 것처럼 보였다.

"그리고 어머니, 죄송합니다. 결국 순영이가 돌아왔네요…. 결국 이렇게…"

진구는 주머니에서 순영의 머리카락이 싸여있는 손수건을 꺼냈다. 그리고 조심스럽게 손수건을 펼쳤다.

"어머니, 순영이에요…. 여기 순영이가 왔어요…."

진구의 눈에 눈물이 고이기 시작했다.

"순영이가 어머니 곁에 있고 싶어 해서요…. 어머니, 좋으시죠? 어머니 옆에 순영이가 잠들고 싶어 해서요…."

진구의 눈에서 눈물이 흘러 내렸다. 그러나 조심스럽게 순영의 머리카락을 집어 들었다. 그리고 자신의 입술을 그 머리카락에 가져다 댔다. 기억 속에 어렴풋이 남아있던 순영의 향기가 느껴졌다.

"이제 순영이를 어머니 옆에 재우려고요…. 어머니 계신 그곳에서 순영이 만나시면 잘해 주셔야 해요, 정말로 잘해 주셔야 해요. 약속해 주실 수 있죠…?"

흐르는 눈물로 시야는 가렸지만 진구는 가져온 모종삽으로 산소 바로 옆에 작은 구덩이를 팠다. 그리고 순영의 머리카락을 조심스럽게 파놓은 구덩이에 내려놓았다.

"어머니…. 죄송합니다… 정말 죄송합니다…."

진구의 흐르는 눈물이 파놓은 흙에 연신 떨어지고 있었다.

그리고 흘러내린 눈물을 머금은 흙이 순영의 머리카락이 놓인 구덩이에 덮여졌다.

"어머니, 저도 이제는 쉬려고요…. 어쩌면 어머니 계신 그곳에서 우리 모두 만날지도 모르겠네요…."

진구는 옆에 놓여있던 소주를 한 모금 들이켰다. 그리고 순영의 머리카락이 묻힌 구덩이 옆에 몸을 눕혔다.

'아, 이제야 끝났구나….'

진구의 눈이 감기기 시작했다.

다음 날 순영의 엄마 산소 옆에서 싸늘히 식어있는 진구의 시신이 발견되었다.

그리고 그의 한쪽 손에 채워진 수갑에는 작은 은색 가방이 연결된 채 남겨져있었다.

* * *

2년이 흘렀다.

세상은 크게 변해 있었다.

그중 한반도 중심의 동북아시아는 알아볼 수 없을 정도의 엄청난 변화를 겪었다.

하지만 그 어디에서도 일본이라는 나라는 존재하고 있지 않았다.